RITA MARIA FUST

Die Gunst der Königin

BERAUSCHEND Er sah sie zum ersten Mal, als sie in Berlin einfuhr: Seitdem schlägt das Herz des Apothekers Conasmann nur noch für Königin Luise. Er verehrt sie nicht nur, er liebt sie und wünscht sich ihre Gunst. Um dieses Ziel zu erreichen, überschreitet er Grenzen und geht über Leichen. Sein Plan: Die Entwicklung eines Universalmittels, welches den preußischen Soldaten im Kampf gegen Napoleon den entscheidenden Vorteil verschafft. Denn nur im Falle eines preußischen Sieges wird Königin Luise ihn im Schloss Charlottenburg empfangen, glaubt Conasmann. Die Opium-Forschung des Paderborner Apothekers Sertürner im Jahre 1804 spielt Conasmann in die Karten. Ein wirksames Mittel gegen Schmerzen – das spätere Morphium – ist genau die Ergänzung, die sein leistungssteigerndes Mittel braucht. Doch Sertürner will sich seinen Erfolg nicht nehmen lassen …

2012 stehen die Tour de France und die Olympischen Spiele ebenso im Schatten von Doping wie der Tod eines jungen Sportlers im vermeintlich sicheren Lippstadt.

Rita Maria Fust ist 1971 in Paderborn geboren und studierte dort Literatur- und Medienwissenschaft (Magister). Seit 2000 lebt sie mit ihrer Familie in Lippstadt und arbeitet dort als freiberufliche Autorin, Texterin und Referentin für Kulturelles und Literarisches. Ihr Fokus richtet sich auf die deutsche Geschichte, die Geschichte Lippstadts und Paderborns sowie auf Stadtdarstellungen in der deutschsprachigen Gegenwartsliteratur. Rita Maria Fust ist Mitglied der Autorenvereinigungen »HOMER« und »MÖRDERISCHE SCHWESTERN«. Ihr erster historischer Roman »Der Kaufmann von Lippstadt« erschien 2014 im Gmeiner-Verlag.

Bisherige Veröffentlichungen im Gmeiner-Verlag:
Der Kaufmann von Lippstadt (2014)

RITA MARIA FUST

Die Gunst der Königin

Historischer Roman

GMEINER SPANNUNG

Besuchen Sie uns im Internet:
www.gmeiner-verlag.de

Im Ehnried 5, 88605 Meßkirch
Telefon 07575/2095-0
info@gmeiner-verlag.de

1. Auflage 2016

Lektorat: Claudia Senghaas, Kirchardt
Herstellung: Julia Franze
Umschlaggestaltung: U.O.R.G. Lutz Eberle, Stuttgart
unter Verwendung eines Fotos von: © https://commons.wikimedia.org/wiki/File:Queen_Luise_of_Prussia,_by_Johann_Friedrich_August_Tischbein.jpg
Druck: CPI books GmbH, Leck
Printed in Germany
ISBN 978-3-8392-1822-8

Eventuelle Namensgleichheiten der fiktiven Figuren dieser Geschichte mit real lebenden oder verstorbenen Personen sind rein zufällig und nicht beabsichtigt.

Die Charaktere der historischen Persönlichkeiten sind fiktiv.

Die Firmen *Car & Vision World* und *farma-car, das New-Ku* und die Lippstädter Tageszeitung LTZ sind fiktiv. Eventuelle Namensgleichheiten mit existierenden Firmen sind rein zufällig und nicht beabsichtigt.

INHALT

Stadtplan Lippstadt 1801
Avant-fossé
Weg nach Cappel
Hauptgraben
Cappel Thor
Cappel Straße
Soest Straße
Alte Soest Straße
Soest Thor
Suester Straße
Der Calvinsche We
← Lippe
Avant-fo

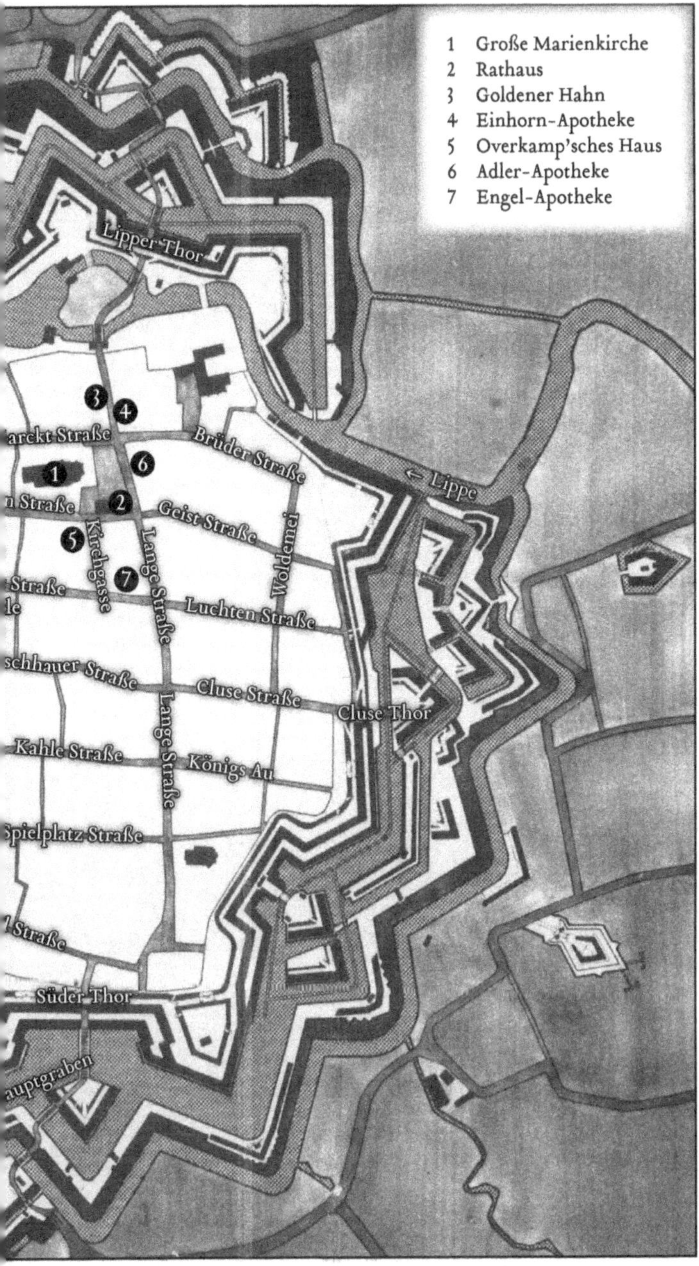
1 Große Marienkirche
2 Rathaus
3 Goldener Hahn
4 Einhorn-Apotheke
5 Overkamp'sches Haus
6 Adler-Apotheke
7 Engel-Apotheke
Lipper Thor
Brüder Straße
Lippe
Geist Straße
Woldemei
Kirchgasse
Lange Straße
Luchten Straße
Cluse Straße
Cluse Thor
Kahle Straße
Königs Au
Spielplatz Straße
Süder Thor

PROLOG

Lippstadt, 3ter Junij 1799

»KÖNIGIN LUISE KOMMT! Heute kommt Königin Luise von Preußen nach Lippstadt!«, jubelt der Apothekergeselle Conasmann und kann seine Vorfreude kaum im Zaum halten. »Endlich sehe ich Luise wieder!« Aufgeregt stürmt er aus der Eingangstür der *Adler-Apotheke* und wird Bürgermeister Schmitz' gewahr. »Die Königin von Preußen kommt!«, ruft Conasmann, als ob der Bürgermeister es nicht wüsste. Ja, er weiß es sogar besser.

»Herr Conasmann! Nicht so laut! Es schickt sich nicht, hier so herumzubrüllen, wo doch der König jeden Augenblick durch unser Lipper Tor kommen kann. Seine Majestät schätzt die Ruhe! Er befindet sich auf einer seiner Huldigungsreisen durch die Provinzen – im Augenblicke durch Westfalen. Das ist sehr anstrengend für ihn«, erklärt Bürgermeister Schmitz und sieht sich um. »Überhaupt ist es hier auf dem Marktplatz* viel zu voll. Dieses ungestüme Gedränge des Volkes nimmt dem königlichen Gefolge jeden Raum zum Umspannen der Pferde. Seine Königliche Majestät machen hier heute doch nur eine kurze Rast auf dem Weg von Minden nach Wesel. Auf dem Rückweg nächtigt er hier im Delhaes'schen** Hause, bevor er weiter nach Kassel reist. Er wird …«***

* Erst in den 1980er Jahren wurde der Platz vor dem Lippstädter Rathaus von Markt- in Rathausplatz umbenannt.
** Heute Stadtpalais am Rathausplatz (Lange Straße 15, LP).
*** Vgl.: *Besuch des Königs von Preußen in Lippstadt.* Von v. Massow. In: Heimatblätter Lippstadt 1947. (Bekanntmachung des Magistrats, Lippstadt, am Rathaus, den 5ten Juni 1799)

»Er? Er?«, unterbricht Conasmann den Bürgermeister. »Sie sollten lieber von Königin Luise sprechen! Sie ist es, die das Herz der Menschen berührt. Als junger Bursche sah ich sie, als sie einst im Dezember 1793 in Berlin einzog, und ich säumte zusammen mit vielen Menschen die Straßen der Stadt. Ein unbeschreiblicher Jubel kam auf, als das preußische Volk sah, wie schön und anmutig sie ist. Unsere Königin Luise ist so reizend, und: Sie macht Lippstadt durch ihren Besuch zu etwas ganz Besonderem!«, schwärmt Conasmann.

»Haben Sie es noch nicht vernommen?«, unterbricht Bürgermeister Schmitz. »*Von Minden eilte Luise ›auf kürzestem Wege‹ zu ihrer Schwester nach Hildburghausen.** In ein paar Tagen wird sie nach Wilhelmshöhe reisen und dort wieder mit dem König zusammentreffen.«

»Wie meinen?« Conasmanns Stimme bekommt augenblicklich einen hysterischen Ton.

»Königin Luise kommt nicht nach Lippstadt«, spricht Bürgermeister Schmitz jenes deutlich aus, was alle – von Magistrat bis Gesinde – mit Schrecken und unermesslichem Bedauern vernommen haben. Königin Luise kommt nicht nach Lippstadt! Sie war angekündigt, ja, aber dann änderte sie ihre Reiseroute.** So bleibt Lippstadt diese große Ehre verwehrt. Luise hätte tatsächlich mit ihrem Glanze die Stadt erleuchtet, da hat Conasmann durchaus recht, denkt Bürgermeister Schmitz und muss schmunzeln, denn er weiß, dass Conasmann meist seine höchsteigene Sicht auf die Dinge hat.

---

* *Königin Luise Büchlein*. Leipzig: Verlag der Dürr'schen Buchhandlung, 1910. S. 58.

** Vgl.: Rita Maria Fust: *Die Legende von »Luise in Lippstadt« – Und wo Königin Luise von Preußen wirklich war …* In: Heimatblätter Lippstadt 2014.

»Sie kommt nicht?«, bricht es aus Conasmann hervor. »Luise kommt nicht? – Was ist das hier für eine Stadt, die es anscheinend nicht schafft, alles so prächtig herzurichten, dass Luise lieber nach Lippstadt kommt, statt irgendwo anders hinzureisen. Sie, mein lieber Schmitz, hätten ihr etwas Besseres bieten müssen. Ein Quartier, wo sie auch logieren möchte!«, fordert Conasmann und wird immer lauter.

»Aber das habe ich doch. Stellen Sie sich vor: Justizrat Rose wollte erreichen, dass König und Königin draußen vor den Toren der Stadt in seinem Hause nächtigen! Hinter dem Rücken des Magistrats hat er versucht, das einzufädeln. Können Sie sich vorstellen, wie bestürzt ich war?«, fragt Bürgermeister Schmitz, ohne eine Antwort zu erwarten.

»Und ich erst einmal! Ich kann es kaum ertragen! Königin Luise kommt nicht.« Conasmann reibt mit den Fingern seine Schläfen und schüttelt dabei voll Unverständnis den Kopf. Wie hat es so weit kommen können? Welch eine Enttäuschung!

»Ich habe seinerzeit umgehend einen Brief verfasst«, rechtfertigt sich der Bürgermeister, »um Seine Königliche Majestät zu seiner Zufriedenheit unterzubringen. Sämtliche Nachteile zählte ich auf: das Gebäude des Justizrats Rose sei verfallen, Fenster und Türen schlössen nicht recht, sodass sich der Rauch aus der Küche überall im Hause verteilen könne. Die …«

»Nicht auszudenken«, unterbricht Conasmann. Das Entsetzen schnürt ihm die Kehle zu.

»Fürwahr! Die übertünchten Wände dünsten ungesunde Gerüche aus, und es läge eine halbe Stunde von unserer Stadt entfernt, schrieb ich nach Berlin!«*, erinnert sich Bürgermeister Schmitz.

---

* Vgl.: *König Friedrich Wilhelm III. in Lippstadt.* In: Heimatblätter Lippstadt 1914.

»Wie entsetzlich!« Ob Conasmann das Fernbleiben der Königin oder die schädlichen Ausdünstungen meint, bleibt unklar.

»Wir haben ja dieses prächtige Haus hier«, zeigt der Bürgermeister stolz auf das am Markte gelegene neue Gebäude. »Es wurde mit Eleganz möbliert und bietet alle nur denkbaren Bequemlichkeiten.* Herr Delhaes, der Besitzer, ist so freundlich, es dem König für die Zeit seines Aufenthaltes zu überlassen«, erklärt Bürgermeister Schmitz und macht so deutlich, dass seitens der Stadt wahrlich alles getan worden ist, um es für das königliche Paar angenehm zu machen. »Wir, der Magistrat, haben mit äußerster Sorgfalt dieses Quartier für Seine Majestät und Seine Gemahlin ausgewählt. Es hätte ihr gefallen! Da bin ich ganz sicher! Aber nun …«

»Luise kommt nicht«, wiederholt Conasmann, denn das ist das Einzige, was zählt. Leider. Wie gut das Quartier ausgewählt wurde, ist nicht mehr von Bedeutung. Ob es der Königin gefallen hätte, wird niemand erfahren. »Sie kommt nicht. Sie kommt nicht«, sagt Conasmann ein ums andere Mal, schüttelt den Kopf und geht in die Schenke *Goldener Hahn*, die nur wenige Schritte entfernt liegt.

Nun steht Bürgermeister Schmitz wie bestellt und nicht abgeholt auf dem Marktplatz und weiß nicht, was er tun soll. Der anstehende Besuch überfordert ihn. Wie viel Arbeit Königliche Gäste machen, denkt er allzu oft, davon macht sich niemand ein Bild.

»Wie immer, Conasmann? Eine Kanne Bier bester Sorte?«, begrüßt der Wirt seinen Gast.

---

* Vgl.: *König Friedrich Wilhelm III. in Lippstadt*. In: Heimatblätter Lippstadt 1914.

»Nein, heute brauche ich etwas Starkes. Einen Schnaps. Besser gleich zwei!« Die tiefe Enttäuschung in Conasmann will betäubt werden.

»Wie Sie wünschen.«

In Sekundenschnelle kippt Conasmann die beiden Schnäpse hinunter, schüttelt sich und schiebt ein leeres Glas über die Theke zum Wirt. Dieser versteht das Zeichen und gießt nach. Das wiederholt sich mehrere Male. Es dauert keine Viertelstunde, bis Conasmann aufsteht, den Wirt bittet, alles aufzuschreiben – er käme morgen, um die Rechnung zu begleichen – und den *Goldenen Hahn* verlässt.

Vor der Tür stolpert Conasmann über seine eigenen Füße und stürzt. So quer auf der Langen Straße liegend, zwingt Conasmann die Königliche Kutsche, die soeben das Lipper Tor passiert hat, zum Halten. Der Kutscher springt vom Bock und hilft ihm auf die Beine. Er klopft sogar den Staub hinten von Conasmanns Jacke. Dieser begreift trotz seines betrunkenen Zustandes, dass diese schmuckvolle Kutsche nur die des Königs sein kann. Statt ein Wort des Dankes zu seinem Helfer zu sprechen, geht Conasmann zur Kutschentür, reißt diese zum großen Erschrecken aller auf und schimpft mit wüsten Worten auf den König von Preußen ein. Wieso er seine Gemahlin nicht mit nach Lippstadt gebracht habe, er dürfe sie dem Volke nicht vorenthalten, nein, das ginge nicht und überhaupt, wie er es als König erlauben könne, dass die Königin allein durch die Welt reise. »Wo leben wir denn?«, fragt Conasmann aufgebracht, ohne eine Antwort zu erwarten. »Was bilden Sie sich eigentlich ein, Sie … Sie …« Noch bevor Conasmann die vermeintlich richtigen Worte für weitere königliche Beschimpfungen finden kann, zerrt der Leibkutscher mit geübtem Griff den wütenden Conasmann von der Kutschentür fort. Die tiefe Enttäuschung ist in blanke Wut umgeschlagen.

»Was ist geschehen?«, fragt Bürgermeister Schmitz, nach Luft schnappend. Vom Marktplatz aus hat er beobachten können – müssen! –, dass etwas Unvorhergesehenes geschehen ist, und sofort ist er in aufsteigender Sorge zur Kutsche gelaufen. »Eure Majestät, ich bitte aufrichtig um Verzeihung«, stammelt Schmitz ungeübt und verbeugt sich so tief vor der noch geöffneten Kutschentür, dass er sich den Kopf am Fußtritt stößt. »Au«, entfährt es ihm.

»So bin ich noch an keinem Ort empfangen worden«, stellt der König von Preußen fest. »Der eine schlägt lang hin und beschimpft mich, der andere stößt sich den Kopf. Alle anderen Menschen der Stadt umzingeln meine Kutsche, als wollten sie verhindern, dass ich in ihre Stadt einfahre. Ich kann Ihnen schon jetzt versichern, dass ich Lippstadt nie mehr vergessen werde!«

»Wir werden auch nie vergessen, wie Sie uns enttäuscht haben«, ruft Conasmann vom Straßenrand und reißt sich los. »Wenn wir es hätten verhindern können, wären Sie jetzt nicht hier. Ohne Luise …«

»Sprechen Sie nicht über meine Gemahlin, als seien Sie mit ihr vertraut!«, fordert der König von Preußen in strengem Ton.

»Luise – Luise – Luise«, ruft Conasmann provozierend wie ein dreckiger Straßenjunge und zeigt dem König die lange Nase.

»Entfernen Sie den Mann!«, befiehlt der König von Preußen. »Ich dulde diese Verspottung militärischen Grußes nicht!«

»Bitte entschuldigen Sie vielmals!«, stammelt Bürgermeister Schmitz unterwürfig und weiß nicht, wie er der

Angelegenheit Herr werden soll. Noch während er überlegt, was zu tun ist, kommen zwei kräftige Männer, um Conasmann fortzubringen.

Wenige Stunden später steigt der König satt und erfrischt wieder in seine Kutsche. Die Pferde sind umgespannt. Das angenehme Wetter hält sich, und alle sind guter Dinge, dass nun der König nebst Gefolge ohne nennenswerte Vorkommnisse wie geplant nach Wesel reisen könne.

Das Volk drängt auf dem Marktplatz immer näher an die Kutsche heran. Dieses prunkvolle und größtenteils vergoldete Gefährt wollen sie bestaunen und sogar berühren. Doch das lassen Bürgermeister Schmitz' Nerven nicht zu. »Geht! Geht heim! Seine Königliche Majestät braucht doch Luft zum Atmen. Macht ihm Platz. Gleich gehen die Pferde durch, wenn es hier so eng ist.«

Doch das Lippstädter Gesinde scheint Bürgermeister Schmitz nicht zu hören. Sie bestaunen lauthals die Kutsche, rufen sich Bemerkungen zu und freuen sich ausgelassen über den königlichen Besuch.

»Lasst mich duich!«, fordert Conasmann und lallt derart stark, als habe er in den letzten Stunden nicht geruht, sondern gesoffen. »Ich hab' dem Könich noch was su sag'n!«

Conasmann bahnt sich den Weg durch die Menge; zwischen all den Menschen ist es sehr warm und stickig, sie stinken mehr als sonst nach Schweiß und anderem, sodass ihm, Conasmann, auf einmal ganz übel wird. Auch der Schnaps wird seinen Teil dazu beitragen. Sein Magen scheint sich zu wenden, und noch bevor er begreift, was kommt, geschieht es auch schon: Er übergibt sich. Nicht einmal, gleich mehrmals und trifft dabei sowohl die Tür der königlichen Kutsche, den entsetzten Leibkutscher, und –

das ist das Beklagenswerteste überhaupt – des Königs neuen polierten Rindslederstiefel.

Dem König von Preußen, seinem Gefolge und dem Bürgermeister Schmitz fehlen die Worte. Sie schweigen, das Entsetzen ist zu groß. Nur das umstehende Gesinde findet in seiner Sprache derbe, aber leider passende Worte: Conasmann hat auf den König gekotzt!

LIPPSTADT, 31. MÄRZ 2012

»GUTEN MORGEN«, sagt Oliver und kuschelt sich an Annika. »Hast du gut geschlafen?«

»Hmmm«, knurrt sie.

»Komm, wach auf. Es gibt viel zu tun.«

»Hmmm.«

»Du Schlafmütze! Ich gehe schon mal ins Bad und mache mich fertig«, verkündet Oliver.

Als die Badezimmertür ins Schloss fällt, dreht Annika sich im Bett liegend auf den Rücken und blickt nach oben. Die alte Stuckdecke ist wunderschön geworden. Oliver hatte sie, wie auch das ganze Gebäude – das Overkamp'sche Haus, wie er zu sagen pflegt – von Grund auf restaurieren lassen. 2010 hatte Oliver im Nachlass seiner Oma einen Brief aus dem Jahr 1764 gefunden. Darin hatte ein Lippstädter namens Ferdinand seine in Lübeck lebende Schwester gebeten, seine schwangere Tochter bei sich aufzunehmen. Dieser Brief brachte Oliver auf den Gedanken, ein Urlaubssemester zu nehmen und von Lübeck nach Lippstadt zu kommen. Er hatte ein altes Familiengeheimnis aufdecken wollen, was ihm zum Teil auch gelungen war: Oliver hatte erfahren, dass sein Urur...großvater, der erfolgreiche Kaufmann Ferdinand Overkamp, in diesem Haus hier in Lippstadt gelebt hatte, bis irgendetwas Tragisches vorgefallen war. Etwas Furchtbares muss es gewesen sein, da ist Oliver sicher, aber was genau geschehen war, hatte er nicht in Erfahrung bringen können. Trotz intensiver Recherche weiß Oliver nur, dass ein Mann namens Caspar Engerling nach und nach das gesamte Vermögen

Ferdinand Overkamps an sich gebracht hatte. Zu guter Letzt war es diesem Engerling 1765 auch noch gelungen, dieses Overkamp'sche Haus zu bekommen, woraufhin sein Urur…großvater nach Lübeck gegangen war. Dort leben die Nachfahren heute noch. Olivers Großmutter war die letzte geborene Overkamp. Jetzt heißt die Familie Thielsen. Oliver Thielsen. Der Zufall hatte es so gewollt, dass Oliver 2010 dieses Haus ersteigern konnte. Nach 245 Jahren hatte er es wieder in Familienbesitz bringen können. Im November 2010 wurde das Haus zwangsgeräumt.* Im Frühjahr 2011 war eine Apotheke ins Erdgeschoss des Hauses Kirchgasse 2 eingezogen, während im ersten Stock – Beletage, nennt Oliver sie – alles von der Pike auf renoviert und restauriert worden war. Es muss ein Vermögen gekostet haben. Aber Geld scheint für Oliver und die Thielsens kaum eine Rolle zu spielen. Es war sogar mehrfach ein Kunst- und Bauhistoriker vor Ort gewesen, der von der wiederentdeckten Schönheit der guten Stube, wie Oliver immer sagt, absolut begeistert war. »Das ist Stadtgeschichte«, hatte der Historiker gesagt. »Wunderbar, einfach wunderbar.« Dieser Mann war ein Experte in Sachen Denkmalschutz und Denkmalpflege. Er hatte Oliver viele Tipps gegeben, an wen er sich wenden sollte, um zum Beispiel die Holzwürmer zu vertreiben, wer die fehlenden Stellen im Stuck wieder ausfüllen konnte, wie man die verrauchte Raufasertapete entfernte, ohne die darunter verborgene Malerei über der Tür zu zerstören. Der Experte und die Fachleute hatten an alles gedacht, und das Ergebnis kann sich sehen lassen. Es ist traumhaft geworden – wieder traumhaft geworden.

»Hast du denn jetzt noch Sachen in deiner Wohnung in

* Vgl.: Rita Maria Fust: *Der Kaufmann von Lippstadt*. Gmeiner 2014.

Lübeck, oder ist sie schon leer?«, fragt Annika, als Oliver aus dem Bad kommt.

»Nein, es ist jetzt alles hier. Alles, was mir wichtig ist. Auch du bist hier«, sagt Oliver und springt mit Anlauf wieder ins Bett. »Schön, dass du da bist.«

»Ja, schön, dass du es aus Lübeck ins schöne Lippstadt geschafft hast. Immer diese Fahrerei am Wochenende; der Weg von Paderborn nach Lübeck ist einfach zu weit. Von Paderborn nach Lippstadt hingegen ist es kein Problem«, findet Annika, die in Paderborn lebt und studiert.

»Wenn das so ist«, lacht Oliver, »dann zieh doch zu mir. Die Beletage ist viel zu groß für mich«, bittet Oliver. Er wünscht sich nichts mehr, als dass Annika endlich zu ihm zieht.

»Wie oft soll ich es dir noch erklären? Von meiner Wohnung zur Uni sind es nur wenige Minuten, das ist superpraktisch. Außerdem mag ich Paderborn.«

»Das Praktische will ich ja noch gelten lassen«, sagt Oliver, »aber eine schöne Stadt ist es nicht! Besser als Lippstadt geht es doch gar nicht. Lübeck ist nahe dran. Aber Lippstadt, das ist meine Stadt, deshalb bin ich hier.«

»Ja, ich weiß«, sagt Annika. »Aber Paderborn ist auch eine tolle Stadt!«

»Frühstück wäre jetzt auch toll, oder? Und dann gibt es hier noch viel zu tun. Ich muss heute unbedingt die Küche richtig anschließen. Gleich um elf Uhr kommt Andy und hilft mir. Bis dahin muss ich noch entsprechend Platz schaffen und …«

»Ich verstehe schon. Tu, was du tun musst. Ich mache mich eben im Bad fertig und hole dann Brötchen, okay?«

»Ja gerne. Ich habe einen Bärenhunger«, sagt Oliver.

»Ah, guten Morgen Frau Neff-Asseburg«, sagt Annika, als ihr die Apothekerin im Eingangsbereich des Hauses begegnet.

»Guten Morgen, Frau … äh …«

»Austerschmidt. Annika Austerschmidt heiße ich«, stellt sich Annika vor. Von der Apothekerin hat Oliver gestern Abend erzählt. Er sei noch am Tag seines Einzugs, also vorgestern, mit ihr ins Gespräch gekommen: Über Lippstadt und seine Geschichte, von der sie erstaunlich wenig wisse, hatte sich Oliver gewundert. Annika hatte instinktiv die Apothekerin verteidigt, es wären schließlich nicht alle so an Stadtgeschichte interessiert wie er. Oliver hatte dann schnell eingelenkt, doch fand er es unverständlich, wie man so wenig über seine Heimatstadt wissen kann.

»Haben Sie gestern Zeitung gelesen? In *Der Patriot* und in der Lippstädter Tageszeitung LTZ steht, dass es ein neues Lippstadt-Buch gibt. Das ist doch etwas für Ihren Freund, oder? Wir sprachen darüber«, erklärt Frau Neff-Asseburg.

»Ja, ich habe davon gehört. Und nein, ich glaube, er hat es noch nicht gelesen, sonst hätte er mir davon erzählt. Er hat viel zu tun. An diesem Wochenende muss er mit dem Umzug fertig werden. Alles muss angeschlossen sein, denn am Montag beginnt er mit seinem neuen Job«, berichtet Annika. Oliver war nach seinem Urlaubssemester im Sommer 2010 in Lippstadt nach Lübeck zurückgekehrt, um sein Studium abzuschließen. Nun hat er eine Anstellung bei der Lippstädter Tageszeitung LTZ bekommen, bei der er 2010 ein Praktikum gemachte hatte.

»Hier, ich habe den Artikel ausgeschnitten«, sagt Frau Neff-Asseburg mit einem Lächeln und reicht Annika den Ausschnitt. »Den können Sie behalten. Ist nicht so mein Thema.«

»Danke. – Wie lange hat denn die Apotheke heute geöffnet?«, fragt Annika mehr aus Höflichkeit denn Interesse.

»Heute bis 18 Uhr und morgen von 13 bis 18 Uhr«, antwortet Frau Neff-Asseburg. »Das macht einem das ganze Wochenende kaputt, und meine Kinder sind wieder viel alleine. Wissen Sie, ich sehe dann immer die glücklichen Familien, Vater – Mutter – Kinder, hier vor dem Schaufenster vorbeigehen, und ich weiß, dass meine Kinder allein zu Hause sitzen und womöglich fernsehen. Und das bei diesem schönen Wetter. Die Sonne scheint, und ich sitze hier in der Apotheke …«

»Morgen haben Sie geöffnet? Da ist doch Sonntag!«, wundert sich Annika.

»Ja, das stimmt. Aber es ist doch *Lippstädter Lenz*. Morgen ist verkaufsoffen und das legendäre *Entenrennen*.«

Annika geht über den Marktplatz – samstags ist immer Wochenmarkt – und überlegt, was *Entenrennen* sein könnte. Komische Sachen gibt es in Lippstadt. Sie würde Oliver fragen, der weiß immer eine Antwort und hält mit seinem Wissen nicht hinterm Berg. Ein waschechter Klugscheißer, denkt Annika manchmal, was der alles weiß, nicht nur über Lippstadt. Oft hat sie sich schon über Olivers Art geärgert, dass er immer nur ein Thema hat: Stadtgeschichte. Doch er hat natürlich auch seine guten Seiten, sonst wäre sie schließlich nicht mit ihm zusammen. Ihre Freundin Sara sagt immer, Oliver sehe aus wie Matthias Schweighöfer, nur jünger. Da hat Sara recht, denkt Annika und freut sich, dass Oliver so süß ist mit seinen blonden Strubbelhaaren. Er ist aber auch gebildet, zuverlässig und ein bisschen witzig. Und irgendwie konservativ: »Oliver, der Hüter der Traditionen«, sagt Olivers Bruder Daniel immer und trifft es damit auf den Punkt. Was für Daniel so negativ ist, ist für Annika von großer Bedeutung. Es kommt ja nicht von ungefähr, dass sie Geschichte studiert. So passen ihre Interessen ganz hervorragend zu Olivers, findet sie und freut sich. – Annika war kurz in ihren Gedanken versunken und wirft nun einen Blick auf den Zeitungsausschnitt, den Frau Neff-Asseburg ihr gegeben hat. *Bunte Lesereise durch die Stadtgeschichte. »Lippstadt im Spiegel der Zeit«: Neue 231-Seiten-Chronik vorgestellt.* Das ist doch genau das Richtige für Oliver, denkt Annika und liest weiter: *Lippstadt – Zeitreise ohne Zeitmaschine: Wer sich auf eine ebenso unterhaltsame wie informative Reise durch die Stadtgeschichte Lippstadts begeben möchte, sollte einen Blick in das neue Buch »Lippstadt im Spiegel der Zeit« werfen, das jetzt im Stadthaus vorgestellt wurde. [...] ist für 19,80 Euro in allen Patriot-Geschäftsstellen erhältlich und im Internet.**

»Entschuldigen Sie«, spricht Annika eine Marktbesucherin an. »Ist hier nicht in der Nähe eine *Patriot*-Geschäftsstelle?«

»Ja, da vorne«, sagt die Frau und deutet schräg auf die andere Straßenseite. »Am Aldi vorbei oder direkt neben dem Aldi. Sie werden es nicht verfehlen.«

»Danke!«, sagt Annika. Sie hat schon während des Lesens beschlossen, nicht nur Brötchen mitzubringen, sondern auch dieses Buch. Das wird Oliver gefallen, hundert pro!

»Wo warst du so lange?«, fragt Oliver, als er Annika die Treppe zur Beletage hochkommen hört.

---

* »Bunte Lesereise durch die Stadtgeschichte. ›Lippstadt im Spiegel der Zeit‹: Neue 231-Seite-Chronik vorgestellt. In: *Der Patriot*, 30. März 2012.

»Augen zu«, fordert sie, ohne auf seine Frage einzugehen. »Mach schon!«

»Ich habe Hunger, und gleich kommt Andy. Dann will ich wenigstens mit dir schon einen Kaffee getrunken haben. Zur Feier des Tages habe ich ein Glas Nutella geöffnet. Der Kühlschrank ist noch leer. Ich sollte heute noch ein paar Sachen besorgen. Lebensmittel meine ich …«

»Psst. Sei ruhig und setz dich hin«, sagt Annika. »Sind deine Hände sauber?«

»Ja. Was soll das jetzt?« Es ist Oliver deutlich anzumerken, dass er etwas genervt ist.

»Hier, für dich«, sagt Annika und drückt Oliver das Buch in die Hände. »Augen auf!«

»*Lippstadt im Spiegel der Zeit*", liest Oliver. »Cool! Wo hast du das denn her? Das gibt es doch nicht beim Bäcker! Wie … wie … wie genial ist das denn?«, freut er sich. »Schade, dass ich heute keine Zeit haben werde, in Ruhe zu lesen. – Woher weißt du, dass es das gibt?«, fragt Oliver.

»Ich habe die Neff-Asseburg getroffen. Stell dir vor, die hat extra für dich den Artikel ausgeschnitten, weil sie weiß, dass du auf so etwas stehst«, erzählt Annika.

»Ja, die ist echt nett. Dr. René Lange – das ist der Inhaber der Apotheke, dem ich die Verkaufsräume vermietet habe – habe ich seit meiner Ankunft am Donnerstag noch nicht hier gesehen. Aber egal …«

LIPPSTADT, 6TER JULI 1801

»JORDAN! HABEN SIE ES GEHÖRT? Apotheker Tilemann hat einen Nachfolger gefunden!«, ruft Fabro. Aufgebracht steht er in der Offizin, dem Verkaufsraum der *Adler-Apotheke*. »Tilemann verkauft seine *Einhorn-Apotheke* nebst Privileg an seinen Gehilfen Hülsemann! Heute noch!«

»Was sagen Sie?«, hakt Jordan, der Besitzer der *Adler-Apotheke*, erschrocken nach. »Tilemann verkauft? Das ist gegen die Verordnung. Unfassbar! Das darf nicht sein! In der Medicinal-Verordnung von 1778 steht, dass eine der drei Apotheken Lippstadts schließen muss, und zwar die, wo am ersten Mann oder Frau stirbt, und die beiden übrigen Apotheker müssen dem Erben das Privilegium abkaufen. So einen Fall haben wir jetzt in etwa! Tilemann kann nicht einfach so verkaufen!* Das darf er gar nicht!«

»Sie sagen es. Das geht so nicht! Wir müssen etwas unternehmen«, fordert Fabro, der Inhaber der *Engel-Apotheke*.

»Sie haben völlig recht. Ich bin nicht gewillt, mir das gefallen zu lassen«, ereifert sich Jordan. »Es ist eine Unverschämtheit! – Conasmann!«, ruft Jordan seinen Gesellen. »Fertigen Sie bitte die Salbe für den kleinen Wilhelm Delhaes an. Das Rezept liegt auf dem Tisch im Laboratorium. Ich muss mit Apotheker Fabro etwas besprechen. Und Conasmann, arbeiten Sie gewissenhaft. Die Witwe des Justizrats Brinckmann holt die Salbe für ihren Enkel höchstselbst noch heute am Tage ab!«

---

* Vgl.: Stadtarchiv Lippstadt. St.R. B 2046.

»Ich dachte, wenn der alte Tilemann seine Offizin nicht mehr führen kann oder das Zeitliche segnet, dann wird die *Einhorn-Apotheke* geschlossen«, setzt Jordan das Gespräch fort, als er mit Fabro über den Marktplatz Richtung Rathaus geht. Nur hier an der frischen Luft können sie ungestört reden, denn der Geselle des Jordan – Conrad Johann Conasmann – hat seine Ohren überall und mischt sich nur zu gerne in Angelegenheiten, die ihn gar nicht betreffen.

»Ganz recht«, pflichtet Fabro Jordan bei. »So habe ich es mir auch vorgestellt. Wir dürfen uns eine derartige Dreistigkeit nicht bieten lassen. Wir müssen etwas unternehmen!«

»Fürwahr. So eine Unverschämtheit! Verkauf an Hülsemann? Das darf nicht sein. Was denkt sich Tilemann nur dabei? Gerade als Amtmann und Apotheker muss er doch im Sinne und zum Wohle der Stadt und der Menschen handeln. Und dann auch noch an Hülsemann! Das ist doch sein jetziger Gehilfe, nicht wahr?«, regt sich Jordan auf.

»Ganz recht«, antwortet Fabro und nickt. »Candidat Pharmaceut* nennt er sich.«

»Na, dem werden wir es zeigen. Hülsemann! Nicht mit uns!«, ruft Jordan in Richtung *Einhorn-Apotheke*, die wenige Schritte entfernt ebenfalls an der Langen Straße liegt.

»Aber Hülsemann selbst trifft doch kaum Schuld«, verteidigt Fabro den künftigen Konkurrenten. »Ich kann den jungen Mann durchaus verstehen, er muss an seine Zukunft denken, möchte gewiss eine Familie gründen – oder hat er schon eine? Er braucht ein Auskommen.«

---

* Vgl.: *275 Jahre Privilegierte Einhorn-Apotheke*. Hg. v. *Einhorn-Apotheke*/Merten Thurmann, Lange Straße 11, 4780 Lippstadt. [1987], S. 4.

»Aber wir auch. Ich brauche auch Geld für meine Frau und mich, und Sie doch wohl auch für sich und ihre Familie. Die kleine Sophie und der kleine Franz. Am besten behalten Sie Ihre *Engel-Apotheke* und ich meine *Adler-Apotheke.* Auf die *Einhorn-Apotheke* können die Lippstädter gut verzichten. Zwei Apotheken reichen völlig aus. – Werter Kollege, wenn wir mal ehrlich sind, eine Apotheke mit zwei oder drei Gehilfen und Gesellen würde auch ausreichen für diese Stadt. Aber keine Sorge, nun wollen wir erstmal gemeinsam gegen Tilemann und Hülsemann vorgehen«, besänftigt Jordan, noch bevor Fabro sich über die mögliche Tragweite dieser Aussage bewusst werden kann.

»Sehen Sie, unsere beiden Bürgermeister kommen«, sagt Fabro mit einem Gefühl in der Magengegend, das ihm zu verstehen gibt, hier nun soeben etwas Entscheidendes nicht mitbekommen zu haben.

»Guten Tag, Herr Schmitz. Guten Tag, Herr Zurhelle«, grüßen die beiden Apotheker.

»Guten Tag, die Herren. Wie laufen die Geschäfte?«, erkundigt sich Zurhelle, ohne zu ahnen, in welches Wespennest er damit sticht.

»Herr Zurhelle, wenn Sie nur wüssten!«, beginnt Jordan und erzählt die ganze leidige Angelegenheit des bevorstehenden Verkaufs Tilemanns an Hülsemann in düsteren Farben.

»Hm, da weiß ich so auf die Schnelle auch keinen Rat«, gesteht Zurhelle.

»Wir könnten doch den Stadtsyndicus um Rat fragen, Herrn Overbeck. Vielleicht fällt ihm etwas ein«, hofft Fabro.

»Overbeck ist nach Lemgo gegangen. Wissen Sie das nicht? Er ist dort Bürgermeister«, erklärt Bürgermeister

Zurhelle den beiden Apothekern, die in Sorge ihre Felle davonschwimmen sehen.

»Auf jeden Fall werden wir etwas unternehmen. So geht das nicht! Wir werden uns zu wehren wissen«, beendet Jordan das Gespräch. Er mag seinen Gesellen Conasmann nicht zu lange in seiner Offizin und im angrenzenden Laboratorium alleine lassen. Zu schnell vernachlässigt dieser seine eigentlichen Aufgaben und führt Versuche durch, von denen nur Gott allein weiß, was genau Conasmann damit zu bezwecken gedenkt. Von Zeit zu Zeit wird es Jordan zu bunt mit seinem Gesellen, und er wünschte, diesen nicht eingestellt zu haben. Ja, im Geheimen sorgt sich Jordan, einem Hochstapler auf den Leim gegangen zu sein, denn er, Jordan, ist sich nicht sicher, ob der ihm vorgelegte Lehrbrief, der Conasmanns Zeit als Gehilfe in Erfurt belegen soll, wirklich echt ist. Wie heute üblich ist der kunstvoll gestaltete Brief nicht mehr auf Pergament, sondern auf Papier geschrieben. Umrahmt ist die Urkunde mit bildlichen Darstellungen von Mörsern, Destilliergeräten, Waagen und Gewichten, ebenso ist das Erfurter Stadtwappen oben in der Mitte zu finden. Der Lehrherr weist sich als Apotheker aus, nennt Namen und Geburtsdatum seines Gehilfen, des Lehrlings Conasmann, und beschreibt ihn als *wohllöblich, fleißig, ehrlich, brav und flink.** Und obwohl das Siegel des Erfurter Apothekers diese gut fünfjährige Zeit zu bezeugen scheint, so fürchtet Jordan doch, dass Conasmann einer dieser umherziehenden Kräuter- und Gewürzhändler war, denn die genannten Eigenschaften passen so gar nicht zu dem Conasmann, der

* Vgl.: Elisabeth Huwer: *Das Deutsche Apotheken-Museum. Schätze aus zwei Jahrtausenden Kultur- und Pharmaziegeschichte.* Hg. von der Deutschen Apotheken Museum-Stiftung. Schnell und Steiner ²2008, S. 267.

durch äußerst abwegige Überlegungen auf sich aufmerksam macht. Andererseits ist Conasmanns Kenntnis der Apotheker-Kunst zu gut, als dass er vormals ein Quacksalber gewesen sein könnte. Doch dann wieder versteht er die einfachsten Dinge nicht und unterbreitet Vorschläge im Umgang und zur Herstellung von Arznei, denen jegliche Grundlage fehlt. Schimpft Jordan, behauptet Conasmann, seiner Zeit voraus zu sein, ein Fluch der zu früh Geborenen. Seine Gedanken würden in – vielleicht zu ferner – Zukunft wissenschaftlich anerkannt. Dem Königreich Preußen wolle er dienen. Als großen Apotheker werde man ihn feiern, davon verstünde er, Jordan, nichts. Wann er denn weiterzuziehen gedenke, würde Jordan gerne fragen, stets in der Hoffnung, bald endlich wieder alleine in der Apotheke sein zu können. Doch diese Frage wird Jordan niemals stellen können, geschweige denn, dass er so weit gehen könnte, Conasmann aus seinem Dienste zu entlassen. Ihn fortschicken: undenkbar. Unmöglich. Zu viel – alles! – hat er Conasmann zu verdanken. Dieser war damals erst wenige Tage in Lippstadt gewesen, als es passierte: Anfang Februar 1799, beim Mittagessen, hatten Fischgräten beinahe zum Erstickungstod des Jordan geführt. Er lag am Boden, rang nach Luft, lief zuerst rot an, wurde dann aber schnell blau. Die gnädige Frau hatte umgehend den jungen Burschen Arnold geschickt, Dr. Riegling zu holen. Als Conasmann, von Neugier getrieben, die Stube betrat, kniete Frau Jordan neben ihrem Gatten am Boden und betete inbrünstig. Woher sie auf die Schnelle die beiden Kerzen genommen hatte, die sie ihm gekreuzt vor den Hals hielt, wusste Conasmann nicht. Es tat aber auch nichts zur Sache, denn auf christliche Bräuche legte er keinerlei Wert. Ganz im Gegenteil!

»… auf die Fürsprache des heiligen Blasius …« Weiter kam die gnädige Frau nicht, da wurde sie von Conasmann unterbrochen. »Halten Sie den Mund«, fuhr er sie barsch an. Erschrocken und entsetzt hielt sie in ihrem Gebet inne und starrte ihn an, als sei er der Teufel in Person.

Conasmann schlang seine Arme um Jordans Brustkorb, zog ihn hoch, dass dieser auf seinen Beinen hätte stehen können, wenn er noch die Kraft dazu gehabt hätte. Conasmann war von kräftiger Natur und schaffte es mir Leichtigkeit, Jordan zu halten. Ein Ruck – und noch ein festerer Ruck. Jordan hustete, würgte und brachte schließlich einen Kloß von Gräten hervor, der in hohem Bogen auf den Tisch flog. Sofort sog er Luft tief in seine Lunge ein, und noch einmal. Er japste und brauchte recht lange, bis er einigermaßen wieder bei Atem war.

»Danke, Herr Conasmann«, hatte Jordan mit heiserer, brüchiger Stimme gesagt. »Ich stehe tief in Ihrer Schuld. Ihnen verdanke ich von nun an mein Leben. Danke!«

In der Zwischenzeit war Dr. Riegling gekommen und hatte zu seiner Erleichterung feststellen können, dass alles wieder gut war. Zur Vorsicht riet er der gnädigen Frau, doch etwas zur Beruhigung zu nehmen. Wie von Sinnen schimpfte diese nämlich auf ihren Mann, er sei nicht gottesfürchtig genug, er bete nicht ausreichend und andächtig, bestimmt sei er mit seinen Gedanken ganz woanders gewesen, als sie vor wenigen Tagen den Blasiussegen empfangen hätten. Das sei eine Strafe Gottes oder zumindest ein Zeichen Gottes. Fischgräten hätten beinahe zu seinem Tod geführt. Er müsse mehr beten, so gehe es nicht weiter.

»Gnädige Frau«, mischte sich Conasmann damals ein, »oft ist es besser, wenn die Menschen die Sache selbst in die Hand nehmen, statt auf das Wohlwollen Gottes zu vertrauen.«

»Wie können Sie so etwas sagen? Auch Sie wird Gott strafen, da bin ich sicher! Sie ungläubiger …«

»Lassen Sie ihn in Frieden, ich verdanke ihm mein Leben! Ohne seine Hilfe wäre ich nun tot«, fiel Jordan seiner Frau damals ins Wort und machte sehr deutlich, dass er keinen Widerspruch duldete. »Ich stehe für immer in seiner Schuld, das kann ich nie wieder gut machen!«

Seitdem nimmt sich Conasmann Freiheiten, die ihm trotz allem nicht zustehen. Er macht sich ein schönes Leben und verhält sich, als sei alles sein Eigentum. Seine Offizin, sein Laboratorium, sein Haus. Ja, und vieles lässt Jordan auch durchgehen, was bleibt ihm anderes übrig? Seit gut zweieinhalb Jahren geht das nun so, und Jordan hofft immer öfter, dass Conasmann fort geht! Trotz allem müsse er, Conasmann, ihm, seinem Meister, mit Ehrfurcht und Achtung begegnen und tun, was er von ihm verlange, schimpft Jordan, wenn es wieder einmal zu einem peinlichen Zwischenfall in der Offizin gekommen ist. Die Kundschaft schüttelt bereits den Kopf darüber, wie geringschätzig und abfällig Conasmann mit Jordan spricht. Warum lässt sich Jordan das gefallen?, überlegen sie. »Warum sagen Sie Ihren Kunden denn nicht, dass Conasmann Ihnen das Leben gerettet hat?«, fragt seine Frau ihn immer wieder und versteht nicht, was daran so schlimm ist. Doch nein, das tut Jordan nicht. Es ist ihm schon so unangenehm genug, in Conasmanns Schuld zu stehen; wenn es jetzt auch noch alle wüssten, würde er sich noch mehr schämen. Er empfindet es als ein Zeichen der Schwäche und sich selbst als minderwertig, weil er so jemandem das eigene Leben verdankt. Er ist in seiner eigenen Achtung gesunken und fürchtet seitdem, dass auch die Lippstädter ihn abfällig ansehen könnten. Er möchte auch nicht zum Gespött der Leute werden, weil er beinahe an einer kleinen Fischgräte erstickt wäre. Am schwersten wiegt jedoch die Sorge, dass seine Gemahlin recht hat und er nicht gläubig genug ist. Wie oft hängt er beim Gottesdienst seinen Gedanken nach, überlegt, was noch alles zu tun sei oder träumt von besseren Zeiten mit nur einer – seiner! – großen Apotheke in Lippstadt. Zählen nicht Gier und Maßlosigkeit zu den sieben Todsünden?, überlegt er mit Schrecken. Vielleicht war es wirklich ein Zeichen Gottes? Auf keinen Fall sollten die Lippstädter ihn als ungläubig oder gottlos ansehen, das würde auch dem Geschäft schaden, dann bräuchte er nicht einmal mehr von *einer* Offizin zu träumen. Er versprach sich und Gott, künftig mehr und inbrünstiger zu beten.

Obwohl kein einziger Tag vergeht, ohne dass sich Jordan bewusst machen muss, wie tief er in Conasmanns Schuld steht, geraten die beiden immer häufiger aneinander. Wenn Conasmann von sich und Preußen im selben Atemzug spricht und in schillerndsten Farben ausmalt, was er noch alles Gutes zu tun beabsichtige, wie man ihn in Preußen feiern werde, wie sehr er Königin Luise verehre, wie sehr er sie liebe und sogar begehre, dann … – Jordan empfand es anfangs als seine Pflicht, Conasmann vorsichtig darauf hinzuweisen, dass dessen Sicht auf die Dinge nicht so ganz richtig sei. Dass Preußen nicht auf jemanden wie Conasmann warte, und vor allem: dass eine Königin wie Luise, voller Anmut und Stil, keinen Mann wie ihn wolle. Mal ganz abgesehen davon, dass sie glücklich verheiratet sei. Doch es änderte sich nichts, ganz im Gegenteil: Conasmann steigert sich immer weiter in seinen Plan, für die preußischen Soldaten ein Medikament zu entwickeln, das einen Sieg Preußens gegen Napoleon garantiere. Dann würde ihm die Gunst der Königin zuteil. Was er sich einbilde, brüllt Jordan in Augenblicken, in denen Conasmann seinen Plan wieder einmal unaufgefordert dargelegt. Seit einiger Zeit nimmt Jordan kein Blatt mehr vor den Mund: Er kann dieses dumme Gerede beim besten Willen nicht mehr ertragen. Conasmann sei ein kleiner Geselle auf angeblicher Wanderschaft, der es zu nichts bringen werde, schreit Jordan. Er sei ein Wichtigtuer, ein Blender und jemand, dem man nicht trauen könne. Nach solchen Auseinandersetzungen ist es Jordan, der beinahe fluchtartig die eigene Offizin und das eigene Laboratorium verlässt. Er ärgert sich über sich selbst, seine ausweglose Lage und schämt sich zugleich wegen seines Verhaltens Conasmann gegenüber. Er steht in dessen Schuld; mit so jemandem darf man nicht in einem Ton sprechen, wie er, Jordan, es getan hat. Das gehört sich einfach nicht. Doch er wird Conasmann niemals loswerden können – es sei denn, er geht von selbst, wird Jordan ein ums andere Mal bewusst und lässt ihn verzweifeln. Was soll er nur tun? Irgendetwas hat Conasmann an sich, dass ihm nicht nur angst und bange wird, sondern irgendetwas an Conasmann hindert ihn, Jordan, daran, so aufzutreten, dass nichts infrage gestellt wird und dass alles unangefochten umgesetzt wird, was er fordert. Ja, er lässt sich von Conasmann einschüchtern wie ein Mädchen. Dieser Mann ist ihm nicht geheuer. Launisch. Überaus launisch. Himmelhochjauchzend – zu Tode betrübt. Und anscheinend nicht ganz richtig im Kopf.

LIPPSTADT, 18TER AUGUST 1801

»So kommen Sie doch herein«, bittet Johann Joseph Fabro den Apotheker Jordan in seine Offizin an der Langen Straße. »Ich fürchtete bereits, Sie kämen nicht. Aber nun sind Sie ja hier«, stellt Fabro erleichtert fest.

»Ja. Mein Geselle Conasmann hat beinahe mein Laboratorium in Flammen aufgehen lassen. Er bereitete mit meinem Gehilfen, dem jungen Arnold, die Destillation vor. Doch einer so dumm und töricht wie der andere; sie wählten trotz der hohen Temperatur den gläsernen Alembik.* Wie nicht anders zu erwarten, platzte der Destillierhelm und die Quinta Essentia geriet ins Feuer. Sie können sich nicht vorstellen, wie die Funken flogen! Arnold sprang kreischend wie ein Mädchen zurück und riss das, was vom Aufbau noch übrig war, zu Boden. Scherben, überall diese feinen Glasscherben. Die Funken entzündeten in Windeseile die getrockneten Kräuter, die Drogen, die ich noch in der Materialkammer aufhängen wollte. Sie waren schon strack gelegt und gebunden. Alles vorbereitet. Und nun? Alles weg! Er bringt nur Unheil und ist zu nichts zu gebrauchen. Von Tag zu Tag wird es schlimmer mit ihm. Und stellen Sie sich vor, als ich in großer Sorge und Eile das Laboratorium löschte und anschließend mit Arnold aufräumte, da starrte der Conasmann nur, so als sei er nicht auf dieser Welt. Ich fluchte, er solle uns hel-

* Ein Alembik ist ein Gefäß zur Trennung von Stoffen durch Erhitzen und anschließendes Abkühlen (Destillation).

fen, schließlich sei er es, der dieses Unheil hier zu verantworten habe. Da begann er zu zittern, erst nur ein wenig, dann immer heftiger, und ich glaubte, jeden Augenblick einen seiner Wutausbrüche erleben zu müssen, doch nein, er saß da und die Tränen liefen ihm über sein Gesicht, ohne dass sich dessen Züge veränderten. Nur die Tränen rollten die Wangen hinab und tropften auf seine Kleidung. Er wurde so bleich, dass ich dachte, gleich fällt er um und ist tot. Aber er stand auf und ging wortlos in seine Kammer. Nun scheint er zu schlafen. Eine höchstmerkwürdige Angelegenheit«, schüttelt Jordan fassungslos den Kopf.

»Ich sehe, es ist wahrlich ein Problem. Doch unser heutiges Anliegen ist weit größer. Wenn wir nicht gemeinsam gegen den Verkauf der *Einhorn-Apotheke* an Hülsemann vorgehen, werden wir in Zukunft nur noch *Schnaps und Liquor* verkaufen«, fürchtet Fabro. »Mehr wird uns nicht bleiben.«

»Fürwahr. Es muss uns gelingen, dass das Privileg der Apotheke eingezogen wird. Wir werden es kaufen müssen, ja, aber das ist das kleinere Übel!«, ereifert sich Jordan. »Was es wohl kosten mag?«

»Ich weiß es nicht. Es wird wohl mehr als 'n Appel und 'n Ei sein. Bitte entschuldigen Sie meine Ausdrucksweise. Koste es, was es wolle, wir haben keine Wahl. Der Bedarf an Arzneien ist nicht ausreichend für drei Apotheken«, stellt Fabro zum wiederholten Male fest.

»Das liegt an der verminderten Population! Die Menschen sterben wie die Fliegen oder verlassen die Stadt. Haben bereits verlassen. Lippstadt hat nur noch wenige Einwohner!«, regt sich Jordan auf.

»Da muss ich Ihnen leider widersprechen: Lippstadt hat heute mehr Einwohner denn je. Aber jeden Tag könnten sich hier neue Ärzte niederlassen, und es ist dann nur eine Frage der Zeit, bis auch neue Apotheker nach Lippstadt kommen wollen*«, zeigt Fabro auf. »Deswegen ist es so wichtig, dass wir unsere Sicht, besser sage ich: unsere Sorgen dem Provinzial Collegium medicum in Hamm mitteilen. Das hat doch die Oberaufsicht über das Medicinalwesen und ist somit zuständig, auch die Verhältnisse in Apotheken zu regeln.** Wir müssen sie darauf aufmerksam machen, dass der in der Medicinal-Verordnung dargestellte Fall, nämlich: Einer der drei Apotheken soll das Privileg entzogen werden, eingetreten ist. Denn ohne Privileg, also ohne Erlaubnis Preußens, darf hier keine Apotheke geführt werden.«

»Jaja, ich weiß. Also schreiben Sie: *Wohl und Hochedelgeborene Hochzuehrende Herren! Wohl und Hochedelgeboren wird es aus der im Jahre 1778 für hiesigen Ort samtlandesherrlich erlassene Medizinalverordnung bekannt seyn, daß wie es im 12ten § daselbst heißt …*«, diktiert Jordan.

»Nicht so schnell. Ich kann die Handgriffe der Apotheker-Kunst zügig ausführen, aber zum schnellen flüssigen Schreiben fehlt mir die Übung«, unterbricht Fabro. »Das *Königliche Provinzialcollegium und* [die] *hochfürstlich lippische Regierung* sollen es doch auch lesen können.«

»Fürwahr. Wir sollten jetzt schreiben, dass wir glauben, dass es nun an der Zeit ist, das Privileg der *Einhorn-Apotheke* an uns zu verkaufen, weil es zum Besten für die Lippstädter ist«, überlegt Jordan laut. »Und wir müssen selbstredend auch sicherstellen, dass wir als Apotheker

---

* Vgl.: Stadtarchiv Lippstadt, St.R. B 2046.

** Vgl.: Christoph Friedrich u. Wolf-Dieter Müller-Jahncke: *Geschichte der Pharmazie II. Von der Frühen Neuzeit bis zur Gegenwart*. Eschborn: Govi 2005, S. 210 und 402.

den Lebensunterhalt für unsere Familien verdienen müssen!«, ergänzt Jordan.

»*Wir können aber auch zuversichtlich behaupten, daß das Wohl einzelner mit dem Wohl des Ganzen nie inniger vereint war, als in dieser wichtigen Angelegenheit*«, formuliert Fabro, um es unverzüglich auch so niederzuschreiben.

»Höre ich da einen preußischen Gedanken? Suum cuique – Jedem nach seinem Verdienst. Gleiche Rechte und gleiche Pflichten für alle«, hakt Jordan mit einem Schmunzeln nach. »Sie scheinen so gar nicht lippisch zu sein. Sie sind preußisch!«

»Wenn Sie es so nennen möchten«, meint Fabro verunsichert. »Die Collegia medici sind doch preußisch. War es nicht der Soldatenkönig Friedrich Wilhelm I., der zu Beginn des 18. Jahrhunderts das ›Allgemeine und neu geschärffte Medicinal-Edict‹ erlassen und so unsere Ausbildung zum Apotheker genauestens geregelt hat?* – Wir sollten vorsichtshalber noch mehr Gründe aufzählen, die zeigen, dass zwei Apotheken für Lippstadt ausreichend sind und somit die *Einhorn-Apotheke* schließen muss.«

»*Wenn Lippstadt bisher drei Apotheken gehabt hat, so liegt der Grund davon gewiß in Umständen, die ehemals stattgehabt haben mögen, jetzt aber nicht mehr existiren und ihre Zahl ist daher den Bedürfnissen des Ortes ganz und gar nicht angemessen und verhältnismäßig*. Haben Sie das mitgeschrieben, oder diktiere ich zu schnell?«, fragt Jordan.

»Ich habe alles geschrieben. Wir sollten noch darauf hinweisen, dass in Hamm – und dort leben viel mehr Menschen als hier – nur drei Apotheken sind und in Detmold gar nur eine. Überlegen Sie mal!«, fordert Fabro auf.

---

* Vgl.: *Geschichte der Pharmazie II*, S. 400.

»Wie viele sind es in Paderborn?«, erkundigt sich Jordan.

»Ich weiß es nicht. Aber Paderborn ist ein Fürstbistum, da ist alles anders, nicht wahr? Ich weiß auch nicht, wie viele Einwohner Paderborn hat«, erklärt Fabro. »Paderborn lassen wir besser außen vor.«

»Gut, wie Sie meinen. Aber wir müssen deutlich machen, dass sich *die auf den Absatz* [...] [unserer] *Waare so sehr Einfluß habenden Umstände beträchtlich verändert und verschlimmert haben. Bei der Concession dreier Privilegien ist nehmlich wohl ohne Zweifel darauf Rüksicht genommen worden,* dass es außerhalb unserer Stadtmauern gar keine Apotheke gab. *So sind z. B. in Hofstadt, Liesborn* [und] *Erwitte Apotheken* [...] *angelegt worden*«, diktiert Jordan.

»... *angelegt worden.* – Habe ich«, sagt Fabro, legt die Schreibfeder zur Seite und bewegt seine schmerzenden Finger. »Ist im lippischen Cappel jetzt auch eine Apotheke?«

»Ist mir nicht bekannt. Was haben wir in Lippstadt mit Cappel zu tun? Wissen Sie, wenn ich mir vorstelle, dass hier in Lippstadt auch künftig drei Apotheken bestünden, dann können wir nur *darben und zu Grunde gehen.* Die Lippstädter leiden doch selbst am meisten, wenn es hier drei Apotheken gibt. Ich könnte mich aufregen! Das geht so nicht!«, redet sich Jordan in Rage. »Das müssen doch alle verstehen! Wir verlieren alles!«

»Es scheint mir von Vorteil zu sein, wenn wir erklären, warum es zum Besten für die Menschen ist, wenn wir gut laufende Apotheken haben. Sonst denken vielleicht manche, es ginge uns lediglich darum, mehr zu verdienen«, glaubt Fabro sich und Jordan verteidigen zu müssen. »Aber nur, wenn die Geschäfte laufen, *vermag der Apo-*

theker sich beständig mit frischen und ganz vorzüglichen Materialen und in gehöriger Menge zu versehen, [...] *die kostbarsten Mittel*[,] *die in seltenen Fällen gefordert werden, anzuschaffen, die neuesten Erfindungen und Erfahrungen zu benutzen und dadurch den Arzt ohne daß derselbe zu einem quid pro quo** *seine Zuflucht zu nehmen braucht, in den Stand zu setzen, jederzeit die ihm nöthig scheinende Medicamente verordnen zu können, da der gute Absatz die Unternehmungen des Apothekers sichert und der Gewinn bei gewöhnlichen Mitteln den Verlust an einem oder andern seltener ordinirten Materiale überträgt.*«

»Sehr gut. Schreiben Sie das, Fabro! – Und dann schreiben Sie noch, dass viele Medikamente an Wirkung verlieren, wenn sie zu lange gelagert werden, weil sie niemand braucht. Und am Ende verderben sie zur Gänze! Und wir können sie einfach wegwerfen! Und selbst wenn wir uns redlich bemühen, *leiden die rohen Produkte des Pflanzenreiches* [...] *durch Staub und Wurmfraß, die kräftigsten abgezogenen Wässer verlieren mit der Zeit Geruch und Geschmack – die Zuckersäfte, besonders die schleimigsten sind der Gährung unterworfen.* [...] *Salben werden* [...] *scharf und ranzig*«, erinnert sich Jordan. Erst vor wenigen Wochen hat er vieles aus seinem Laboratorium und seiner Materialkammer entfernen müssen. Wirkungslos und schlecht waren sowohl fertige Arzneien als auch Rohstoffe geworden. Sein Verlust ist hoch. Sehr hoch. Doch als sei das noch nicht schlimm genug, verfolgte ihn sein Geselle

* Die *Quid pro quo*-Frage in Bezug auf die Pharmazie stellt sich bereits seit dem Mittelalter: Ob und wenn ja, wann darf ein Apotheker eine auf einem (ärztlichen!) Rezept verordnete Zutat eines Medikamentes durch eine andere ersetzen. Medizinal- und Apothekenverordnungen der meisten deutschen Städte und Territorien nahmen dieses Substitutionsverbot etwa seit Mitte des 16. Jahrhunderts auf. Vgl.: *Geschichte der Pharmazie II*, S. 219–221.

Conasmann mit Augen, die weder Spott noch Missgunst verbergen konnten. Es fehlte nur, dass er laut lachte. Aber dann hätte Jordan seine gute Erziehung vergessen und … Zuweilen malt sich Jordan genüsslich aus, was er alles mit Conasmann anstellen könnte: Bei jeder sich bietenden Gelegenheit jemanden triezen, ist ja noch recht üblich und verbreitet. Aber manchmal, wenn Conasmann von sich und der Königin von Preußen im selben Atemzug spricht, dann könnte – würde! – Jordan ihm, Conasmann, gerne mit den Fäusten den Kopf wieder gerade rücken. So richtig, dass diesem hören und sehen vergeht. Aber das tut man ja nicht.

»Herr Jordan! Träumen Sie?«, holt Fabro seinen Mitstreiter in die Gegenwart zurück.

»Nein. Nein, nein. Ich bin ganz bei der Sache!«, versichert Jordan schnell.

»[S]*o verlieren überall zur Täuschung des Arztes und des Patienten die Medicamente ihre gehörige, würkende Eigenschaft, wenn nicht der Apotheker die schwächer und unkräftig gewordenen Mittel von Zeit zu Zeit mit frischen vertauscht*«, schreibt Fabro.

»Was allein das stetige Tauschen kostet, da hat kaum jemand eine Vorstellung von. Aber wir machen es natürlich und *ohne den Verdacht der Ruhmredlichkeit auf uns zu laden, dürfen wir es dreist behaupten – bei der letzten Visitation vollkommen bewiesen* [zu haben], *daß es uns rechter Ernst sey, unsere Pflichten zum allgemeinen Besten mit Eifer und Treue zu erfüllen*«, spricht Jordan, und Fabro schreibt.

»Aber *wie können wir* […] *allen Forderungen, die an uns gemacht werden,* […] *Genüge thun, wie können wir alles das leisten, was geleistet werden könnte und müßte, da wir über die Anschaffung der gewöhnlichen Medikamente nicht hinaus gehen dürfen, da unsere bedrängte Lage* mehr nicht zulässt«, formuliert Fabro.

»Ganz recht. Dann schreiben Sie noch, dass durch die *unangemessene verhältniswidrige Concurrenz* [...] es uns nicht möglich ist, über das Allernötigste hinaus, Anschaffungen zu tätigen, und dass wir ohne uns vor uns und unsern Kinder verantwortlich zu machen, *so viele Capitalien* ...«, verfasst Jordan einen weiteren Satz, wird jedoch unterbrochen.

»Sie haben doch gar keine Kinder. Oder sollte ich da etwas wissen? Erwarten Sie einen Erben?«, fragt Fabro neugierig.

»Nein, schreiben Sie es trotzdem! Sind Sie soweit?«, vergewissert sich Jordan und diktiert weiter: »*Allen diesen Nachtheilen wird, wie Ew. Wohl- und Hochedelgeboren einleuchtend seyn muß, durch die Einziehung des dritten Privilegiums und durch die Einschränkung der hiesigen Apotheken auf zwei – abgeholfen.*«

»Jetzt sind wir gleich fertig. Vielleicht einen Satz noch, nur damit deutlich wird, dass wir Tilemann nicht persönlich angreifen, sondern nur unseren *Broderwerb* sichern möchten: *Wie daher die Aufhebung der dritten Apotheke so gemeinnützig als wohlthätig ist, und dem Herrn Amtmann Tilemann durch diese Verfügung gar kein Nachtheil zugefügt wird, da Sie erst nach seinem Tode realisirt werden soll, so zweifeln wir nicht Ew. Wohl- und Hochedelgeboren werden bei Ihrer nähmlichen Sorgfalt* ...«, schreibt Fabro. »*Wir verharren übrigens mit vorzüglicher Hochachtung / Ew. Hoch- und Hochedelgeborenen / gehorsamste Diener Jordan Fabro / Lippstadt / den 18ten August 1801*[*].«

* Alle voran stehenden kursiv gesetzten Zitate entstammen aus: Stadtarchiv Lippstadt, St.R. B 2046.

»Vorzüglich. Jetzt wird alles geregelt werden, und wir müssen uns keine Sorgen mehr machen«, ist Fabro erleichtert, denn er zweifelt nicht an, dass diese soeben verfasste Eingabe ihr Ziel verfehlen könnte. Fabro liest den Brief laut vor, und ja, er ist gut geworden.

»Ausgezeichnet!«, lobt Jordan, der es wahrlich zu schätzen weiß, dass es ihm gelungen ist, Fabro auf seine Seite ziehen. Schreiben kann dieser wirklich hervorragend und ist auch sonst für allerlei zu gebrauchen. Ja, man muss immer achtgeben, wen man sich vor seinen Karren spannt ... »Wir werden sehen, wie Lippstadt mit zwei Apotheken zurechtkommen wird. Vielleicht reicht ja auch eine Offizin«, grinst Jordan.

Fabro gefriert das Blut in den Adern. Mit so jemandem wie Jordan geht er jetzt gegen Tilemann und Hülsemann vor. Ja, es ist rechtens, wenn man der Medicinal-Verordnung von 1778 folgt. Doch im Stillen überlegt Fabro, ob er nicht besser beraten gewesen wäre, sich nicht mit Jordan zu verbünden, sondern sich eher auf die Seite Tilemanns und Hülsemanns zu schlagen. Oder wenigstens neutral zu bleiben. Gerade Hülsemann soll ein aufrichtiger und fleißiger junger Mann sein, der die Apotheker-Kunst auf das Vortrefflichste beherrscht, allerdings weder Geselle – oder doch? – noch approbiert worden ist. Was ist, wenn Jordan so weit geht, dass er nach dem Wegfall der dritten Apotheke auch noch den Wegfall der zweiten, nämlich der *Engel-Apotheke*, fordert? Es ist ja möglich, mit Gehilfen und Gesellen, mit einer großen Offizin, einem großen Laboratorium und einer guten Materialkammer, allen Lippstädtern mit ausgezeichneter Arznei zu helfen. Allerdings wäre es äußerst unüblich, undenkbar ist es ohnehin.

LIPPSTADT, 13. APRIL 2012

»Annika, wie weit bist du?«, ruft Oliver aus der guten Stube in die Küche. Wie gut, dass er ihr damals über den Weg gelaufen ist! Auf der First-Party des Sommersemesters 2010 an der Uni Paderborn ist ihm auf den ersten Blick klar geworden, dass Annika seine große Liebe ist. Das hatte er zwar zuvor auch immer über Imke gedacht, aber Annika ist die Richtige. Ganz sicher. Mit ihren langen braunen Haaren, den grünen Augen und ihrer sportlichen Figur. Sie trägt eine hellblaue Bluse im Oxfordstil mit einer beigen Chino-Hose und weißen Chucks. Super chic, findet Oliver und ist glücklich, eine kluge geschichtsinteressierte und gut aussehende Freundin zu haben.

»Fast fertig«, sagt Annika. »Für dich habe ich noch einen Extra-Klecks Aprikosen-Marmelade untergerührt. Jetzt muss ich den Tortellini-Salat nur noch in eine andere Schüssel füllen, dann kann es losgehen.«

»Ich kann es immer noch nicht glauben. Tortellini-Salat mit Aprikosen-Marmelade, dass das schmeckt«, wundert sich Oliver.

»Jetzt krieg dich mal wieder ein. Wie oft hast du den Salat mittlerweile gegessen? Ganz oft. Bei jeder Gelegenheit. Du kannst …«

Annika wird von der neuen Türklingel unterbrochen. Sie hört sich an, als würde jemand mit einem Türklopfer auf sich aufmerksam machen.

»Wie hört sich das denn an?«, lacht sie verwundert.

»Super, oder? Die Klingel funktioniert mit MP3-Klingeltönen. Kann man sich im Internet einfach herunterladen. Rokoko-Türklopfer: 1,99 €. – Ich dachte, früher zu Overkamps Zeiten hatten die Menschen auch gerne Türklopfer. Aber wenn ich einen Türklopfer unten an die Haustür schraube, höre ich es hier oben doch nicht«, erklärt Oliver stolz, bis es erneut klopft.

»Ja?«, fragt er in die Sprechanlage. – »Es sind meine Eltern«, sagt er einen Augenblick später zu Annika und öffnet die Wohnungstür.

Olivers Eltern, seine Schwester Svenja und sein Bruder Daniel sind extra aus Lübeck gekommen, um bei der Einweihung von Olivers Overkamp'schem Haus in Lippstadt dabei zu sein. Vor zwei Jahren, als Oliver kurz nach dem Tod der Oma völlig überstürzt Lübeck verlassen hatte, um in Lippstadt ein spannendes Familiengeheimnis zu lüften und auch noch sein Leben neu zu ordnen, hatte seine Familie dies nicht verstehen können. »In Lippstadt ist doch nichts los, was willst du da?«, hatten sie immer wieder gefragt. Am wenigsten hatte Daniel ihn verstehen können oder wollen. Oliver hatte ihm mehrfach erklärt, dass es ihm wichtig sei, zu wissen, woher die Overkamps und die Thielsens kommen, was sie gemacht haben, welche Berufe sie hatten … Als Oliver ihnen dann mitgeteilt hatte, dass er das ganze Erbe seiner Oma bei der Versteigerung des Overkamp'schen Hauses aufgebraucht habe, hatten sie ihn für verrückt erklärt. Aber trotzdem hatten seine Eltern ihm Geld für die Renovierung und Restaurierung des Hauses gegeben. »Wenn schon, dann mach es ordentlich«, hatten sie gesagt.

»Olli! Wie schön es ist!«, ruft seine Mutter. »Traumhaft. Das ist das Wohnzimmer?«, fragt sie.

»Ja, das ist die gute Stube«, lacht Oliver. »Du bist hier in der Beletage. Sieh mal aus dem Fenster«, fordert er sie auf. »Das ist die Große Marienkirche, von der ich so viel erzählt habe. Das ist der schönste Blick.«

»Und dieser Stuck überall«, staunt seine Mutter, die sich immer noch in der guten Stube umsieht. »Und deine Kronleuchter. Der Sekretär, den du von Oma geerbt hast, passt hier perfekt hin. Oliver, ich bin beeindruckt«, gesteht seine Mutter. »Und dieses Bild über der Tür. Ist das echt?«

»Die Supraporte? Ja, sie ist echt. Das war viel Arbeit, sie wieder freizulegen. Da klebten drei Schichten Tapeten drüber. Und die oberste war eine mehrfach gestrichene Raufaser, die im Laufe der Zeit nikotinfarbig geworden war. Braungelb. Als Annika und ich diesen Raum zum ersten Mal gesehen haben, dachten wir, wir hätten das legendäre Bernsteinzimmer gefunden. Das war witzig und eklig zugleich. Aber die Supraporte ist original, sagte der Historiker. Aus dem 18. Jahrhundert.«

»Conny, sieh dir die Küche an, die wird dir gefallen«, sagt Olivers Vater zu seiner Frau.

»Ja, altbacken. Für unseren Hüter der Tradition«, mischt sich Daniel ein.

»Spinner«, gibt Oliver zurück. »Das ist moderner Landhausstil mit hohem technischen Know-how. Es fehlt an nichts!«, verteidigt Oliver seine Einbauküche.

»Die Küche passt hier prima rein. Olli, ist das hier schön geworden!«, freut sich seine Mutter. »Und hier hat einer unserer Vorfahren gelebt?«

Nachdem Olivers Familie ausgiebig die Beletage bewundert hat, entschließen sie sich zu einem Spaziergang. Nach der langen Fahrt von Lübeck nach Lippstadt tut Bewegung gut. Conny, Olivers Mutter, bestaunt alles, was Oliver ihr zeigt. Sei es der edle Juwelier direkt nebenan oder die alten Fachwerkgebäude mit ihren Inschriften in der Poststraße.

Am Zurhelle-Platz kaufen sich alle ein Eis im Hörnchen und gehen dann über die Soeststraße stadtauswärts.

»Weißt du, was gestern vor zwei Jahren war?«, fragt Oliver Annika, als sie am Fluss Lippe angekommen sind, und blickt Annika erwartungsfroh an.

»Da muss ich raten. Weil du es hier am Flussufer fragst, kannst du nur den Munitionsfund meinen«, vermutet Annika.

Vor zwei Jahren, als Annika zum ersten Mal in Lippstadt bei Oliver war, saßen die beiden in der Poststraße bei einem Cappuccino, als im Radio gemeldet wurde, dass bei den Renaturierungsarbeiten an der Lippe Munitionsreste und ein Skelett gefunden worden seien. Es stellte sich dann später heraus, dass beides aus dem 18. Jahrhundert stammte. Oliver hatte sich damals zusammengereimt, dass vielleicht sein Urur…großvater etwas damit zu tun haben könnte, denn dieser hatte auf dem Sterbebett gesagt: »Ich bin ein Mörder, aber kein Spieler.« Was genau dieser Satz zu bedeuten hat, hatte Oliver nie herausfinden können.

»Es ist wirklich schön hier«, sagt Olivers Mutter, nachdem sie sich die ganze Geschichte nochmals angehört hat. Vor zwei Jahren hatte Oliver sie per Telefon immer auf dem Laufenden gehalten.

»Wie hat der denn geparkt«, wundert sich Annika, als sie wieder in die Kirchgasse einbiegen. Direkt vor der Apotheke im Overkamp'schen Haus steht ein Auto.

»Blöder geht es nicht«, stellt Oliver fest, denn rechts und links ist gerade mal so viel Platz, dass sich Fußgänger an dem Wagen vorbeiquetschen können.

»Mercedes CLS«, sagt Daniel beeindruckt. »Was ihr in

Lippstadt für schöne Autos habt. Reiches Pflaster hier, oder?«

»Das ist eine Zuhälterkarre«, gibt Svenja zurück. Annika nickt. »Dass du so etwas magst, wundert mich nicht«, setzt Svenja nach. »Passt zu dir.«

»Was willst du damit sagen?«, regt sich Daniel auf. »Ich bin doch kein Zuhälter!«

»Wer sich verteidigt, klagt sich an«, stichelt Svenja weiter und lacht.

»Ich bin kein Zuhälter wie der, mit diesem ...« Daniel konnte nicht zu Ende sprechen, denn Oliver hat ihm ordentlich in die Seite geboxt. Noch bevor Daniel begreift, was geschehen ist, grüßt Oliver den Inhaber der Apotheke.

»Guten Tag, Dr. Lange.«

»Tach«, nuschelt Dr. Lange und steigt in eben dieses Auto.

»Oh! V8«, sagt Daniel ehrfürchtig, als er den Motor des Wagens hört.

»Jetzt sag nicht, dem Typen gehört deine Apotheke«, empört sich Svenja.

»Das ist nicht *meine* Apotheke. Sie ist nur in meinem Haus. Aber ja, er ist der Inhaber. Dr. René Lange«, erklärt Oliver.

»So ein solariumbrauner Typ mit Goldkettchen, lässigem Hemd über der tief hängenden Hose? Weiße Sneakers. Wenn ich es nicht selbst gesehen hätte, würde ich behaupten, dass es eine solche Klischee-Bedienung nicht gibt. Unfassbar«, findet Svenja.

»Hallo, Frau Neff-Asseburg«, grüßt Oliver im Eingangsbereich des Hauses. »Gleich haben Sie Feierabend. Es ist schon fast fünf Uhr.«

»Ich muss heute den Notdienst machen. Der Lange war gerade hier, das haben Sie ja gesehen, und hat gesagt, dass er keine Zeit hat, um die ganze Nacht hier in der Apotheke zu bleiben. Er hätte Wichtiges zu erledigen, sagte er«, erklärt Frau Neff-Asseburg genervt.

»Und jetzt? Was machen Sie mit Ihren Kindern?«, fragt Annika besorgt. »Die können doch nicht die ganze Nacht alleine bleiben!«

»Nein, das ist schon okay. Mein Mann ist zu Hause«, sagt Frau Neff-Asseburg.

»Wenn Sie möchten, bringe ich Ihnen gleich einen Teller Tortellini-Salat runter«, schlägt Annika vor. »Oliver feiert heute Wohnungs-Einweihung.«

»Und es kommen noch mehr Gäste«, ergänzt Oliver. »Ich fürchte, es könnte lauter werden. Hoffentlich stören wir Sie nicht.«

LIPPSTADT, 23TER JULIJ 1803

»GUTEN TAG, GNÄDIGE FRAU, möchten Sie eintreten?«, fragt Jordan eine junge Dame, die seit geraumer Zeit vor dem Fenster seiner Apotheke auf und ab geht und sich anscheinend nicht traut, die Offizin zu betreten.

»Guten Tag, ich weiß nicht, ob es recht ist …«, antwortet sie schüchtern.

»Aber gewiss! Bitte treten Sie ein. Wie kann ich Ihnen dienen?«, erkundigt sich Jordan, als er wieder hinter seinem Verkaufstisch steht.

»Ich würde gerne Herrn Muß sprechen? Wenn das geht?«, fragt sie leise.

»Aber gewiss! Ich glaube, er ist hinten im Laboratorium. Wenn Sie so freundlich wären, mir Ihren Namen zu nennen, dann kann ich es ihm direkt mitteilen«, sagt Jordan.

»Finck. Hanna Dorothea Finck«, sagt sie langsam.

»Ah, ich erinnere mich, Madame.«

Jordan sucht mehrere Minuten seinen Apothekengehilfen Muß, doch dieser scheint wie vom Erdboden verschluckt zu sein.

»Conasmann, helfen Sie mir, den Muß zu finden«, befiehlt Jordan seinem Gesellen. »In der Offizin steht eine liebreizende Dame, die ihn zu sprechen wünscht.«

Eine liebreizende Dame? Da sucht doch Conasmann nicht lange nach diesem Verlierer, nein, eine Dame lässt man nicht warten! Und so betritt Conasmann sprühend vor Tatkraft die Offizin, um sich höchstselbst dieser Dame anzunehmen.

»Madame? Bitte verzeihen Sie, es ist Herrn Jordan nicht möglich, seinen Gehilfen aufzufinden. Wenn ich Ihnen behilflich sein darf?«, sagt Conasmann freundlich, und als er sieht, wie die Dame zögert, spricht er weiter: »Bitte vertrauen Sie sich mir an. Ich möchte die Sorgen von Ihrem hübschen Gesichtchen nehmen! Sie sehen so ernst und traurig aus«, zeigt sich Conasmann besorgt.

»Mein Kind hat großes Fieber, und ich hatte gehofft, dass Herr Muß mir behilflich ist«, beginnt Hanna Dorothea Finck.

»Sie müssen zu einem Arzt gehen! Gehen Sie zu Dr. Mühlenfeld, der ist neu in der Stadt. Wir Apotheker dürfen nicht kurativ tätig sein, genauso, wie die Ärzte die Medikamente nicht selbst präparieren dürfen, Madame. Bitte wenden Sie sich mit Ihrem Kind an einen Doktor!«, empfiehlt er eindringlich und erschrickt, als er sieht, wie der jungen Frau erst eine und dann ganz viele Tränen über die Wange rollen.

»Madame ...«, stammelt Conasmann etwas hilflos.

Mit den Tränen ist der Damm der bescheidenen Zurückhaltung gebrochen, und die junge Frau berichtet, dass sie als Magd in Diensten des Apothekers van Zütphen und später in den Diensten des Apothekers Fabro stand oder steht. Das hat Conasmann nicht so ganz verstanden. Auf jeden Fall sei sie im Juli vergangenen Jahres im Garten *beschwängert* worden.

»Von wem?«, entfährt es Conasmann, dem es nicht gelingt, seine Neugier im Zaum zu halten.

»Henrich Christoph Muß«, sagt sie ganz leise und sieht Conasmann beschämt in die Augen. Diese Augen, denkt Conasmann und seufzt innerlich, diese Augen sind so schön! Rehbraun, mit Tränen der Hilflosigkeit gefüllt, erweichen diese Augen der Hanna Dorothea Finck sein Herz. Conasmann wird warm und wohl beim Anblick dieser liebreizenden und anmutigen jungen Dame. Wie schön sie ist, schwärmt er in Gedanken. So wunderschön wie die liebreizende Königin Luise. Als diese einst im Dezember 1793 in Berlin einzog, um kurz darauf Friedrich Wilhelm zu heiraten, hatte er, Conasmann, einen kurzen Blick auf die zukünftige Königin erhaschen können. In der klaren Wintersonne erstrahlte ihre ganze Schönheit, ihr Haar glänzte wie das einer Göttin. Helena, die schönste Frau der griechischen Mythologie, würde neben Luise verblassen, dachte Conasmann damals. Für einen Augenblick schien sein Herz stillzustehen, um dann nur noch für Königin Luise und ihr Preußen zu schlagen.

»Als ich Herrn Muß von der *Beschwängerung* berichtete«, holt Hanna Dorothea Finck den Apothekengesellen Conasmann wieder ins Hier und Jetzt, »da hat er es *Herrn van Zütphen und dem Herrn Doctori Hüllener eingestanden* [...] und ist verschwunden. Niemand wusste, wo sich Muß aufhielt, auch sein Bruder aus *Arolsen im Waldeckschen* wusste nichts. Ich habe nun gehört, dass er wieder in Lippstadt ist, und habe, mit Hilfe natürlich, darum gebeten, dass mir der *Wohllöbliche Magistrat* mitteile, wo Muß sich aufhalte, damit ihm gesagt werden könne, dass er *den gesetzlichen Vorschriften ein Genüge leisten* müsse.«

»Ich bin zutiefst beschämt über das Verhalten des Muß'«, bekennt Conasmann und überlegt, wie töricht der Muß doch sein muss: nachdem ihm das Verschwinden zur Gänze gelungen zu sein schien, nun doch wieder nach Lippstadt zu kommen und als Gehilfe in den Dienst eines anderen Apothekers zu treten. Wäre er fortgeblieben, wäre er für immer fein raus gewesen. Aber so steht Ärger vor der Tür. »Madame, wie müssen Sie gelitten haben«, beteuert Conasmann Verständnis. Die Augen der jungen Frau füllen sich erneut mit Tränen, und als sie Conasmann wieder einen solchen, ihn um den Verstand bringenden Blick zuwirft, fährt es ihm in Mark und Bein! Diese Dame muss er für sich gewinnen. Luise! Henrich Muß hin oder her. Er scheint ohnehin kein Interesse an ihr zu haben. Sie ist so schön, durchdringt es Conasmann. Eine Berührung, eine winzige zarte Berührung, wünscht er sich und weiß, dass er dann innerlich vor Zuneigung und Begehren verbrennen würde.

Hanna Dorothea Finck berichtet weiter, dass Henrich Muß *ihr 50 Reichstaler Clevisch gleich und jährlich 12 Reichstaler bis das Kind sein Brod verdienen könne, versprochen habe, heyraten könne er sie noch nicht* [...]; *wenn er könne, wolle er sie heyraten; als er die 50 Reichstaler hätte bezahlen sollen, sey er entwichen*, erzählt sie.

»Madame, wie furchtbar, was Sie alles erleiden mussten. Ich werde mich für Ihr Wohlergehen einsetzen. Ich erkenne, dass Sie tief in Ihrem Inneren eine anständige Dame sind«, sagt Conasmann und sieht ihr tief in die Augen; sie wendet den Blick beschämt ab.

»Sehr freundlich von Ihnen, Herr ...?« Wieder sieht sie ihn *so* an.

»Conasmann«, sagt er, als könne sein Name fließen.

»Conasmann«, spricht sie ihm nach. Es hört sich so wundervoll an, wie sie seinen Namen sagt. Das soll auch der Ihrige werden, beschließt Conasmann. Er wird dafür sorgen, dass Henrich Muß von hier verschwindet. – Und ein Lächeln verrät, dass Conasmann auch schon weiß, wie er das anstellen wird.

»Nun wird *sein Lohn zur Sicherheit* [...] *mit Arrest* [...] *beschlagen*«, berichtet Hanna Dorothea Finck weiter. »Aber das reicht nicht. Und dann hörte ich, dass Henrich Muß hier in der *Adler-Apotheke* in Diensten steht, und wünsche, mit ihm selbst zu sprechen.«

»Sie wünschen immer noch mit ihm zu sprechen?«, zeigt sich Conasmann überrascht und fühlt Eifersucht in sich aufsteigen. Das darf nicht sein! Was könnte der Muß, was er, Conasmann, nicht kann? Ganz im Gegenteil: Er ist Geselle und ein kluger Kopf, der es noch weit bringen wird. Preußen kann sich glücklich schätzen, dass es ihn gibt. Und Henrich Muß? Ein kleiner Gehilfe, zum Verschwinden zu dumm!

»Wenn Herr Muß Ihnen hier in der Offizin behilflich sein könnte, kann ich es auch. Bitte, Madame, vertrauen Sie sich mir an. Ich werde Sie nicht enttäuschen«, verspricht er ihr und meint damit ihr ganzes gemeinsames Leben. Eine so wunderschöne Frau an seiner Seite, das macht etwas her. Alle werden sich nach ihm umschauen, wenn er mit dieser Dame durch die Stadt schreitet. In einem Haus werden sie wohnen, das die beste Ausstattung aller Lippstädter Häuser hat, ein Steinhaus – ja, das ist das mindeste!

»Mein Kind hat hohes Fieber und schrecklichen Husten. Ich kann mit ihm nicht zum Arzt gehen, denn ich könnte die Rechnung nicht bezahlen«, gesteht sie und fühlt sich sichtlich unwohl dabei.

»Verstehe«, sagt Conasmann und sieht sie fragend an.

»Bitte geben Sie mir etwas, das meinem Kind hilft«, bittet sie und blickt ihm wieder tief in die Augen. »Ich kann es nicht bezahlen, aber wenn Sie mir helfen, dann werde ich mich Ihnen ...«

»Bitte! Sagen Sie es nicht!«, unterbricht Conasmann sie wirsch. Er möchte es nicht hören, aus der Sorge heraus, dass sie ihm das anbietet, was er gerne würde und doch nicht darf. Noch nicht. Obwohl ..., denkt er. Um selbst schnell auf andere Gedanken zu kommen, bittet er sie, einen kurzen Augenblick hier in der Offizin zu warten. Er werde etwas für ihr Kind aus dem Laboratorium holen. Er verfüge über eine Rezeptur, die ganz schnell und sicher helfe. Mit diesen Worten geht er in den hinteren Raum der Apotheke.

»Conasmann, konnten Sie der jungen Dame behilflich sein?«, erkundigt sich Jordan, der im Laboratorium verschiedene Standgefäße, Reibschalen und Waagen auf dem Rezepturtisch aufgestellt hat.

»Ich kümmere mich um die Dame«, sagt Conasmann sehr bestimmt.

»Sagte ich vorhin, dass es Fräulein Finck ist?«, erkundigt sich Jordan.

»Ja«, antwortet Conasmann überrascht. »Sie kennen die Dame?«

»Ja. Nein. Also, ich will ja nichts sagen, aber ...«, beginnt Jordan verheißungsvoll, »... es waren Herren hier, wer, möchte ich nicht sagen, aber sie haben Henrich Muß zu einer *Beschwängerung* befragt, und wissen Sie, was er antwortete?«

»Nein! Woher denn?«, sagt Conasmann erschrocken und viel zu laut. Ob Jordan ahnt, dass er zuweilen an Türen lauscht?

»Henrich Muß sagte, [e]*r wolle nicht leugnen mit der benannten Hanna Dorothea Finck den beyschlaf exercirt zu haben, diese Persohn habe aber so viel andre admittirt, daß*[*] ...«

---

* Alle voran stehenden kursiv gesetzten Zitate stammen aus: Stadtarchiv Lippstadt, St.R. B 2202.

»Bestimmt wollte sich Muß nur herausreden«, verteidigt Conasmann die offensichtliche Verleumdung seiner Angebeteten. Wie hier über eine so liebreizende Dame gesprochen wird, das geht doch nicht, empört sich Conasmann in Gedanken. Und doch, es passt zu gut zu dem Angebot, das sie ihm gemacht hat. Sie hat es nicht aussprechen müssen, nein, er versteht sie auch ohne Worte. Und wenn sie es mag, warum denn auch nicht? Und wenn es wirklich so sein sollte, wie Jordan behauptet – was natürlich nicht sein kann! – aber wenn, dann kommt es auf einen mehr oder weniger auch nicht an. Dann könnte auch er mal ... Immer allein abends in der Kammer, das ist doch nichts. Da helfen auch kein Bier und kein Schnaps. Wenn, dann hilft etwas Stärkeres, sodass man sich nicht mehr spürt. In seinen größten Nöten, immer dann, wenn kein Weib da ist, nimmt er mal nur ein bisschen, mal ein bisschen mehr Opium. Der tiefe Schlaf, der sich dann beinahe umgehend einstellt, befreit ihn von dem Begehren, ein Weib ...

»Conasmann, die Dame wartet«, reißt Jordan ihn aus seinen Gedanken.

»Ja!« Conasmann erschrickt. »Bitte sagen Sie ihr, es dauert nur noch einen kleinen Augenblick«, bittet Conasmann so freundlich, wie es Jordan in all den Jahren, in denen Conasmann hier in der Apotheke ist, noch nicht erlebt hat.

»Sie sorgt sich um ihr Kind! Das kann man doch verstehen. Und«, jetzt wird Jordan ganz leise, »wir wollen doch nicht, dass das Kind stirbt. Helfen Sie ihr!«

Dass das Kind stirbt, denkt Conasmann und hält es für eine Gabe aus Fortunas Füllhorn. Die römische Schicksalsgöttin sendet in Gestalt des Jordan jemanden, der ihm die Lösung eines Problems nennt, auf das er noch gar nicht aufmerksam geworden war. Er kann schließlich nicht mit dieser wundervollen anmutigen Dame am Arm würdevoll durch Lippstadt schreiten, wenn an ihrer Hand das Kind eines anderen läuft. Das geht nun wahrlich nicht. Er würde ihr so viele Kinder machen, wie sie nur wolle, acht, zehn, zwölf. Aber dieses Erstgeborene muss weg. Am besten schnell, damit er auch sogleich damit beginnen kann, seine Wünsche wahr werden zu lassen. Das Kind wird sterben, und er wird sie trösten. Er wird für sie da sein, ihr Halt geben; etwas später dann gibt er ihr neue Kraft, und sie wird ihn lieben bis zu ihrem letzten Atemzug. Er wird ihr jetzt ein Medikament geben, dass das Kind umbringt; sie wird nichts sagen können, schließlich ist er ihr Helfer in der Not und – wie bedauerlich, die Arznei half nicht schnell genug. Es sterben ja so viele Kinder, es ist normal. Sie werden geboren, sie sterben, und neue kommen. Das ist das Gesetz des Lebens. Leitet es sich nicht aus der Natur des Menschen ab?

Sein Lehrherr in Erfurt hatte oft einen deutschen Gelehrten aus Königsberg zitiert: »*Sapere aude*«, sagte sein Lehrherr Tag ein, Tag aus. *Habe Mut, dich deines eigenen Verstandes zu bedienen.* »Conrad«, sagte der Erfurter fordernd. »Du musst selbst denken!« Wie oft hatte Conasmann sich diese und andere Sätze anhören müssen? Immer wieder hatte sein Lehrherr von seinem Lieblings-Philosophen gesprochen. Immanuel Kant. Er, Conasmann, war dieses *Sapere aude* ebenso leid gewesen wie *Cogito ergo sum – ich denke, also bin ich*. Das ist nicht von Kant. Doch jetzt in diesem Augenblick glaubt er, in der Zusammenführung dieser beiden Sätze einen weiteren Fingerzeig Fortunas erkennen zu können. Ich denke, ich bin, ich habe Mut und mache, was mein Verstand mir sagt. Nicht Gott bestimmt, nein, *ich* bestimme. Das Recht des Stärkeren. *Ich* werde Fräulein Hanna von ihrer Sünde befreien.

»Conasmann, wo sind Sie mit Ihren Gedanken. Das dauert ja …«, fragt Jordan. »Ich war so frei, der jungen Dame in ihrer Not zu helfen. Sie hat bekommen, was sie wünschte. Ich versprach sogar, noch ein Gebet zu sprechen, damit es ihrem Kinde bald besser geht«, sagt Jordan und freut sich über sich selbst, weil er seit dem Unglück mit der Fischgräte immer so brav betet. Gott wird mit ihm zufrieden sein.

Das hätte nicht geschehen dürfen! Conasmann holt tief Luft und braucht all seine Kraft, um nicht die Beherrschung zu verlieren. Jordan zerstört sein Leben mit dieser Frau, noch bevor es begonnen hat! Jetzt wird dieses Kind leben! Bleich vor Zorn eilt Conasmann durch die Offizin nach draußen und sieht seiner Hanna nach. Wie elegant sie über das Kieselsteinpflaster läuft mit ihren kleinen zarten Füßen. Und ihre helle Haut, äußerst vornehm. – Und Jordan hat seinen genialen Plan zerstört! Dafür wird er büßen müssen!, verspricht sich Conasmann selbst.

Für heute geht die Sonne weit hinter dem Stift Cappel unter. Doch wenn diese morgen früh wieder aufgeht und Licht bringt, dann wird Conasmann seinem Plan folgen. Dann macht er sich die Lehre Kants zu Eigen.

LIPPSTADT, 24TER AUGUST 1803

Die Stadt ist mit 8 Jahrmärkten privilegirt, und [diese] *fallen auf folgende Tage. 1) Donnerstag vor Fastnacht. 2) Mittwochen vor Ostern. 3) Dem ersten Montag im Mai. 4) Donnerstag vor Pfingsten. 5) auf Bartholomeus Tag. 6) auf Dionisius 7) auf Elisabeth* [und] *8) auf unschuldig Kindertag. Fallen einige Tage auf den Sonntag, so sind die Märkte des folgenden Tages. Auf diesen Märkten kommt vieles auswärtiges Vieh*[,] *allerlei Art zum Verkauf, imgleichen Korn, Hanf, Linnen, und allerlei Waaren.*[*]

Am heutigen Mittwoch ist nun Bartholomäus; die Stadt – vor allem der Marktplatz – ist voller Menschen: Schaulustige und Käufer aus Stadt und Umland und Händler und Gaukler aus nah und fern. Zum Leidwesen der hiesigen Apotheker ist auch wieder Herbarius Augustinus, wie er sich selbst zu nennen pflegt, gekommen. Er sei nur ein Kräuter- und Gewürzhändler, betont er immer. Wenn die Sanitätspolizei fragt, was er denn verkaufe, antwortet er, es handle sich um Tee oder getrocknete Pflanzen, die ausschließlich in heimischen Küchen zur Zubereitung der köstlichsten Speisen ihre Anwendung finden. Auf die Behauptung, er sei Pfuscher und Quacksalber, entgegnet er stets, er wisse natürlich, dass die Herstel-

* Johann Anton Arnold Möller: *Special Geschichte von Lippstadt eine nunmehro geschlossene periodische Schrift unter der Rubrik alte Nachrichten von Lippstadt und deren Gegenden.* Lippstadt, 1788 [1978], S. 352. Im Folgenden als *Möller: Alte Nachrichten von Lippstadt* angegeben.

lung von Medikamenten ausschließlich den privilegierten Apotheken mit ihren examinierten und approbierten Pharmazeuten vorbehalten sei. Doch kaum ist die Sanitätspolizei außer Hörweite, empfiehlt er den Menschen seine Mittelchen, die er billiger herstellen könne als die Apotheker der Stadt, weil er weder einen Apothekereid geschworen habe noch einer anderen Verordnung unterliege, die ihm besage, dass er keine Zutat durch eine andere ersetzen dürfe. Das Verbot des *quid pro quo* gelte für ihn nicht, was für ihn von Vorteil sei. Und sogleich holt er tief Luft, um seinen Zuhörern wortreich zu erläutern, dass sein Vorteil auch der ihrige sei. Sie sparten Geld, ihr hart erarbeitetes Geld, das man doch nicht den hiesigen Apothekern, diesen Halsabschneidern, in den Rachen werfen sollte. Besser, ja viel besser sei es, hier und jetzt vorsorglich seine Mixturen zu kaufen. Nicht zu viel, nein, nur mit Sinn und Verstand, ruft er immer, er käme schließlich mehrmals im Jahr in dieses schöne und wasserreiche Lippstadt. Schon im Oktober, an Dionysius, komme er wieder. Dann sollten sich die Menschen für den harten Winter eindecken, dann würde er ihnen Empfehlungen aussprechen. Zwiebeln mit Zucker müssten sie ansetzen, das sei doch das Hausmittel gegen Husten, das jedes gute Weib kenne. Er habe noch eine Tinktur, die die gute Mutter für ihre Kinder hinzuträufeln könne, das erhöhe die Wirksamkeit. Heute empfehle er eine Kräutermischung, die den Körper auf den Herbst vorbereite, einmal morgens genommen, schon sei der Mensch widerstandsfähiger. Oder diese Salbe mit Arme-Sünder-Fett, nur leicht aufgetragen, helfe sie umgehend gegen schmerzende Gelenke. Wie viele Menschen hätten geschwollene Finger, die nicht mehr so gut greifen könnten wie einst. Ein weißliches Pulver helfe gegen Schmerzen des Hauptes und Wetterfühligkeit, auch das könne man ruhig regelmäßig einnehmen, das schade nicht, nein, auf keinen Fall, im Gegenteil, es tue gut. Jeder solle es doch versuchen, die Menschen würden schon selbst sehen, wie gut sein Pulver sei. »Die Zutaten sind geheim«, antwortet Herbarius Augustinus auf die Frage des Conasmann, woraus denn das Pulver gemacht sei. Es interessiere ihn sehr, erklärt Conasmann, denn auch er arbeite an einem Mittel, welches von großer Bedeutung sein werde, wenn es ihm zur Gänze gelungen sei, genauestens festzulegen, wie viel Gran wann womit. Er, der erfahrene Herbarius Augustinus, wisse schon, wovon er, Conasmann, spreche. Schließlich seien sich beide insofern ähnlich, als dass sie Gutes tun wollen. Herbarius Augustinus für die Menschen im Allgemeinen, und er, Conasmanns, werde Großes für die preußischen Soldaten leisten. Doch das Medicinal-Collegium zu Berlin verstehe nichts von seinem großen Traum, aber er werde ihn verwirklichen, auch ohne Approbation. Die beiden Männer – Herbarius Augustinus und Conasmann – vertiefen sich immer mehr in ein fachliches Gespräch, doch jeder ehrenhafte Apotheker hätte es sofort als Wichtigtuerei entlarven können. Wer wirklich etwas kann, muss nicht von Jahrmarkt zu Jahrmarkt ziehen oder als vermeintlich verkanntes Genie in einer Lippstädter Apotheke verkümmern. Doch zumindest Letzteres zu beurteilen, liegt ausschließlich im Auge des Betrachters.

»Herr Conasmann«, beginnt Apotheker Hülsemann das Gespräch am Verkaufsstand des Herbarius Augustinus, »warum lassen Sie sich bloß auf solch ein Gespräch ein? Er verunglimpft doch nur unsere Apothekerkunst.«

»Sagen Sie nur. Und Sie? Ich vermute, Sie sind gekommen, um von Herbarius Augustinus etwas zu lernen«, spottet Conasmann und lacht schallend auf.

»Ich? Wahrlich nicht. Ich habe vom Collegium medicum zu Berlin die Bestätigung erhalten, als legitimierter Provisor die *Einhorn-Apotheke* führen zu dürfen*«, verteidigt sich Hülsemann. »Es geht alles mit rechten Dingen zu, was man bei dem Handel dieses Herrn Herbarius Augustinus nicht behaupten kann.«

»Dass ich nicht lache! Es soll bei Ihnen alles mit rechten Dingen zugehen? Niemals. Erst gestern, am späten Vormittag, haben sich Fabro und Jordan zusammengesetzt und erneut eine Eingabe verfasst. Sie regten sich furchtbar auf, täglich nur drei bis vier Rezepte zu haben, davon könne niemand leben, sie würden nur noch einen Reichstaler am Tag verdienen** – ganz nebenbei bemerkt, ich weiß, dass es mehr ist! – aber selbst dieser eine Reichstaler sei *kein Gewinn*, sondern davon müssten *Materialien, Fracht und Porto,* [der] *Verlust an den Waaren durch Leccage, Verdünstung, Eintrocknung und Verderben, Vermeßen, Vergiessen, Verwiegen, Verspillern, Verstauben, Verwittern* und was ihnen sonst noch so eingefallen ist, beglichen werden. Jordan brüllte mich an, auch ich sei schuld an seiner Lage, immerzu müsse er meinen Lohn auszahlen, und meine Unterbringung im Hause sei auch nicht umsonst. Ich äße zu viel. Das sei alles viel zu kostspielig, ich solle mich schon mal auf andere Zeiten einstellen, hat er gerufen«, ereifert sich Conasmann und gerät zunehmend ins Schwitzen.

»Was meint er damit? Hat Herr Jordan kein Geld mehr?«, hakt Hülsemann überrascht nach und beginnt zu

---

* Vgl.: *275 Jahre Privilegierte Einhorn-Apotheke*, S. 4.
** Vgl.: Stadtarchiv Lippstadt, St.R. B 2046.

ahnen, dass er dieses Gespräch besser nie begonnen hätte. Dass die Apotheker Fabro und Jordan gegen ihn, den Konkurrenten aus der *Einhorn-Apotheke*, vorgehen, ist zwar nichts Neues mehr, belastet ihn, Hülsemann, aber dennoch stark.

»Ich weiß nicht, wie viel oder wenig Geld Jordan noch hat. Mir ist nur klar, dass Sie endlich Ihre Offizin schließen müssen, sonst bin womöglich ich der Leidtragende. Sie haben mit irgendjemandem etwas gemauschelt, ich weiß nicht, mit wem …«

»Was wollen Sie mir denn da unterstellen?«, fragt Hülsemann deutlich verärgert. »Ich habe nichts zu verbergen«, ruft er und wird immer lauter.

»Qui se excusat, se accusat – Wer sich verteidigt, klagt sich an, nicht wahr, Herr Apotheker? Aber nein, was sage ich, sie sind ja gar nicht approbiert, so wie es sich gehören würde. Sie sind nur Kandidat Pharmazeut. Mit anderen Worten: ein aufgeblasener Wicht, der Apotheker spielen will, wie Kinder es tun. Sie haben sich ein Luftschloss gebaut, welches in Kürze platzen wird«, stichelt Conasmann.

»Dass meine Prüfung verschoben wurde und alles so unerfreulich verläuft, habe ich einzig und allein den Herren Fabro und Jordan zu verdanken. Das können Sie sich doch wohl denken, dass mir das nicht gefällt. Was mischen Sie sich eigentlich in meine Angelegenheiten ein?«, braust Hülsemann nach und nach auf.

»Herr Hülsemann! Ist Ihnen nicht gut?«, erkundigt sich der junge Schuster Caspar Engerling, dessen Vater es in den letzten Jahrzehnten ordentlich zu etwas gebracht hat. Auf welch zweifelhaftem Wege, ist zwar allen in der Stadt nicht klar geworden, doch mit rechten Dingen ist es dabei nicht zugegangen, da sind sich alle einig. Nun jedenfalls taucht der junge Engerling am Verkaufsstand des Herbarius Augustinus auf und ist anscheinend um das Wohlergehen des Hülsemanns besorgt. »Sie sind ja ganz rot im Gesicht. Es wirkt bedrohlich«, fährt Engerling fort.

»Es ist Zornesröte«, wirft Conasmann ungefragt ein.

»Conasmann beleidigt mich und mein Dasein als Besitzer der *Einhorn-Apotheke*. Er …«

»Er verträgt die Wahrheit nicht!«, ruft Conasmann. »Und was ich mit Hülsemann zu besprechen habe, geht Sie, Engerling, nun wahrlich gar nichts an. Mischen Sie sich nicht in die Angelegenheiten anderer Leute. Wo Sie auftauchen, ist Unheil. Sie sind so ein falscher, elendiger …«

Noch bevor Conasmann seinen Satz zu Ende sprechen kann, bringt ihn Engerlings Fausthieb zum Schweigen. Ein Schwindel, eine Schwärze, Conasmann sinkt zu Boden. »Sie sind so ein Schwächling, Sie verteidigen sich ja nicht einmal«, spottet Caspar Engerling der jüngere verächtlich und geht hämisch lachend zurück zu seinem Haus in der Kirchgasse.

Voller Wut und Zorn kommt Conasmann einige Minuten später wieder auf die Beine. Alles an ihm zittert. Sein Kiefer schmerzt entsetzlich. Sein Kopf dröhnt. Seine Augen sehen nicht so klar und deutlich wie zuvor. Immer wieder muss er die Augen zukneifen und öffnen im Wechsel, dann sieht er für einen Moment wieder scharf. Blut rinnt in Strömen seinen Hals hinunter. Ob der Kiefer gebrochen ist?

»Gib mir von deinem weißen Pulver!« Obwohl Conasmann nur noch nuscheln kann, ist klar, dass er keinen Widerspruch duldet. Und so reicht ihm Herbarius Augustinus wortlos mit einem kleinen Löffelchen eine winzige

Menge des Pulvers. Conasmann lässt es sich direkt in den Mund rieseln.

»Trinken Sie einen Schnaps dazu«, empfiehlt Herbarius Augustinus. »Dann sind Sie bald wieder klar im Kopf. Und legen Sie sich ein wenig aufs Ohr.«

»Hinlegen? Am helllichten Tage? Das ist etwas für Weiber und faule Taugenichtse. Ich bin ein Mann, der etwas aushält«, nuschelt Conasmann kaum verständlich und geht zurück zum Hause Jordan. Und doch, ohne dass er es zugeben würde, die Schmerzen sind unerträglich. Sein Ansinnen, sein großer Plan, ein Mittel zur Unterstützung oder Förderung der zügigen – sehr zügigen – Selbstheilung zu entwickeln, scheint ihm nach wie vor von großer Wichtigkeit zu sein. Doch ein Medikament, das schnell und sicher selbst stärkste Schmerzen lindert, ist auch von nicht zu unterschätzender Bedeutung. Die Ärzte verordnen ja immer wieder Opium, doch die Stärke der Wirksamkeit des Schlafmohns ist nicht gut zu berechnen. Selbst wenn man die Mengen noch so genau abmisst, das Opium wirkt bei einem zu viel, bei einem anderen zu wenig. Und manch einer hat schon sein Leben dabei gelassen. Es mag an der Beschaffenheit und der Sorte des Opiums ebenso liegen wie an der Statur der Menschen. Aus dem Schrank im Laboratorium der *Adler-Apotheke* entwendet Conasmann eine gehörige Menge Opium – er hat schließlich sehr starke Schmerzen – nimmt es unverzüglich und betritt anschließend seine Schlafstube. Dass er sich hinlegt, sieht ja niemand. Die bleierne Müdigkeit, die durch das Opium hervorgerufen wird, lässt ihm keine Wahl. Ich werde ein Medikament entwickeln, dass alles – wahrlich alles! – kann, denkt Conasmann mit Blick auf seinen Nachttisch. Dort liegt ein loses Blatt Papier mit Goethes Hymne ›Prometheus‹ aus Jacobis Veröffentlichung. Es ist das Einzige der großen Dichter und Denker, was Conasmann je gelesen hat, doch mehr braucht er nicht. – Langsam lässt der stechende Schmerz tief in seinem Haupte ein wenig nach. Und dennoch wird ihm wieder schwarz vor Augen, ganz tief im Gehirn ist eine Schwärze … tiefste Schwärze … nichts als Schwärze … Und dann kommt der Schlaf.

Der größte Trubel des Jahrmarktes ist zu so später Stunde bereits vorüber. Es ist schon lange dunkel. Einige Männer, die an diesem Tage kein Ende finden können oder wollen, treffen sich in der Schenke *Goldener Hahn* an der Langen Straße. Seit 1566 trifft man sich dort, um Bier und Schnaps – oft sehr reichlich – zu trinken. So ist auch heute die Stimmung ausgelassen. Wer am lautesten spricht, wird gehört und gefeiert. Auch Jordan macht keinen Hehl daraus, dass er es seinem Konkurrenten Hülsemann so richtig gezeigt hat.

»Ich habe mit Fabro am gestrigen Tage nochmals nach Hamm zum Collegium medicum geschrieben. Wir haben darauf hingewiesen, dass der von der *Landesherrlichen Commission im Jahre 1775 angedeutete Erledigungsfall* jetzt eingetreten ist. Hülsemann ist erledigt!«, ruft Jordan, als wolle er alle anwesenden Männer zum Kampf gegen Apotheker Hülsemann hetzen. »Wir hatten uns einst schriftlich an Tilemann gewandt, um ihm mitzuteilen, *daß wir die Uebertragung seiner Apotheke an einen Dritten außer uns nicht zugeben könnten, daß Landesherrliche Anordnung* eben landesherrliche Anordnung sei. Des Weiteren *bezeigten* [wir] *ihm zugleich unsere Bereitwilligkeit, ihm die gesetzliche Entschädigung zu leisten.*«

»Und was hat er geantwortet?«, fragt der Wirt des *Goldenen Hahn*, der sich der gegenüberliegenden *Einhorn-Apotheke* sehr verbunden fühlt.

»[D]*aß er sich demselben nicht unterworfen glaubt* […] *und* […] [den] *Vertrag mit Hülsemann zu vollziehen entschlossen sey* […]«, erinnert sich Jordan. »Es ist so eine Unverschämtheit, sich der landesherrlichen Anordnung zu widersetzen, dass mir die Worte fehlen. Was denken sich die beiden nur? Ich habe so eine Wut in mir, dass ich am liebsten jetzt hinübergehen, Tilemann aus dem Schlafe reißen und ihm mal auf das Deutlichste zu verstehen geben möchte, was ich von seinem Verhalten denke!«

»Dann wird es Ihnen so ergehen wie heute am helllichten Nachmittage Ihrem Gesellen Conasmann. Und das zurecht. Caspar Engerling – ich meine natürlich den jungen, der Alte ist ja mehr tot als lebendig – hat ihm einen Haken versetzt, dass ihm Hören und Sehen vergangen ist«, erzählt der Wirt des *Goldenen Hahns.*

»Tatsächlich?«, vergewissert sich Jordan. Das hat er gar nicht mitbekommen, erklärt aber, warum Conasmann nicht auch hier im *Goldenen Hahn* an der Theke sitzt und wieder große Reden von sich und Preußen schwingt. Dieses Geschwätz ist nicht auszuhalten.

»Jordan, lassen Sie mich eines klarstellen«, sagt ein Mann, der trotz der vielen Biere plötzlich ganz klar im Kopf zu sein scheint. »Lassen Sie Tilemann und Hülsemann in Frieden! Es sind gute und aufrichtige Leute! Beide verstehen ihr Apotheken-Handwerk. Und beide werden nichts gegen das Gesetz unternehmen«, spricht er langsam und deutlich. Alle – auch Jordan selbst – haben verstanden, dass sich dieser Mann auf die Seite der *Einhorn-Apotheke* geschlagen hat und es nicht zu dulden gedenkt, wenn Fabro und Jordan weiter gegen Tilemann und Hülsemann vorgehen. Die Männer an der Theke johlen und rufen: »Fürwahr, Sie haben recht!«, und: »Auf Tilemann und Hülsemann!« Alle – nur Jordan nicht – heben ihre Bierkrüge und stoßen auf die *Einhorn-Apotheke* an. »Wir wollen unsere Apotheke behalten!«, grölen sie.

»Wisst Ihr«, ruft Jordan in die Runde, »das Medicinal Collegium zu Hamm hat angeordnet, dass Kriegsrat Terlinden und Drost Rose – beides Männer hier aus Lippstadt – sich dieser Angelegenheit annehmen. Und was machen diese Herren? Sie tun so, als wäre es ein ganz normaler bürgerlicher Rechtsstreit und machen aus Fabro und mir Kläger und aus Tilemann einen Verklagten. Sie räumten Tilemann Rechte ein, die ihm in diesem Fall gar nicht zustehen!« Und als keiner der Gäste des *Goldenen Hahn* etwas dazu zu sagen hat, fährt Jordan fort: »*Die Hauptfrage – ob die Einziehung der 3ten Apotheke für hiesigen Ort nothwendig und nützlich sey,* [wurde] völlig weggelaßen. Dabei geht es doch einzig und allein um das Privileg der *Einhorn-Apotheke*, welches an uns, Fabro und mich, zu verkaufen ist. Wie oft haben wir schon darauf hingewiesen, dass es doch Tilemann höchstselbst ist, *der sein Gewerbe nicht länger fortsetzen will* und so eine Aufhebung seiner Apotheke herbeigeführt hat. *Es ist uns daher gantz unbegreiflich, wie das märkische Provincial Collegium Medicum unsere Anträge** so gänzlich falsch beurteilen kann. – Euer Königliche Majestät, haben wir geschrieben«, wirft Jordan ein, »müssen sich davon überzeugen, dass das Collegium medicum zu Hamm völlig zuwider gehandelt hat. So geht das nicht!«, empört sich Jordan und verlässt ohne

---

* Alle voran stehenden kursiv gesetzten Zitate stammen aus: Stadtarchiv Lippstadt, St.R. B 2046.

ein weiteres Wort die Schenke *Goldener Hahn*. Draußen auf der Langen Straße ist es kühl; Jordan atmet tief durch und merkt, dass er dringend eine kleine Notdurft verrichten muss. Und was bietet sich hier im Schutz der Dunkelheit mehr an als die Eingangstüre der *Einhorn-Apotheke*? Mit einem Lächeln der Erleichterung lässt er dem Wasser freien Lauf und freut sich, so am Ende eines langen Tages doch noch Genugtuung erlangen zu können. Ich werde gegen die *Einhorn-Apotheke* gewinnen, denkt Jordan und geht heim.

LIPPSTADT, 19. APRIL 2012

Oliver träumt schlecht. Immer wieder stürzt er vom Turm der Großen Marienkirche, glaubt im Fallen noch, dass das Overkamp'sche Haus ihn auffange, doch er schlägt bitter auf dem Pflaster auf. Sein Haus ist weg. Wie eine Seifenblase geplatzt. Er hört Autos und LKWs fahren, Menschen sprechen. Metallstangen fallen auf den Boden der Absenkung der Großen Marienkirche.

»Wir tauschen noch Euros gegen Socken«, ruft jemand laut.

Jetzt ist Oliver ganz wach. Er stürzt nicht vom Turm, nein, er liegt in seinem Bett. Frische Luft weht durch das gekippte Fenster. Es ist so kuschelig unter seiner Decke, einfach genau richtig. Nicht zu warm und nicht zu kalt. Es könnte so schön sein, wenn nicht dieser Lärm wäre. Es ist Krammarkt. Jeden zweiten Donnerstag im Monat in der Absenkung der Großen Marienkirche, auf dem Rathaus- und dem Marktplatz.

»Heutzutage sollte man nie ohne Gummi«, ruft ein Marktbeschicker und lacht. »Einweghandschuhe zum halben Preis. Heutzutage sollte man nie ohne Gummi. Einweghandschuhe zum halben Preis!«

Oliver schließt das Fenster. Es ist ja nicht zum Aushalten. Da könnte er einmal ausschlafen und dann so etwas. Er kocht sich eine Tasse Kaffee, legt sich wieder ins Bett und blättert durch das Buch, dass Annika ihm an ihrem ersten Samstagmorgen mitgebracht hat: *Lippstadt im Spiegel der Zeit*. Oliver liest:

Die ersten Apotheken in Lippstadt

*Die Entstehung der Apotheken in Lippstadt bedeutete einen wichtigen Schritt hinsichtlich der medizinischen Versorgung der Menschen. Die Lippstädter Bevölkerung befand sich gegenüber der Landbevölkerung dadurch lange Zeit im – manchmal sogar lebenswichtigen – Vorteil. [...] Viele Städte gingen dazu über, unabhängig von Klöstern eigene Apotheken einzurichten. So wurde auch in Lippstadt die Stadt- oder Ratsapotheke eröffnet, für die der Magistrat besondere Verordnungen erließ und die Arzneipreise festsetzte. Die Errichtung einer städtischen Apotheke lässt auch die Niederlassung eines oder mehrerer Ärzte in Lippstadt vermuten. So werden 1778 hinsichtlich der medizinischen Versorgung drei Ärzte, ein Wundarzt, drei Apotheker und zwei Hebammen genannt. Die älteste Erwähnung eines Apothekers stammt aus dem Jahr 1625, als der Stadtapotheker Hermann Wacker seinen Bürgereid ablegte. Bis 1806 gab es in Lippstadt insgesamt drei Apotheken: Die Stadt- oder Rats-Apotheke wurde im 18. Jahrhundert in Engel-Apotheke (Lange Str. 24/28) umbenannt. Außerdem bestanden noch die aus der Garnisons-Apotheke hervorgegangene Adler-Apotheke und die 1712 gegründete Einhorn-Apotheke (Lange Straße 11).** *

Als Oliver am Abend nach Hause kommt, wundert er sich, dass der Mercedes CLS von Dr. Lange in einer Parkbucht an der Rathausstraße steht. Ob die Apotheke schon wieder Notdienst hat?, überlegt Oliver. Aber es sieht nicht danach aus. Die Apotheke ist dunkel, nicht einmal das rote A leuchtet. Und doch hört Oliver, dass in der Apo-

* Dirk Ruholl und Johanna Scheler: *Lippstadt im Spiegel der Zeit.* Rasch & Röhring Verlag, Paderborn, 2012, S. 46.

theke oder in dem Raum, der zu dem kleinen Hinterhof führt, jemand ist. Nur um einen Grund zu haben, holt Oliver einen erst halb gefüllten Müllbeutel oben aus seiner Küche und geht die Treppe zum Hinterhof hinunter. Dort stehen die Mülltonnen. Tatsächlich, in einem Raum ist Licht. Leise schleicht Oliver im Schutz der Dunkelheit zum Fenster. Dr. Lange hat mehrere blaue Kunststoffkisten vor sich auf dem Tisch. *Noweda* steht darauf, wie auch auf den Wagen, die mehrmals am Tag Medikamente liefern. *Die Apotheke hilft*, heißt es dort. DIN A4-Papiere hat Dr. Lange vor sich ausgebreitet und liest konzentriert. Hier und da macht er eine kleine Notiz oder vielleicht auch nur einen Haken. Es könnten Lieferscheine sein. Doch Oliver fällt auf, dass Dr. Lange immer schneller liest, zügig das nächste Blatt überfliegt und es wieder in die Kiste stopft. Er scheint irgendetwas nicht finden zu können. Vielleicht fehlt eine Bestellung? Dann reißt Dr. Lange alle Schranktüren auf, anschließend alle Schubladen; er durchwühlt einen in der Ecke stehenden Kühlschrank. Der Apotheker sucht etwas, das ist jetzt klar ersichtlich. Mit dem Fuß tritt Dr. Lange den Kühlschrank wieder zu und flucht so laut, dass Oliver es hört; die Tür zum Hof ist zwar verschlossen, das Fenster allerdings ist gekippt. Drinnen klingelt ein Handy. »Ja«, meldet sich Dr. Lange. »Nein, verzögert sich« – »ist noch Zeit« – »du bekommst, was du brauchst« – »sicher« – »du kannst dich auf mich verlassen.« Dr. Lange steckt das Handy wieder in seine Hosentasche, zündet sich eine Zigarette an und öffnet die Tür zum Hinterhof. Oliver erschrickt.

»Was machen Sie hier?«, fragt Dr. Lange brüsk.

»Müll wegbringen«, antwortet Oliver knapp und ärgert sich sofort darüber. Er muss gesprächiger sein, um nicht den Verdacht aufkommen zu lassen, er habe gelauscht. »Ich hatte heute Mittag Fisch, und die Reste riechen echt übel. Die müssen noch raus – hier in die Tonne.«

»Fisch riecht immer vom Kopf zuerst«, sagt Dr. Lange, scheint aber mit seinen Gedanken ganz woanders zu sein.

»Ja, da haben Sie sicher recht. Aber bei Fischstäbchen ist das so eine Sache«, versucht Oliver einen Scherz.

»Was?« Dr. Lange scheint nicht zuzuhören.

»Egal. Haben Sie heute Notdienst? Ich bin überrascht, Sie hier anzutreffen«, fragt Oliver.

»Nee, den Notdienst macht immer die Neff-Asseburg. Das ist mir zu doof, mich hier nachts immer aus dem Schlaf klingeln zu lassen. Das soll die Alte machen. Vielleicht ist ihr Kerl auch mal froh, wenn sie weg ist«, meint Dr. Lange.

»Dann arbeiten Sie heute Abend nur so?« Oliver ist so neugierig, dass er das fragen muss.

»Was geht Sie das an? Was machen Sie eigentlich hier?«, fragt Dr. Lange erneut.

»Müll wegbringen«, antwortet Oliver und hält den Beutel zum Beweis hoch.

»Ach ja. – Ich muss jetzt los«, sagt Dr. Lange und lässt Oliver ohne ein weiteres Wort im Hinterhof stehen.

Apotheker scheinen mitunter komische Gestalten zu sein, denkt Oliver, als er wieder in seiner Wohnung ist. Dr. Lange und vor allem das mitgehörte Telefonat sind höchstmerkwürdig.

In der guten Stube liegt noch *Lippstadt im Spiegel der Zeit* aufgeschlagen auf dem Tisch. *Eine Zunahme der Anzahl an Apotheken wurde ab 1958 möglich, nachdem die Niederlassungsfreiheit eingeführt wurde, sodass seither jeder Apotheker eine Apotheke eröffnen kann, wo er möchte. Dadurch ist die Anzahl der Apotheken in Lipp-*

*stadt gestiegen.** Mit Blick auf die von außen beleuchtete Große Marienkirche hängt Oliver seinen Gedanken nach. So viele Apotheken gibt es in der Stadt. Allein hier in seinem Umfeld fallen ihm fünf in nächster Nähe ein. Und jede scheint ihr Auskommen zu haben. Merkwürdig. Ob das in anderen Städten auch so ist? Vermutlich schon. In Gedanken geht er die Lübecker Apotheken durch. Oliver kennt jede Ecke in seiner Heimatstadt. Dann versucht er, sich die Paderborner Apotheken in Erinnerung zu rufen. Wie oft war er in den letzten beiden Jahren dort bei Annika gewesen? Wie oft waren sie von der Meinolfstraße in die Innenstadt gegangen? Aber Apotheken? Da fällt ihm nur die eine am Westerntor ein, auf die sie immer zugehen, wenn sie in die Einkaufsstraße wollen.

* *Lippstadt im Spiegel der Zeit*, 2012, S. 46.

PADERBORN, 3TER OKTOBER 1803

»FRIEDRICH! SIE SIND JA IMMER NOCH HIER. Warum gehen Sie nicht nach Hause? Ihre Frau Mutter wartet bestimmt schon auf Sie!«, empört sich Cramer.

Doch der junge Friedrich findet es hier im Laboratorium recht gemütlich. Er mag noch nicht heimgehen. Draußen prasselt heftiger Regen nieder, und in der Ferne hört man schon leises Donnergrollen. Es wird wohl noch ein Gewitter geben, denkt er. Hier drinnen sorgt ein Ofen für wohlige Wärme. Mit großer Akkuratesse hat Friedrich am frühen Nachmittag, also noch bei Tageslicht, die kleinen Fläschchen und Standgefäße aus dem Regal geräumt, mit einem Tuch abgewischt und in sinniger Ordnung wieder in dasselbe hineingeräumt. Eines der Standgefäße hat einen Sprung, es schließt nicht mehr richtig. Auch der Korken bröckelt leicht. Friedrich erinnert sich noch gut: Zu Beginn seiner Ausbildungszeit zum Apotheker vor nur vier Jahren hatte Cramer die emailbemalten Glasstandgefäße erworben. Der kunstvoll gestaltete Blätter- und Blütenkranz umrahmt hübsch die Kartuschen. Die Schrift ist fest; sie verblasst und verschmiert nicht. Nur einmal, in der ersten Woche seiner Lehrzeit, hatte Cramer Friedrich ermahnen müssen, die Glasstandgefäße umgehend wieder in den Schrank zu räumen, schließlich sei der Inhalt sehr lichtempfindlich.

»Friedrich, nun gehen Sie doch heim!«, fordert Cramer erneut. Er ist sichtlich überrascht, seinen Freund und Gesellen zu so später Stunde noch im Laboratorium vorzufinden. »Ihre Frau Mutter wird sich sorgen! Es regnet und stürmt. Vielleicht schaffen Sie es, noch vor dem Gewitter nach Neuhaus zu kommen.«

»Ja, Herr Cramer. Sie haben bestimmt recht. Ich sollte heimgehen. Wissen Sie, seit Vaters Tod ist es beschwerlich für Mutter. Sie ist so ein Leben nicht gewöhnt. Besser sollte ich sagen: Sie war so ein Leben nicht gewöhnt. Es fehlt an vielem. Früher war das anders. Vater hat als Landmesser und Kartograf gut für die Familie sorgen können. Und auch Mutters Familie in Verne hat es zu Ansehen und Wohlstand gebracht. Habe ich Ihnen einmal berichtet, dass die Familie Brockmann eine Müller-Familie war?«, fragt Friedrich.

»Ja. Für Ihre Familie ist es gut, dass Sie Ihre Prüfung mit Bravour gemeistert haben. Wie hat sich Landarzt Schmidt ausgedrückt? … *welcher* […] *die Apothekerkunst 4 Jahre lang gelernt hat, ist von mir […] in dem pharmaceutischen Fache in Beysein seines Lehrherrens gehörig geprüft [worden], wodurch ich mich von dieses jungen hoffnungsvollen Mannes trefflichen Kenntnissen so vollkommen überzeugt habe, daß ihm als einem brauchbaren sehr tüchtig befundenen Apotheker die Geschäfte der Apotheke* […] *anvertraut werden können.** Friedrich, aus Ihnen wird noch etwas. Sie haben Potenzial!«, freut sich Cramer.

»Danke, Herr Cramer. Danke. Ich fertige nur noch eben das Medikament für die Gattin des ersten preußischen Stadtdirektors, Herrn Busse**, an. Die Dame braucht es so dringend. Obwohl ich ja das Preußische nicht so mag,

* Manfred Rudolf Kesselmeier: *Friedrich Wilhelm Adam Sertürner (1783–1841). Apotheker und Forscher.* Quellen und Studien der Geschichte der Pharmazie. Bd. 89. Wissenschaftliche Verlagsgesellschaft mbH Stuttgart, 2008, S. 40.

** Vgl.: *Paderborn. Geschichte der Stadt in ihrer Region.* Das 19. und 20. Jahrhundert. Traditionsbindung und Modernisierung (Bd. 3), Hg. v. Karl Hüser. Paderborn, Schöningh, 1999, S. 11.

soll Madame Busse nicht über Nacht ohne Arznei sein. Es geht ihr wahrlich schlecht«, erklärt Friedrich.

»Da kann ich mich aber glücklich schätzen, dass Sie mein Geselle bleiben. Sie fertigen doch auch noch das stärkende Hauptpulver für den jungen Anton Hoppe* an?«, fällt Cramer ein.

»Selbstverständlich«, sagt Friedrich. »Ist es Ihnen recht, wenn ich nach getaner Arbeit die Aufsätze Hermbstaedts** mit nach Hause nehme, um sie nochmals zu lesen?«

»Ja. Meinen Sie diese kurzen Anleitungen? Wie heißen sie noch gleich?«, hakt Cramer nach.

»*Kurze Anleitung zur chemischen Zergliederung der Vegetabilien*«, hilft ihm Friedrich.

»Ach ja, ganz richtig. Ist Hermbstaedt nicht auch in die Akademie der Wissenschaften aufgenommen worden?«, fragt Cramer.

»Ja, in der Tat. Es ist wohl zwei oder drei Jahre her«, bestätigt Friedrich.

»Ein wahrlich fleißiger Mann. Er verfasst so viele wissenschaftliche Abhandlungen und Aufsätze. War er es nicht auch, der die Theorie des Franzosen Lavoisier übersetzte? Ja, doch, ich erinnere mich. So half Hermbstaedt der Lehre Lavoisiers und somit der Entwicklung der Chemie in unserem Land eine ganz neue Richtung zu geben«***, referiert Cramer.

---

* Bäckermeister und Gastwirt Anton Hoppe (1787–1853) war Eigentümer der Gaststätte, die seit 1906 als Gaststätte Bobberts bekannt ist. Vgl.: www.bobberts.de/restaurant/historie.html; 27.08.2012.

** Sigismund Friedrich Hermbstaedt (1760–1833) lernte vermutlich bei Wilhelm Bernhard Trommsdorff in Erfurt die Apothekerkunst, gab Vorlesungen am Collegio medico-chirurgicum und an der Universität Berlin, verfasste 28 Bücher und 180 Zeitschriftenaufsätze. (Vgl.: *Geschichte der Pharmazie II*, S. 599–602.)

*** Vgl.: *Geschichte der Pharmazie II*. »Sigismund Friedrich Hermbstaedt«, S. 599 ff und »Die Chemie. Das antiphlogistische Lehrgebäude«, S. 430 ff.

»Und wissen Sie, Hermbstaedt beginnt die Einleitung *zur chemischen Zergliederung der Vegetabilien* mit der Frage, [o]*b überhaupt die chemische Zergliederung der Vegetabilien von einem reellen Nutzen sey oder nicht, darüber sind die Meinungen noch sehr getheilt* [...]*. Hermbstaedt vertritt allerdings die Meinung, dass nicht nur die Gesamtheit der Stoffe ihre Wirkung erziele, sondern dass die bildenden Prinzipien erforscht werden sollen«, erläutert Friedrich.

»Und Sie möchten jetzt forschen?«, fragt Cramer vorsichtig.

»Ja. Ich denke, Hermbstaedt hat recht. Er ist ein wahrlich kluger Mann. Nicht nur sein *Katechismus der Apothekerkunst* oder deren Überarbeitung *Grundriss der theoretischen und experimentellen Chemie* sind Lehrbücher, wie man sie bisher nicht kannte. Mir gefällt der Ansatz, über die bislang unbekannten Bestandteile zu forschen und vermute, dass manche *Erscheinungen von einer eigenen noch unbekannten Säure determiniert*** werden«, sagt Friedrich.

»Gut. Forschen Sie. Aber vernachlässigen Sie nicht Ihre Pflichten! Damit meine ich nicht nur Ihre Pflichten als Apotheken-Geselle, sondern denken Sie an Ihre Frau Mutter«, erinnert Cramer. Dieser ist hoch erfreut, dass Friedrich Wilhelm Adam Sertürner nicht direkt nach der

* Christoph Friedrich: 250. *Geburtstag Hermstaedts. Verteidiger der modernen Chemie*. In: Pharmazeutische Zeitung online. www.pharamzeutische-zeitung.de, gesehen am: 24. April 2012.

** Friedrich Wilhelm Adam Sertürner: Darstellung der reinen Mohnsäure (Opiumsäure) nebst einer Untersuchung des Opiums mit vorzüglicher Hinsicht auf einen darin neu entdeckten Stoff und die dahin gehörigen Bemerkungen. In: *Journal der Pharmacie*, Leipzig 1806, [14: 33–37]. Aus: Franz Krömeke (Hg.): *Friedrich Wilhelm Sertürner der Entdecker des Morphiums*. Lebensbild und Neudruck der Original-Morphiumarbeiten, Springer Verlag, Heidelberg 1984.

Gesellenprüfung auf Wanderschaft geht. Obwohl dieses so üblich wäre, bleibt Sertürner in der *Cramerschen Hofapotheke* zu Paderborn. Die unruhigen Zeiten und die unsichere Zukunft sorgen wohl dafür, dass Friedrich bleibt, denkt Cramer. Sein Großvater, Abraham Cramer, war der erste Pharmazeut der Familie. Doch schon kurz nach der Eröffnung seiner Apotheke am Markt klagte der Paderborner Hofapotheker Sondermann, dass Cramer ohne Apothekenprivileg, sprich: ohne Erlaubnis der landesherrlichen Regierung, sein Geschäft betreibe, das ginge nicht, das wäre zu seinen – Sondermanns – Ungunsten. Man empfahl Abraham Cramer, nur zu verkaufen, was nicht der Apotheken- und Taxordnung unterliege, wie zum Beispiel Genussmittel. Doch Cramer wehrte sich, er habe Steuern zu zahlen, er müsse Geld verdienen und schließlich habe *er die Wißenschaft [...] bey rechtschaffenen Apothekern 16 Jahr lang erlernt* [...]. Abraham Cramer bot an, bedürftigen Einwohnern und Bürgern Paderborns Arznei ohne Zahlung zu geben und so die Armenkasse der Stadt zu entlasten. Er machte darauf aufmerksam, dass bei Seuchen ausreichend Arznei zur Verfügung stehen sollte, schließlich habe die landesherrliche Regierung eine Fürsorgepflicht. Trotz aller Argumente war es Hofapotheker Sondermann, der sich durchsetzte. Es blieb Abraham Cramer verboten, Medizin zu verkaufen. Doch des einen Leid, des anderen Freud: Der Paderborner Apotheker Siedhoff hatte seine Offizin nicht ausreichend gepflegt und versorgt, sodass ihm das Privileg entzogen wurde. *Zumal man zur medizinisch-pharmazeutischen Versorgung Paderborns jedoch zwei Offizinen für nötig hielt, musste man Cramer, der ein »veraydeter unnd zu allen Land- und gemeinen Stadtlasten concurrierender, [...] angeseßner Bürger«*

war, letztlich das Apothekenprivileg bewilligen. Am 29. November 1698 erteilte man Abraham Cramer schließlich die fürstbischöfliche Erlaubnis zur Unterhaltung einer städtischen Offizin.

Rund dreißig Jahre später, so wurde es Franz Anton Cramer berichtet, *wurden die Geschäftsräume der Cramerschen Apotheke einer zweitägigen Visitation unterzogen: Man nahm den Verkaufsraum in Augenschein und befand ihn in einem »compendiösen, doch sehr netten und properen Stande«. Nach eingehender Prüfung der Materialkammer erregten einzig die geringen Qualitäten Anstoß. Anderntags unterzog die Kommission die Qualität der »Tinctura, elixira, spiritus und anderen praeparata« einer eingehenden Kontrolle und untersuchte auch deren pharmazeutische Wirksamkeit. Anschließend wurden* [...] *»pretiosa« – zu diesen zählten »Olitäten, Syrupen« und »Conserven« – ausgiebig geprüft. Festgestellte Mängel beseitigte man, sofern dies möglich war, umgehend. Nach der Beendigung der amtlichen Untersuchung* [...] habe sein Großvater, so wurde es Cramer stets erzählt, *versprechen* müssen, *solches alles nicht allein so nöthig zu remedyren, sondern auch seine offizin, welche nur auf prescription mehrentheils versehen, mit mehreren materialien zu vermehren und also zu unterhalten, damit andere Medicini auch ihre notturft jederzeit darin finden könten.*

Das habe der Großvater selbstverständlich auch getan, wurde Franz Anton Cramer immer versichert. Schließlich sei dieser ein guter Mann gewesen. Gott sei seiner Seele gnädig. Der junge Cramer wusste, dass das so ganz richtig auch nicht war. Als kleiner Junge hatte er miterlebt, dass die von seinem Vater, Bartholomäus Cramer, geführte Apotheke gründlichst geprüft wurde. Erst später, als erwachsener Mann, hat er Genaueres erfahren: Die Prüfung begann in der Materialkammer. [...] *die Kräuter* [sind] *visitiret undt dabey bemercket worden, daß, dah solche in linnen Beütelen aufgehangen und bewahret worden, diese großen Theiles ihre Kräfften verlohren* [...] *die noch tauglich*[...] [sind] *ausgesondert undt die verdorbenen demnächst verbranndt, dem Apothequeren Cramer anbey auch bedeutet worden, künfftighin die Kräuter in holtzerne Tönnigens oder Kistgens strack und wohl comprimirt verpacken und asserviren zu lassen,* [...]. *Die übrigen Materialia, als Wurtzelen, Saamen, Gewürtz, Rinden, Gommata und sonstige Sachen haben sich ziemlich wohl und guth befunden. [...] Weiteres sindt die Wäßere, Pflastere, Elexiers besichtigt und probiret worden, so sich sämbtlich guth* [...] *befunden.* [...] *[Zudem] sindt des Apothequeren Cramers Liquores, Tinctura, Extracta, Olea, Destillata, Chymica visitiret, probiret und so weith guth befunden* [...].*

1799 hatte nun er, Franz Anton Cramer, die Apotheke von seinem verstorbenen Vater übernommen, und nur kurze Zeit später begann der junge Sertürner seine Lehrzeit in der *Cramerschen Hofapotheke* am Markt zu Paderborn.

Im Juni des letzten Jahres hatte König Friedrich Wilhelm III. das Fürstbistum Paderborn in Besitz genommen. Er erwartete von allen Paderbornern, dass sie sich ihm unterwarfen, und versprach ihnen seine Huld, seine Gnade und sein landesväterliches Wohlwollen.** *In der Stadt wie auch im Paderborner Land* [...] [sind die Menschen] *nicht mehr länger Bewohner eines kleinen, unab-*

---

* Alle voran stehenden kursiv gesetzten Zitate stammen aus: Kesselmeier: *Friedrich Wilhelm Adam Sertürner*, 2008, S. 34f.

** Vgl.: *Paderborn. Geschichte der Stadt in ihrer Region.* Das 19. und 20. Jahrhundert. Traditionsbindung und Modernisierung. (Bd. 3). Hg. v. Karl Hüser. 1999, S. 6.

hängigen, katholischen Bischoflandes, sondern Untertanen eines protestantischen Monarchen, [...][*]. So wie die Paderborner, so lehnte auch Franz Anton Cramer die Eingliederung des Fürstbistums ins Preußische Reich ab. Denn niemand weiß, was die Zukunft bringt.

* *Paderborn. Geschichte der Stadt in ihrer Region,* 1999, S. 7.

PADERBORN, 5. MAI 2012

»SOLLEN WIR LOS?«, fragt Oliver.

»Ja, Sekunde noch, dann bin ich fertig«, ruft Annika aus dem Bad und zieht ihren Pferdeschwanz fest.

In Paderborn ist an diesem Wochenende Frühlingsfest. Annika meint, das dürfe Oliver auf gar keinen Fall verpassen. So viele Aktionen finden an verschiedenen Stellen Paderborns statt, und heute Abend soll der Höhepunkt des Festes sein: das Luxuslärm-Konzert. Vor zwei Jahren war die Band beim Altstadt-Fest in Lippstadt aufgetreten. Annika und Oliver waren dort zusammen hingegangen, doch nach dem Konzert hatten sie sich gestritten, und Annika war Hals über Kopf zum Bahnhof gelaufen und nach Hause gefahren.

»Lass uns hier mal in die Buchhandlung gehen«, bittet Annika, als sie in der Westernstraße angekommen sind. »Einfach nur so. Ein bisschen stöbern.« Der Senior-Inhaber der Buchhandlung steht an der Tür und verabschiedet wortreich eine Kundin. Annika und Oliver nicken ihm im Vorbeigehen zu und fahren mit der Rolltreppe in die erste Etage. Annika verschwindet hinter einem Buchregal, Oliver sieht sich um. Gartenratgeber. Nicht sein Thema. Aber hier: Regionales. Das ist das Richtige für Oliver. Wenn auch Paderborn statt Lippstadt. Auf Augenhöhe bleibt sein Blick an einem Buch hängen, das ihm bekannt vorkommt: *Paderborn im Spiegel der Zeit*. Es sieht *Lippstadt im Spiegel der Zeit* ziemlich ähnlich. Er blättert ein wenig darin herum: *Held der Wissenschaft. Die Cramersche Hofapo-*

*theke am Paderborner Marktplatz war 1804 Schauplatz eines gefährlichen Versuchs, der die medizinische Welt veränderte. Der Apothekergehilfe Friedrich Wilhelm Sertürner entdeckte das Schmerzmittel Morphium.**[*]

»Annika, der Marktplatz ist doch nicht weit von hier, oder?«, fragt Oliver.

»Nein, wir müssen gleich ohnehin in die Richtung. Das Konzert ist am Rathaus. Wieso?«

»Ich habe gerade über Sertürner gelesen. Kennst du den?«

»Nicht persönlich«, lacht Annika. »Ich bin erst 22 Jahre alt. Sertürner ist doch der mit dem Morphium, aus Schloss Neuhaus?!«

»*Cramersche Hofapotheke* am Marktplatz, steht hier«, sagt Oliver und tippt auf das Buch in seiner Hand.

»Aha. Ich kenne nur die *Sertürner-Apotheke* in Schloss Neuhaus. Und da gibt es auch noch eine Sertürner-Straße, glaube ich.«

»Und ein Sertürner-Denkmal gibt es dort auch noch. Aber lass uns doch mal das Haus ansehen. Hier steht: *Das Gebäude, das die Cramersche Hofapotheke Anfang des 19. Jahrhunderts beherbergte, ist heute immer noch ein Schmuckstück der Stadt.*[**]«

»Woher kennst du denn Sertürner?«, wundert sich Annika.

»Ich habe mal gegoogelt, worüber Dr. Lange promoviert hat. Du weißt, Dissertationen muss man veröffentlichen, und er hat über Sertürner geschrieben, ›Opioide irgendwas in der Palliativmedizin – von der Isolierung des

---

* *Paderborn im Spiegel der Zeit*, Rasch & Röhring Verlag, Paderborn, o.J., S.44.

** *Paderborn im Spiegel der Zeit*, S.45.

Morphiums bis …‹ ich weiß nicht mehr wohin. So ungefähr lautet der Titel«, erinnert sich Oliver vage.

Auf dem Weg zum Markt kommen sie an der Bühne seitlich des Rathauses vorbei, auf der in knapp drei Stunden das Luxuslärm-Konzert stattfinden soll. Die ersten Besucher warten dort bereits. Annika und Oliver gehen durch die Gasse Schildern.

»Was ist das denn?«, fragt Oliver und zeigt auf Ausgrabungen hinter einem Zaun.

»Hier wurde bei einem Abriss ein altes Wohnhaus gefunden, ganz spannend. Lies am besten dieses Schild hier«, schlägt Annika vor und weist auf ein laminiertes DIN-A3-Blatt.

»*Archäologische Forschungen vor dem Eingang in die Domburg*«, liest Oliver die Überschrift laut, den Text liest er dann leise. »Cool, ein Steinhaus aus der zweiten Hälfte des 12. Jahrhunderts. *Möglicherweise wohnte hier die Familie des vom Bischof eingesetzten Stadtgrafen.*«

»Wir können hier mal eine Führung mitmachen. Immer dienstags um 18 Uhr, steht dort. Wie wär's?«, schlägt Annika vor.

»Gerne. Für so etwas bin ich immer zu haben, das weißt du doch. Lass uns mal die Apotheke anschauen und dann etwas essen. Ich habe einen riesigen Hunger!«, sagt Oliver.

»Lies mal vor«, bittet Annika, als sie vor dem Haus stehen, in dem die *Cramersche Hofapotheke* einst war. Heute befindet sich dort keine Apotheke mehr.

»*Ehemalige Cramersche Hofapotheke*

1698 erbaut durch den Apotheker Abraham Cramer und seine Ehefrau Anna Angela Vierfuß auf einer Teilfläche des mittelalterlichen Ministerialenhofes Krevet. Apotheke bis 1909. 1750 bis 1802 fürstbischöfliche Hofapotheke. 1945 weitgehend zerstört. Wiederaufbau in veränderter Form 1953. 1803/04 in diesem Haus Entdeckung des Morphiums durch den 1783 im heutigen Stadtteil Schloss Neuhaus geborenen Apotheker Friedrich Wilhelm Sertürner.«, liest Oliver den Text der Plexiglas-Platte vor, die rechts am Gebäude angebracht ist. »Cool, hier wurde Medizin-Geschichte oder besser Pharmazie-Geschichte geschrieben. So schlecht ist dein Paderborn also gar nicht«, neckt Oliver.

Nachdem sie quasi neben der einstigen *Cramerschen Hofapotheke* zu Abend gegessen haben, machen sie sich auf den Weg zum Rathausplatz. Es ist aber vor dem Rathaus so voll, dass die beiden im Schildern stehen bleiben und einfach nur der Sängerin zuhören.

»Hättest du gedacht, dass das mit dem Wetter klappt? Den ganzen Tag hat es genieselt und war ungemütlich kalt. Und jetzt? Trocken und die Temperatur ist okay«, findet Oliver und zieht trotzdem den Reißverschluss seiner blauen Funktions-Jacke noch ein bisschen höher zu.

Als die Sängerin um kurz nach 22 Uhr den Hit *1000 Kilometer bis zum Meer* anstimmt, nimmt Oliver Annika in den Arm. Als sie das Lied vor zwei Jahren in Lippstadt live hörten, hatte er ihr zum ersten Mal gesagt, dass er sie liebt. Dann war alles gründlich schief gelaufen. Sie hatten sich gestritten, und Annika war einfach nach Hause gefahren. Heute wird es besser klappen.

»Ich liebe dich«, sagt Oliver.

»Ich dich auch!«, antwortet Annika – und bleibt.

LIPPSTADT, 8TER NOVEMBER 1803

Als Jordan am Morgen nach dem Frühstück das Laboratorium seiner Apotheke betritt, wundert er sich, dass der Raum zur Gänze aufgewärmt ist. Meist muss er – obwohl es die Aufgabe des Arnolds ist – den Ofen anmachen. Es dauert dann eine Weile, bis ein tiefrotes Glutbett entsteht, und er nach und nach die gut getrockneten Buchenholzscheite hineinwerfen kann. Heute, wie gesagt, ist es schon – oder noch? – warm. Zu seiner großen Überraschung findet er Conasmann in eine Decke gewickelt auf dem Boden. Wie ein Neugeborenes hat er auf der Seite liegend die Beine angezogen.

»Conasmann, was soll das?«, fragt Jordan so laut, dass Conasmann aufwachen müsste. Doch dieser rührt sich nicht.

»Conasmann!«, ruft er noch lauter und stößt leicht mit dem Fuß an dessen Hinterteil. Nichts. Keine Regung. Lange kann er noch nicht so tief schlafen, sonst wäre das Feuer weiter hinuntergebrannt. Eine Stunde vielleicht, höchstens eineinhalb.

Auf dem Rezepturtisch liegen mehrere Blatt Papier. Die meisten sind übersät von unlesbaren Aufzeichnungen. Conasmanns Handschrift. Doch ein Blatt ist gedruckt. Dieses zieht Jordan voller Neugier zu sich heran und beginnt zu lesen:

*Theriaca caelestis sub beneficiis vernalis caeli influentis operose composita in hospitali Iulianeo [...] solenniter praestita.** 1725 hatte der Apotheker des Julius-Spitals Würz-

* *Pharmazie-Geschichte II*, 2005, S. 167.

burg, Johann Michal Sutor, im Beisein des Bischofs eine öffentliche Theriakherstellung vorgenommen und es unter diesem lateinischen Titel veröffentlicht. In früheren Zeiten mussten bei der Theriakzubereitung sogar zwei Vertreter des Magistrats und der Stadtphysicus zugegen sein, um die Zutaten exakt zu wiegen und zu überprüfen.* Grundsätzlich war es damals so, dass die *Herstellung der »grossen Rezepturen« wie Edelstein-Latwerge, Theriak- und Mithridatzubereitungen* [...] *meist einmal im Jahr nach dem Einkauf auf der Messe öffentlich zusammengestellt* wurden. *Der Theriak als teures und keineswegs vor Verfälschungen aller Art sicheres Arzneimittel* [...] *musste zudem nach der Herstellung mit amtlichen Gütesiegeln versehen werden.*** Zum Teil wurden die versiegelten Theriaca-Gefäße für jeden gut sichtbar in der Offizin zur Schau gestellt, damit sich jeder immer davon überzeugen konnte, dass das Siegel der großen Rezeptur noch ungebrochen war.

Theriak, denkt Jordan schmunzelnd, denn er weiß, dass sich zum Ende des letzten Jahrhunderts die Stimmen mehrten, die vor der Anwendung solch umfangreicher Composita warnten. Bald wird niemand mehr dieses Allheilmittel verwenden, ahnt Jordan und dann wird ihm klar, dass dieses vermeintliche Wundermittel gegen alles der Grund für den schwindenden Opiumvorrat in seiner Apotheke sein muss. Conasmann verarbeitet es, ohne dass ich es von ihm verlange!, vermutet Jordan und spürt Wut und Ärger in sich aufsteigen. Mit einem ordentlichen Tritt gegen den immer noch auf dem Boden schlafenden Conasmann verschafft er seiner Stimmung Luft. Conasmann stöhnt auf.

---

* Vgl.: *Pharmazie-Geschichte II*, 2005, S. 167 und 192.

** *Pharmazie-Geschichte II*, 2005, S. 219.

»Erklären Sie mir, was Sie hier machen!«, fordert Jordan.

»Forschen«, antwortet Conasmann knapp mit verschlafener Stimme, als bedürfe es keiner weiteren Erklärung.

»Haben Sie nicht genug zu tun? Das werde ich umgehend ändern. In Zukunft werden Sie vor lauter Arbeit nicht mehr ein noch aus wissen«, droht Jordan.

»Sie kleiner Wicht. Sie wissen aber auch gar nichts vom Leben, nicht wahr? Ich forsche und werde das *Theriaca andromachi* für unsere preußischen Soldaten verbessern. Es soll ihre Leistung steigern, sodass die Königin mir ewig danken wird …«, beginnt Conasmann hellwach zu referieren, wird jedoch sogleich unterbrochen.

»Raus!«, brüllt Jordan. »Ich kann mir so einen ausgemachten Schwachsinn nicht anhören! Raus, verschwinden Sie, am besten für immer«, tobt Jordan und erschrickt über seine Worte. Er hatte ausgesprochen, was er sich erhofft, obwohl er doch tief in Conasmanns Schuld steht.

Conasmanns Augen werden ganz klein und schmal. Der Blick ist kalt und überheblich und ruht einen Augenblick lang auf Jordan. Dann zieht Conasmann die Augenbrauen hoch. »Ich werde nicht gehen«, spricht er langsam und ruhig. »Sie verdanken mir Ihr Leben – ich könnte Ihnen Ihr mickriges Leben derart verleiden, dass Sie wünschten, damals an der kleinen Fischgräte verreckt zu sein.«

»Sie … Sie …«, brüllt Jordan in Rage, doch es fehlen ihm die Worte. Was sollte er einer solchen Unverschämtheit entgegenhalten?

»Ich bleibe«, antwortet Conasmann, der immer bedachter und stiller wird, je mehr sich Jordan aufregt. Mit einem zu freundlichen und zugleich hinterhältigen Lächeln nimmt Conasmann seine Papiere vom Rezepturtisch und verlässt – nur für den Augenblick – das Laboratorium.

Ein verzweifelter Jordan bleibt allein zurück. Was soll er tun? Irgendetwas muss er unternehmen! Wie sieht es denn aus, wenn er sich als approbierter Apotheker von so einem dahergelaufenen Gesellen – wenn Conasmann überhaupt einer ist – derart unverschämt behandeln lässt? Er, Jordan, hat schließlich einen Ruf zu verlieren! Die Lippstädter denken gut von ihm und kommen – zwar zu selten – aber vermutlich gerne in seine *Adler-Apotheke*, denn hier werden sie gut beraten, und die Rezepte werden so angefertigt, dass Ärzte und Kundschaft zufrieden sind. Und Letztere werden mehr, wenn es ihm gemeinsam mit Fabro gelungen ist, für das Schließen der *Einhorn-Apotheke* zu sorgen. Da fällt ihm ein: Wollte er sich nicht heute am Tage mit Apotheker Fabro treffen, um das weitere Vorgehen in dieser leidigen Angelegenheit zu besprechen? Es ist ja so unerhört, wie in diesem Falle vorgegangen wird. Vor wenigen Tagen mussten beide – Fabro und er – *für ein von Berlin an hiesigen Hochedlen Magistrat eingesandt seyn sollendes Rescript ansehnliches Porto bezahlen*, ohne zu erfahren, was denn nun in dem Schreiben steht. Wird nun die Tilemannsche *Einhorn-Apotheke* eingezogen? Geschlossen? Bisher war dieses Vorhaben ohne Erfolg. ›*Es ist bekannt*[,] denkt Jordan, *daß der Hr. Sindicus Grave für unseren Gegner* Tilemann *die Feder führt, der Hr. Bürgermeister Zurhelle so wohl, wie auch der Hr. Amtm*[ann] *Sachtleben haben sich für die Beibehaltung der 3ten Apotheke, ohne Gründe anzuführen, erklärt.*‹ Sie wollen tatsächlich drei Apotheken! Unfassbar, denkt Jordan. Gerade deswegen wäre es so wichtig, zu wissen, was nun in Berlin entschieden wurde. Bleibt die *Einhorn-Apotheke* bestehen oder nicht? Darüber hinaus ist es ein Witz, dass *gleich mehrere*[...] *im Medicinalfache unkundige Mittbür-*

ger[...] *gegen uns unterschrieben haben*; was diese wollen, glaubt Jordan zu wissen: Sie wollen ihn höchstselbst fertig machen, nach seinem doch recht unglücklich verlaufenen Auftritt an Bartholomäus im *Goldenen Hahn*. Über Umwege hat er erfahren, dass er bei der Verrichtung seiner kleinen Notdurft an der Türe der *Einhorn-Apotheke* doch von einigen Männern beobachtet worden war, die natürlich in ihrer Beschränktheit nichts Besseres zu tun hatten, als umgehend Tilemann und selbstredend auch Hülsemann davon in Kenntnis zu setzen. Zugegeben: Das war nicht klug, aber geschehen; und Vergangenes kann man nicht ändern. Zu dumm nur, dass sich ausgerechnet diese Menschen nun vor dem Magistrat Gehör verschaffen und sich für den Verbleib der *Einhorn-Apotheke* aussprechen, ärgert sich Jordan. Wir werden *kein Gutachten in unserer Streitsache, weder erwarten noch acceptiren*, denkt Jordan und fühlt sich, als müsse er sich zum Kampfe rüsten. Voller Tatendrang macht er sich auf den Weg zur *Engel-Apotheke* in der Langen Straße, um mit Fabro einen Brief an den Lippstädter Magistrat zu verfassen.

Nach einigen Worten über Lippstädter Neuigkeiten und das Wetter – die ersten Schneeflocken waren in der Nacht gefallen, aber nicht liegen geblieben – erklärt Fabro, er habe bereits an die *Hochzuehrenden Herren des Magistrats* geschrieben; er, Jordan brauche nur noch seinen Namen darunter zu setzen, fertig.

[...] *und bitten daher gehorsamst mit der Anfertigung eines Berichts so lange Anstand** *zu nehmen, bis unser Mandatarius*** *von seiner Reise, die in wenigen Tagen seyn wird, wieder retournirt ist*, liest Jordan. *Wir verharren übrigens*

* Aufschub, Unterbrechung.
** Bevollmächtigter, Vertreter, Anwalt eines Mandanten.

mit aller Hochachtung [...] *gehorsamste Diener** [...] und so weiter, hatte Fabro geschrieben.

»Sehr gut. Das haben Sie schön formuliert«, lobt Jordan, dem es heute ganz gelegen kommt, sich nicht ausführlicher mit dem Verfassen eines Briefes beschäftigen zu müssen. Stattdessen überlegt er, ob er Fabro von dem berichtet, was er am frühen Morgen in seinem Laboratorium erlebt hat. Doch er schweigt – auch, weil er lieber schnell zurück in seine Apotheke möchte. Sicher ist sicher.

In der Langen Straße sieht Jordan seinen Gesellen mit Fräulein Finck an der Ecke zur Geist Straße stehen. Conasmann redet auf sie ein – das kann er gut, denkt Jordan – doch sie schüttelt immer nur den Kopf, hält den Blick gesenkt und zupft verlegen an ihren Röcken. Was kann Conasmann nur von ihr wollen?, überlegt Jordan. Sie scheint nicht hören zu wollen, was Conasmann zu sagen hat, und fängt an zu weinen. Immer heftiger schüttelt sie den Kopf, ob sie etwas sagt, kann Jordan weder hören noch sehen. Es ist aber auch eine ganz zarte und leise junge Dame – nun ja, eine Dame nun auch nicht, aber dennoch – sie hat es wahrlich nicht leicht im Leben. Warum lässt sie sich auch immer mit Männern ein, das schickt sich nicht, das muss sie doch wissen!

»Ich wünsche Ihnen einen angenehmen Tag«, sagt Jordan zu Hanna Dorothea Finck, als er bei den beiden ankommt. »Conasmann, warum sind Sie nicht in der Offizin? Sie wissen, dass Sie die nicht einfach allein lassen dürfen!«, schimpft Jordan. Fräulein Finck nutzt diese Gelegenheit umgehend und läuft ohne ein weiteres Wort davon.

»Sie haben sie vertrieben«, beschuldigt Conasmann seinen Arbeitgeber und wird sichtlich ärgerlich.

---

* Alle voran stehenden kursiv gesetzten Zitate stammen aus: Stadtarchiv Lippstadt, St.R. B 2046.

»Ich? Ich war doch freundlich zu ihr – und das bei ihrem Lebenswandel«, glaubt Jordan netter gewesen zu sein, als er es hätte sein müssen. »Mir scheint eher, dass die junge *Dame* nicht hat hören wollen, was Sie ihr sagten.« Das Wort Dame betont Jordan so, dass deutlich wird, wie abschätzig er über Fräulein Finck denkt. »Sie weinte sogar. Conasmann, mit Damen muss man vorsichtig umgehen, wenn es einem ernst ist!«, belehrt Jordan herablassend. Doch auch er ist ein Mann, der bei Frauen nicht die richtigen Worte findet. Bei seiner Gemahlin gelingt es ihm nie. Es entstehen immer wieder Missverständnisse, und wie oft enttäuscht er sie, weil er nicht sagt, was sie hören möchte. Woher soll er nur wissen, was das Richtige wäre? Ein Ratespiel, welches er für Jahre im Voraus verloren hat.

»Was wissen Sie schon«, brüllt Conasmann los. »Sie sitzen hier in diesem erbärmlichen Lippstadt und richten in Ihrer selbstgerechten Art und Weise über das Leben anderer ehrbarer Menschen. So machen Sie es mit Tilemann und Hülsemann, so machen Sie es mit Fräulein Finck und auch mit mir. Sie glauben wirklich, etwas Besseres zu sein. Aber lassen Sie mich eines sagen: Sie sind so überheblich und falsch, spielen die Menschen gegeneinander aus, ohne dass diese es merken. Meinen Sie, ich würde nicht wissen, dass Sie auch Fabro den Garaus machen wollen, wenn Sie mit der *Einhorn-Apotheke* fertig sind«, tobt Conasmann.

Jordan steht, wie vom Blitz getroffen, in der Langen Straße und weiß nicht, wie ihm geschieht. Doch bei all diesen Unverschämtheiten, die ihm der Conasmann um die Ohren wirft, ärgert er sich am meisten über sich selbst. Wieso lässt er sich das gefallen? Wieso wehrt er sich nicht? Soll es sein Leben lang so weiter gehen? Wird er für immer in Conasmanns Schuld stehen? Hört so etwas denn nie auf? Wie viel muss er sich gefallen lassen? Jordan glaubt, dass die Ehre verlange, für immer – bis zu seinem letzten Atemzug – Conasmann etwas schuldig zu sein. Bis mein letztes Stündchen geschlagen hat, werde ich diesen Conasmann ertragen müssen, verzweifelt Jordan. Vielleicht ist Conasmann die Strafe Gottes, von der seine Frau immerzu spricht. Auf jeden Fall ist Conasmann ein besonders schwerer Fall von … ja, wie soll er sagen? … von Überheblichkeit und Größenwahn. Ja, Größenwahn! Er muss dem Einhalt gebieten, sonst wird es immer so weiter gehen. Conasmann würde auch weiterhin so mit ihm sprechen und damit seinen Ruf in Lippstadt völlig zerstören. Was sollen nur die Leute denken, die diese unangenehme, ja äußerst peinliche Auseinandersetzung hier soeben mitbekommen haben? Jetzt, am helllichten Tage sind viele Menschen unterwegs; nein, er, Jordan, muss sich wehren! Ohne weiter darüber nachzudenken, wie er das anstellen könnte, holt er aus und schlägt den immer noch mit wüsten Worten um sich werfenden Conasmann zu Boden. Für diesen kam der Hieb so unverhofft – wer konnte damit rechnen, dass Jordan sich plötzlich wehrt? – dass er diesem nicht hat ausweichen können.

»Es wundert mich nicht, wenn Fräulein Finck wegläuft, damit Sie aufhören, ihr das Leben mit Ihrem dummen Geschwätz zu erschweren. – Sie hat Sie zurückgewiesen, nicht wahr?«, fragt Jordan; ihm ist plötzlich klar geworden, dass es nur so sein kann. Dann muss er lauthals lachen, wendet sich ab und geht in seine Offizin. Sie will ihn nicht, denkt Jordan und versteht Fräulein Finck nur zu gut. Er, Jordan, will seinen Gesellen auch nicht mehr in Haus, Offizin und Laboratorium haben. Aber zumindest er hat keine Wahl.

LIPPSTADT, 29TER NOVEMBER 1803

»Guten Tag, Herr Conasmann«, begrüßt Apotheker Fabro den Gesellen in der Offizin der *Adler-Apotheke*. »Ich wünsche den Herrn des Hauses zu sprechen. Herrn Jordan. Ist er nicht hier?«, wundert sich Fabro, denn er weiß, dass Jordan den Conasmann nur in Notfällen alleine lässt. Der Schaden, den dieser Geselle bereits angerichtet hat, ist groß. Wie groß, verschweigt Jordan, und Fabro fragt sich, warum Jordan diesen zwielichtigen Gesellen nicht einfach vor die Türe setzt. Er befindet sich auf angeblicher Wanderschaft, da fragt man sich doch, wann er endlich weiter wandert und Lippstadt verlässt. ›Höchstmerkwürdig‹, findet Fabro.

»Nein, der Jordan ist wutschnaubend zum Rathaus gestürmt; er habe mit Bürgermeister Zurhelle ein Hühnchen zu rupfen, hat er gesagt«, erinnert Conasmann.

»Danke.« Als Fabro wieder vor der Tür der *Adler-Apotheke* steht, wundert er sich, in welch abschätzigem Ton dieser Geselle über seinen Meister spricht. Er, Fabro, würde so ein Verhalten sicher nicht dulden. Aber auch mit Jordan gehen schnell mal die Pferde durch, denkt Fabro und kann sich ein Lächeln nicht verkneifen: Wie sollte man sich nur ausdrücken, ohne Beispiele aus dem Tierreich: Hühnchen rupfen, Pferde durchgehen, schwarze Schafe … Was gibt es noch? *Bärenhäuter* fällt Fabro noch ein; das hatte in *Die Räuber* gestanden. Erst am vergangenen Sonntag, nach dem Kirchgang, hatte er die Zeit gefunden, um endlich das Schauspiel zu Ende zu lesen. Dort gab es mehrere Tiervergleiche, irgendetwas mit Krokodil … Nein, es will ihm nun nicht mehr einfallen. So ähnlich wie die Brüder Karl und Franz Moor in dem Stück für ihre Rechte und Gerechtigkeit eintreten, so kämpfe ich jetzt mit Jordan für Gerechtigkeit, kommt es Fabro in den Sinn, wohl wissend, dass dieser Vergleich hinkt.

Während Fabro über *Die Räuber* nachdenkt, ist er ein paar Schritte Richtung Rathaus gegangen. Dort auf der großen Treppe hört er jetzt Männer schreien. Fabro eilt näher heran und erkennt, dass Apotheker Jordan Bürgermeister Zurhelle wüst beschimpft.

»Sie … Sie … Ich verbitte mir Ihre Einmischung und die des Syndicus Grave und des Amtmanns Sachtleben. Sie halten doch alle zu Tilemann, weil er auch ein Amtmann ist! Das ist eine Unverschämtheit, das dürfen Sie nicht«, brüllt Jordan und versetzt Bürgermeister Zurhelle einen Stoß. Dieser kann sich allerdings fangen und tritt lediglich einen Schritt auf der Treppe rückwärts nach unten. Jetzt sieht es aus, als sei Jordan gut einen Kopf größer als Zurhelle, obwohl er eigentlich ein bisschen kleiner ist.

»Aber so will es die *Preußisch-Märkische Krieges- und Domainen-Cammer* und die *Fürstlich Lippische Vormundschaftliche Regierung*. Beide befehlen dem *Magistrat zu Lippstadt beglaubigte Abschriften der Privilegien* […] *einzusenden**«, versucht sich Zurhelle herauszuwinden und klarzumachen, wer dafür verantwortlich ist.

»[S]*chon aus eigenem Schicklichkeitsgefühl* [müssten Sie] *mit ihrem parteyischen Voto zurückbleiben*!«, fordert Jordan und schubst den Bürgermeister noch eine Stufe tiefer. »Sie und der Amtmann *Sachtleben haben sich, ob aus*

* Stadtarchiv Lippstadt, St.R. B 2046.

Ueberzeugung, und aus triftigen Gründen, die wir – ich meine Fabro und mich! – *nicht verorthen können, oder aus Gefälligkeit für den Herrn Amtmann Tielemann, ihren Amtscollegen, für die Beibehaltung der dritten Apotheke, in dieser noch keine 3000 Seelen zählenden Stadt erklärt, und Syndicus Grave ist bekanntlich ein Verfechter der eingebildeten Tielemannschen Gerechtsame, die wir auf keine Weise kräncken, wofür wir vielmehr hinlänglich Ersatz geben wollen*«, brüllt Jordan weiter und versetzt Bürgermeister Zurhelle wieder einen Stoß vor die Brust. Diesmal kann sich dieser nicht halten und stürzt rückwärts die große Rathaustreppe hinunter.

Fabro stockt der Atem. Er steht immer noch in der Mitte des Markplatzes und hat alles bestens beobachten und auch hören können. Jordan brüllt wirklich laut! Jetzt liegt der Bürgermeister am Fuße der Treppe und rührt sich nicht. Hoffentlich hat er nicht sein Leben gelassen, schießt es Fabro durch den Kopf.

Jordan rennt bestürzt die Treppe hinunter. Unten auf dem Kieselsteinpflaster lässt er sich neben Bürgermeister Zurhelle auf die Knie fallen.

»Das wollte ich nicht, Herr Bürgermeister. Hören Sie mich? So kommen Sie doch zu sich! Bitte kommen Sie zu sich«, fleht Jordan. Ihm wird angst und bange. »Das wollte ich wirklich nicht!«

»Ich hole Arznei«, ruft Fabro im Vorbeieilen seinem Kollegen zu und verschwindet Richtung Lange Straße. Es dauert gar nicht lange, bis er mit einem Pulver und Riechsalz aus der *Engel-Apotheke* zurückkommt.

»Danke, Fabro«, sagt Jordan. »Sie haben doch nicht etwa was gesehen?«

»Wie meinen?«

»Haben Sie gesehen, was geschehen ist?«, erkundigt sich Jordan. Seine Sorge schwingt deutlich in seiner Stimme mit.

»Natürlich«, antwortet Fabro wahrheitsgemäß. »Ich stand doch mitten auf dem Marktplatz.«

»Das müssen Sie vergessen. Sofort!«, befiehlt Jordan deutlich und hofft, die Wahrheit vertuschen zu können. »Sie haben nichts gesehen!«

»Wie Sie meinen«, antwortet Fabro betont gleichgültig, findet diese Aufforderung allerdings völlig unangemessen. »Ich gehe wohl besser zurück in meine Offizin.«

Langsam kommt Bürgermeister Zurhelle wieder zur Besinnung.

»Was ist geschehen?«, fragt er deutlich benommen.

»Sie sind gestürzt, Herr Bürgermeister. Auf der nassen Treppe. Dieser Anröchter Sandstein ist aber auch so glatt und rutschig. Ganz entsetzlich. Sie sind von oben bis hier unten auf das Kieselsteinpflaster gefallen«, erklärt Jordan und hofft, dass der Bürgermeister nicht mehr weiß, was unmittelbar vor dem Sturze geschehen ist.

Zurhelle blickt Jordan fragend an. Ihm schwant, dass hier etwas nicht stimmt, kann sich aber nicht erinnern.

»Kommen Sie, ich helfe Ihnen auf die Beine. Benötigen Sie einen Physicus?«

»Ich weiß es nicht«, stammelt der Zurhelle. Ihm ist gar nicht gut.

»Herr Bürgermeister, ich werde Sie zu Dr. Mühlenfeld bringen. Vielleicht leiden Sie an Schwindel oder an einer anderen schlimmen Krankheit. Sie müssen behandelt werden!«

»Ich weiß nicht …«, überlegt Zurhelle. Er grübelt, bis ihm einfällt, was vor seinem Sturze gewesen ist. »Jetzt erinnere ich mich: Der Magistrat verlangt von Ihnen, von Fabro und von Tilemann*, das zur jeweiligen Apotheke gehörende Privileg vorzulegen. Sie meinten, das ginge nicht und darüber hinaus würde es hier nicht mit rechten Dingen zugehen … – Dass Sie mich von der Rathaustreppe gestoßen haben, wird selbstredend ein Nachspiel haben! Ich werde die entsprechenden Schritte einleiten, dessen können Sie sicher sein. Und nun lassen Sie mich vorbei, ich möchte mich nicht mehr höchstselbst mit Ihnen auseinandersetzen. Bringen Sie Ihr Privileg!«, fordert Zurhelle mit heftigen Kopfschmerzen und betritt das Rathaus. Ihm ist entsetzlich übel.

Jordan eilt umgehend in die Offizin der *Engel-Apotheke* in der Langen Straße.

»Fabro, sollen Sie auch Ihr Apotheken-Privileg vorlegen?«, erkundigt sich Jordan. »Seit man uns *communicirt* hat, dass wir diese dem Magistrat zur Abschrift vorlegen müssen – und das ist gute zehn Tage her – suche ich dieses vermaledeite Schriftstück. Ich kann es nicht finden!«

»Fürwahr, für mich stellt es ebenfalls ein Problem dar. Mir liegt das Dokument, welches belegt, dass meine Apotheke ein Privileg erhalten hat, nicht vor. Ich habe schon Erkundigungen eingeholt. *Dem Vernehmen nach, und wie von Persohnen bekundet wird, die wegen ihres Alters über diese in die Vorzeit zurückgehende Angelegenheit Auskunft geben können, zum Beispiel von Herrn Epping Senior, soll diese Apotheke die ehemalige Rathsapotheke seyn und ist von einem gewißen Wacker an Gerlach und von deßen Erben an van Zütphen gekom-*

* Vgl.: Stadtarchiv Lippstadt, St.R. B 2046.

men, der sie mir Fabro in derselbigen Art, wie er dieselbe besaß, übertragen hat.«

»Mir geht es auch so. Wir sollten an den Magistrat schreiben: *Eigene und besondere, auf unsere Nahmen sprechende Privilegien sind über die Apotheken die wir besitzen, nicht in unseren Händen. Wir haben aber dieselben von den vorherigen rechtmäßigen Eigenthümern derselben erworben*«, spricht Jordan so, dass es direkt geschrieben werden könnte. »Es ist *notorisch, daß meine des Senators Jordan Officin, von dem Hrn. Bürgermeister Curtius angekauft wurde* [...]. *Eben diese Apotheke ist, wie sich der Herr Bürgermeister Curtius von seinem Vater gehört zu haben erinnert, ...*«

»Bitte? Gehört zu haben erinnert? Mit anderen Worten, Sie können nicht mit Bestimmtheit sagen, dass Ihre Apotheke ein Privileg besitzt?« Fabro bricht in schallendes Gelächter aus. »Stellen Sie sich mal vor, Ihre Apotheke wird schließen, und die *Einhorn-Apotheke* bleibt Jahrhundert für Jahrhundert bestehen! Und meine natürlich auch. Im Grunde wäre dann alles, wie wir es wünschen: zwei Apotheken für Lippstadt.«

»Das könnte Ihnen so passen«, regt sich Jordan sofort auf. Meine *Adler-Apotheke*, ungeachtet wie sie einst hieß, ist *wie auch die rathäuslichen Nachrichten, wahrscheinlich ergeben werden, im siebzehnten Jahrhundert fundirt, und damals einem gewißen Schlichting zugestanden worden, von welchem sie, ob mittelbar, oder unmittelbar, ist unbekannt, den Vorfahren des Herrn Bürgermeister Curtius, Nahmens Huck und Butte, übertragen worden seyn wird.«*

»Sie wissen es nicht wirklich!«, stellt Fabro lachend fest, »wahrscheinlich ergeben ... ist unbekannt ... übertragen worden sein wird ... Sie sind so unsicher. Herr Kollege, ich sehe Ihre Felle davonschwimmen«, lacht Fabro und klopft sich mit der Hand auf den Schenkel.

»Ob mit Ihrer Apotheke alles rechtens ist, wird zu zeigen sein. Hat nicht van Zütphen *dieselbe cum omnibus annexis aus einem gerichtlichen Concurse erstanden?*«, wehrt sich Jordan.

»Hören Sie mal! *Daß auf diesen Zütphen aber das Privilegium selbst übergegangen ist, daran kann kein Zweifel obwalten, zumalen dieser Mann diese seine Officin langjährig beseßen, und seine Kunst ausgeübt hat*«, verteidigt Fabro sich selbst, seine Apotheke und deren Privileg.

»Können wir uns darauf einigen, dass *beide Officinen uralt* [sind], *als rechtmäßige Apotheken, seit hundert und mehreren Jahren anerkannt, und wenn wir also auch die Privilegien, die gewiß unsern Vorfahren ertheilt worden sind, auf diesen Augenblick nicht vorweisen können; so würde doch das graue Alter unsers und unserer Antecesoren Besitzes, die ausdrückliche Concession ersetzen …*«

»*… die ohnehin in den beiliegenden Bestätigungsurkunden und den seit geraumer Zeit vorgenommenen und erneuerten Visitationen unserer Officinen hinreichend erhalten ist*[*]«, arbeitet Fabro den Satz so aus, wie er ihn dann auch an den Magistrat schreiben wird.

Noch bevor die beiden Apotheker die Zeit finden, diese Eingabe in Ruhe zu verfassen, reißt ein Bursche die Türe der *Engel-Apotheke* auf.

»Herr Jordan, gut, dass ich Sie gefunden habe. Bitte kommen Sie schnell, der Herr Conasmann liegt auf dem Boden Ihrer Offizin und schreit vor Schmerzen!«, ruft der Bursche.

---

[*] Alle voran stehenden kursiv gesetzten Zitate stammen aus: Stadtarchiv Lippstadt, St.R. B 2046.

Jordan und Fabro springen erschrocken auf und rennen, als sei der Teufel hinter ihnen her, zur *Adler-Apotheke*. Dort erwartet beide ein entsetzliches Bild. Conasmann liegt auf dem Boden – wieder mal, denkt Jordan – und schreit vor Schmerzen. Mehrfach hat er sich bereits übergeben. Es riecht säuerlich nach Erbrochenem, das Conasmann sogar im Haar klebt.

»Ich gebe ihm kohlensaures Magnelia«, erklärt Jordan. Er sieht, dass Fabro überrascht ist über sein erfahrenes Handeln in dieser Lage. »Conasmann vergreift sich zuweilen am Opium«, erklärt Jordan. »Er ist ein ausgemachter Träumer, der für *seine* preußischen Soldaten eine neue und ganz große Rezeptur entwickeln will. Er glaubt, so die Gunst der Königin zu erlangen, und ruiniert dabei noch seine Gesundheit. Das hier sind zu erwartende Nebenwirkungen, wie Sie wissen«, erklärt Jordan und zeigt auf Conasmann, der wie ein Häufchen Elend am Boden liegt.

»Hoffentlich bringt er sich nicht aus Versehen mit dem Opium um«, sagt Fabro und erschrickt über seine unbedachten Worte. »Er wäre nicht der Erste.«

»Nein, keine Sorge, Herr Kollege. Den Gefallen tut er mir nicht. Wie Pech mit Federn klebt er an mir«, sagt Jordan mutlos. Er versucht, sich damit abzufinden, dass er Conasmann für immer am Halse hat. Vielleicht, denkt Jordan manchmal, je nachdem, wie es sich hier in Lippstadt entwickelt, gehe ich. Einfach weg. Ich lasse die Stadt hinter mir und kehre nie mehr zurück. So verlockend dieser Gedanke zuweilen auch ist, so wenig wird es wahr werden können, denn schließlich hat Jordan eine Frau und eine Apotheke. Als ein Mann mit Format, der er zweifelsohne ist, muss er bleiben.

»Fabro, helfen Sie mir, den Conasmann in seine Schlafstube zu tragen? Ich will ihn hier nicht sehen. Und die Kundschaft! Das geht wahrlich nicht«, bittet Jordan.

»Selbstverständlich. Er ist ja recht dünn und wird nicht zu schwer sein«, stellt Fabro erleichtert fest, denn er selbst gehört nicht zu den kräftigen Männern.

»Das liegt auch am Opium. Nicht in den Griff zu bekommender Gewichtsverlust«, erklärt Jordan, was Fabro natürlich bekannt ist.

Nach diesem unerfreulichen Zwischenfall geht Fabro zurück in seine eigene Offizin und verfasst die Eingabe an den Magistrat. Dabei hält er immer wieder inne und denkt an Jordan und Conasmann. Das Verhalten beider Männer ist höchstmerkwürdig. Er, Fabro, nimmt sich vor, Jordan darauf anzusprechen, wenn dieser am Abend kommt, um seinen Namen unter die Eingabe zu setzen.

Jordan kommt allerdings nur auf einen Sprung in die *Engel-Apotheke*, um, wie besprochen, zu unterzeichnen. Der anscheinend herrschende Zeitmangel Jordans lässt Fabro das wahrscheinlich unangenehme Gespräch über Conasmann erst gar nicht beginnen. Er schweigt und wünscht lediglich noch eine ruhige Nacht für Jordan und dessen Gemahlin. Morgen ist schließlich auch noch ein Tag.

LIPPSTADT, 28TER MERTZ 1804

Als Bürgermeister Zurhelle höchstselbst die Offizin der *Engel-Apotheke* betritt, stockt Fabro der Atem. Ob wohl entschieden ist, wie es mit den drei Apotheken der Stadt weitergeht?

»Guten Tag, Herr Bürgermeister. Was kann ich für Sie tun?«, begrüßt Fabro Herrn Zurhelle, als sei dieser ein ganz normaler Kunde, wie sie in der Offizin den ganzen Tag ein- und ausgehen.

»Guten Tag, Herr Fabro. Leider bin ich kein Bürgermeister mehr. Sie wissen doch, die beiden Bürgermeister der Stadt werden jährlich gewählt. Jetzt sind Dr. Rose und Herr Schmitz im Amt. Ich habe hier ein Rezept von Dr. Riegling, unserem Chirugus. Sie haben ja im November vergangenen Jahres selbst gesehen, was mir Ihr Kollege Jordan angetan hat.«

»Sie meinen Ihren Sturz von der Treppe?«, vergewissert sich Fabro.

»Ganz recht. Aber so wie Sie es sagen, klingt es, als sei ich gestolpert. Wenn ich wollte, hätte ich den Angriff als Mordversuch verstehen können, und dann wäre das Schicksal des Jordan ein anderes. Früher hätte dieses bedeutet, dass unser Scharfrichter Christoph Sommer* Ihrem Kollegen den Kopf abgeschlagen hätte. Jordan hätte

* Der Scharfrichter Christoph Sommer hat außer seinem Namen und der Sauerländer Herkunft keine Gemeinsamkeit mit dem heutigen Lippstädter Bürgermeister Christof Sommer!

vielleicht seine letzten Schritte auf dem Galgenpfad getan. Die Arme-Sünder-Glocke hätte geläutet. – Aber heute ist ja alles anders …«

Fabro nickt mit weit geöffnetem Mund.

»Wissen Sie«, fährt Zurhelle fort und scheint das Entsetzen in Fabros Gesicht zu genießen. »Wenn wir Jordan den Kopf abschlagen oder ihn hängen ließen, rechtens versteht sich, dann hätte sich doch diese leidige Angelegenheit mit den drei Apotheken erledigt. Dann blieben die Ihrige und die *Einhorn-Apotheke*.«

Fabro weiß nichts zu erwidern. Macht sich der Zurhelle über ihn lustig? Will er ihn verhohnepiepeln? Oder ist es dessen Ernst? Ein Racheplan?

»Zurück zu meinem Sturz: Der Ursache ungeachtet, habe ich nach wie vor große Schmerzen in der Schulter. Sie war stark geprellt. Ein anfangs schwarzer, dann blauer, grüner, gelber Bluterguss ist erst mit Beginn des neuen Jahres abgeklungen. Dr. Riegling meint, es sei die Knochenhaut, und die sei sehr empfindlich. Auf jeden Fall benötige ich erneut eine Salbe. Die erste – eine gehörige Menge! – erhielt ich in der *Einhorn-Apotheke*, und heute komme ich zu Ihnen, um so gerecht wie möglich mit den rechtschaffenen Apothekern zu sein. Die Geschäfte müssen laufen. So werde ich im Wechsel in Ihre *Engel-Apotheke* und in Hülsemanns *Einhorn-Apotheke* gehen. Er ist ein guter Pharmazeut. – Sie auch, versteht sich. Aber Sie ahnen schon, zu wem ich nicht so gerne gehen möchte?«

Noch bevor Fabro antworten kann, fährt Zurhelle fort. »Ganz recht. Sie verstehen mich. Wissen Sie, der Magistrat hat lange über diese schier endlose Apotheken-Streiterei gesprochen. Wir haben das Für und Wider abgewogen, wir haben Ihre Beschwerdeführung genauestens betrachtet, haben Ärzte – Dr. Riegling, Dr. Mühlenfeld und die beiden anderen – um eine Einschätzung gebeten: Wie viele Apotheken braucht Lippstadt? Wir tun alles, was wir können. Müssen, sollte ich lieber sagen. Wenn ich frei sprechen darf? Ich bin diese Apothekensache leid. Wir haben jetzt gerade, heute am Vormittag, einen Magistratsbericht an die Königliche Majestät verfasst, in der wir berichten, dass es nur der *Einhorn-Apotheke* möglich war, uns eine beglaubigte Abschrift des Privilegs zukommen zu lassen. Das spricht ganz klar für diese Apotheke, dort scheint Ordnung zu herrschen …«

»Aber …«, stammelt Fabro, kommt jedoch nicht zu Wort.

»Nichtsdestotrotz müssen die Privilegien Ihrer und Jordans Apotheke vorhanden gewesen sein, das geht aus Ihren Approbationen hervor, die Sie *uns in Ermangelung von Stiftungsbriefen* […] übergeben haben. Wir haben sogar noch darauf hingewiesen, *daß die Jordansche sowol, als Fabrosche Apotheke viel früher, als die Tilemannsche […] gestiftet und privilegirt gewesen sind.* […] *Was nun* […] *unsern allerdevotesten gutachtlichen Bericht über die Aufhebung der dritten Apotheke anbetrift, so ist unser Collegium in der Meinung, von der Aufhebung oder Nichtaufhebung einer der hiesigen* Apotheken geteilt. Zwei haben sich für drei Apotheken ausgesprochen. Besonders die *Einhorn-Apotheke* habe nicht nur das Zutrauen der Menschen, sondern habe auch den größten Absatz. Die beiden Herren, die sich für den Erhalt aller drei Apotheken aussprechen, finden, dass *bey gehörigem Fleiße und Geschiklichkeit* alle ihr Auskommen haben werden. *Zwey andere Stimmen unsers Magistratscollegiums aber sind der Meinung, daß allerdings die Concurrenz dreyer Apotheken für hiesige Stadt, die nur 3100 Seelen* […] *enthält, bey dem unbedeutendem*

Absatz an Medicamenten [...] *zu groß sey* [...]. Sie sehen, es ist nicht einfach, eine Lösung des Problems zu finden, deshalb *haben wir die hiesigen vier Aertze um ein sachverständiges Gutachten ersucht, die dann auch* [...] *sich dahin in ihrer Meinung quaevia deliberatione vereinigt haben.*«

»Und was heißt das jetzt?«, fragt Fabro, der vor lauter Spannung am ganzen Leib zu zittern begonnen hat.

»*Daß es für das Lippstädtische Publicum besser sey, wenn in Lippstadt nur zwey, statt drey Apotheken vorhanden wären: indem die Güthe der zu dispensirenden Arzneien nicht von der größern oder geringeren Concurrenz der Apotheken abhänge.*«

»Herr Zurhelle, ich kann Ihnen kaum noch folgen«, gesteht Fabro.

»Herr Fabro! Die Qualität der zubereiteten und abgegebenen Medikamente darf nicht von der Konkurrenz, sprich der Anzahl der Apotheken abhängen. So schildern Sie es doch selbst auch immer. Aber die alles bestimmende Frage lautet doch, *welcher von mehreren gleichberechtigen* [Apothekern] *sein wohlerworbenes Recht aufopfern müße*. Ist es eine polizeiliche oder juristische Entscheidung? Geht es um Ihr persönliches Wohlergehen und das des Jordan oder geht es um den *Nutze*[n] *des Publicums?*«

»Ja, aber die Medicinal-Verordnung besagt doch«, beginnt Fabro eine Erklärung, »dass *diejenige von den drei hiesigen Apotheken woraus am ersten Mann und Frau versterben würde zum Besten des Publikums mit der Einschränkung jedoch eingezogen werden solle, daß** ...«

»Jaja, ich weiß. Wir haben überlegt, ob nicht die Übertragung Tilemanns an Hülsemanns vielleicht vor der Ver-

* Alle voran stehenden kursiv gesetzten Zitate stammen aus: Stadtarchiv Lippstadt, St.R. B 2046.

ordnung geschehen sein könnte«,[*] erinnert sich Zurhelle an seine Amtszeit.

»Aber das ist doch gar nicht möglich! Überlegen Sie, von wann die Medicinal-Verordnung stammt! Von 1778! Das ist 26 Jahre her. Da war der Hülsemann nicht einmal geboren!«, kommt Fabro in Rage und wird viel zu laut. »Oder doch?«

»Echauffieren Sie sich nicht! Vielleicht ist Ihr viel beschworener Erledigungsfall ja gar nicht eingetreten. Bedenken Sie: Tilemann lebt, aber die Eheleute von Zütphen, von denen Sie Ihre *Engel-Apotheke* übernommen haben, sind beide tot!«[**]

»Herr Bürgerm…, ich meine: Herr Zurhelle! Das kann doch nicht Ihr Ernst sein. Bitte lesen Sie die Medicinal-Verordnung von 1778 noch einmal, dann klärt sich alles auf. Bitte!«, fleht Fabro, der wieder einmal seine Felle davonschwimmen sieht. Auf keinen Fall darf sich das Blatt so wenden, dass zu guter Letzt seine *Engel-Apotheke* geschlossen wird.

»Einmal abgesehen davon, dass ich nicht mehr zuständig bin, muss ich gestehen«, setzt Zurhelle zögerlich an, *»daß unter den in hiesiger Registratur liegenden Medicinalacten die Gesamt Medicinalverordnung* […] [von] *1778 wegen Aufhebung einer der hiesigen drey Apotheken nicht vorfindlich*[***] ist.

»Was? Der Magistrat bzw. die Stadt Lippstadt befindet sich nicht im Besitz dieser Verordnung, empört sich aber, wenn Jordan und ich selbst kein Privilegium vorweisen können? Herr Zurhelle, unsere Apotheken sind

* Vgl.: Stadtarchiv Lippstadt. St.R. B 2046, Extract.
** Vgl.: Stadtarchiv Lippstadt. St.R. B 2046, Extract.
*** Stadtarchiv Lippstadt, St.R. B 2046.

Jahrhunderte alt, bedenken Sie, was alles geschehen ist in der Zeit. Die Stadtbrände, der Siebenjährige Krieg und und und. Und Sie finden 26 Jahre alte Dokumente nicht wieder? Man täte ja gut daran, für den Fall der Fälle alle Dokumente als beglaubigte Abschrift zu Hause aufzubewahren«*, ereifert sich Fabro.

»Aber bitte, jetzt machen Sie sich doch nicht lächerlich!«, verteidigt sich Zurhelle.

»Ich? Lächerlich haben eher Sie sich gemacht!«, empört sich Fabro. »Wenn das mal kein böses Ende nimmt mit den Lippstädter Apotheken.«

»Sprechen Sie mit Dr. Rose und Herrn Schmitz. Die beiden Herren sind nun zuständig«, beendet Zurhelle das Gespräch und tritt aus der Offizin auf die Lange Straße.

---

* Und tatsächlich: Im Stadtarchiv Lippstadt befindet sich eine vom Stadtsecretair beglaubigte Abschrift der Quelle St.R. B 2046, 28.03.1804 für den Apotheker Tidden vom 07.06.1895.
Der Apotheker Gerhard Wilhelm Tidden kaufte Weihnachten 1850 die *Engel-Apotheke* von Franz Fabro, dem Sohn des Johann Josef Fabro. Die Apotheke blieb bis zu ihrer Löschung aus dem Handelsregister 1994 im Besitz der Familie Tidden. Die Frau des letzten Inhabers – Malte Peters – war eine geborene Tidden.
(Vgl.: Margret Tidden-Peckolt: *Engel-Apotheke*. 100 Jahre im Besitz der Familie Tidden. [1950] und Auskunft Stadtarchiv Lippstadt.)

PADERBORN, 13TER JUNI 1804

Das Fenchelwasser hat lange gestanden, drei Monate ist es bestimmt alt. Sertürner hält die Flasche gegen die wenigen Sonnenstrahlen, die an diesem grauen Tag ihren Weg durch die Wolken finden. Es hat sich etwas abgesetzt, das sich auch durch Schwenken und anschließend auch durch Schütteln des Gefäßes nicht wieder mit der übrigen Flüssigkeit vermischen lässt. Sertürner trennte *nadelförmige Krystalle und einige gewöhnliche ölige Concrete* vom Fenchelwasser.

»Herr Cramer, riechen Sie einmal«, fordert Sertürner und hält dem Apotheker eine Schale unter die Nase.

»Uuuaaa.« Cramer wendet sich schnell ab. »Was ist das?«

»Kristalle. Ich habe sie probiert. Ihr Geschmack ist von stechender Natur. Weit schlimmer als der Geruch. Diese Kristalle lösen sich in kaltem Wasser recht schlecht, in heißem viel besser. Sehen Sie, *diese Lösung färbte die Lakmustinktur roth* [und] *erwärmter Alkohol löste die Krystalle gänzlich auf.*«

»Was schließen Sie daraus?«, erkundigt sich Cramer.

»Ich vermute, dass es sich um Benzoesäure handelt. Sie bildete sich *wohl nach der Destillation des Wassers.* Ich habe [e]*inige Krystalle auf ein Blech geworfen und erhitzt,* [dabei] *verflüchtigten* [sie] *sich gänzlich mit einem Dampfe, der für die Lunge und Geruchsorgane sehr empfindlich* [ist]«, erläutert Sertürner sein Vorgehen.

»Haben Sie deswegen die Fenster unseres Laboratoriums so weit geöffnet? Es ist für einen Sommertag empfindlich kühl hier drinnen. Sie sollten es schließen. – Was haben Sie nun vor?«, erkundigt sich Cramer.

»Ich werde wohl Trommsdorff, den Erfurter Apotheker und Herausgeber des *Journal der Pharmacie für Aerzte und Apotheker* schreiben und von meiner Beobachtung berichten. Das machen viele Apotheker, die höchst Bemerkenswertes beobachten.«

»Ist mir recht, aber bitte denken Sie an die Runkelrüben. Sie sind den Winter durch getrocknet und müssen nun geröstet werden. Ich hatte schon mehrere Kunden am Verkaufstisch, die nach Kaffeesurrogat verlangten. So wie wir ihn zubereiten, schmeckt er ihnen, und echten Kaffee können sich viele nicht leisten. Das wissen Sie.«

»Ja, Herr Cramer. Ich werde noch heute mit der Röstung beginnen«, versichert Sertürner. Nur zu gerne würde er die öligen Konkrete weiter untersuchen, wer weiß, was noch in ihnen steckt. Doch er darf es sich mit Cramer nicht verderben; dieser lässt ihn schon viele Untersuchungen anstellen, die mit seiner eigentlichen Apotheker-Tätigkeit nichts zu tun haben. Schnell würde er Feuer machen und die *Parthie Runkelrüben* rösten. In mehreren Portionen kommen sie zerkleinert in die Pfanne. Unter Rühren muss Sertürner darauf achten, dass sie nicht schwarz werden. Selbst eine zu starke Braunfärbung hinterlässt einen bitteren Geschmack, und die Ware wäre verdorben. Der Stil des Holzlöffels ist recht kurz, Sertürners Hand wird wärmer und wärmer. Er wechselt zur anderen Seite, nun rührt er mit links. Dann wieder mit rechts. Das Feuer brennt zu stark; alles wird zu heiß. Mit einem Schürhaken schiebt er das Holzscheit ein wenig zur Seite, Glut fällt vor den Ofen auf die Steine.

Sertürner blickt sich um; wo ist Wasser? Eine kleine Menge würde genügen. Er muss schnell löschen, damit der Steinboden vor der Feuerstelle nicht noch mehr schwarze Flecken bekommt. Wo ist nur Wasser? Er hätte es sich bereitstellen sollen. Sicher ist sicher. Sertürner rührt die Rüben um. Nur noch einen winzigen Augenblick, dann kann er die dritte Portion aus der Pfanne nehmen. Doch plötzlich *entzündeten sie sich mit heftigem Geräusch und glüheten lebhaft.* Gebannt vom Anblick der rot glühenden Rüben blickt Sertürner in die Pfanne. Er beobachtet, wie sich die Glut ins Innere zurückzieht und sich von außen eine Schwärze über die Rüben legt.

Tiefe Glut ist wunderschön, denkt Sertürner beeindruckt.

»Was war das für ein Geräusch? Ein Lärm! Sie verschrecken die Leute. Die Offizin ist voller Kunden! So geht das nicht«, empört sich Cramer und kommt in Rage, als er sieht, wie Sertürner verzückt und mit einem Lächeln im Gesicht in die Pfanne starrt. »Friedrich, ist Ihnen nicht wohl? Sind Sie verletzt?«

»Nein, nein, Herr Cramer. Bitte entschuldigen Sie. Ich habe einen kleinen Augenblick nicht aufgepasst, und schon entzündeten sich die Rüben. Das ist interessant, nicht wahr?«, fragt Sertürner in Gedanken. »Man müsste herausfinden, warum … Ich denke an die Lehre Lavoisiers: Er spricht von chemischen Verbindungen und Reaktionen … Und Hermbstaedt untersucht die Pflanzenchemie … Ich werde wohl destillieren und …«

»Friedrich! Bitte erledigen Sie Ihre Arbeit. Das Kaffeesurrogat muss endlich fertiggestellt werden.«

»Selbstverständlich, Herr Cramer. Bitte entschuldigen Sie.«

Als Cramer am Abend endlich die Offizin schließt, bittet Sertürner, noch bleiben zu dürfen, um einige Versuche vornehmen zu können. Er wolle unbedingt herausfinden, warum oder besser, was genau dieses heftige Geräusch und das Glühen der getrockneten Runkelrüben hervorgerufen habe. Seine Neugier sei geweckt, er könne nicht anders, als zu forschen.

Zuerst übergießt er *getrocknete Runkelrüben, welche auf der Oberfläche mit einem krystallartigen Gewebe bedeckt waren* [...] *zu wiederholtenmalen mit heißem Wasser* und fängt die gefilterte Flüssigkeit auf. Sie schmeckt nach Salpeter, stellt Sertürner fest und bereitet Versuche in *Reagentien* vor: Lakmustinktur und Fernambukpapier legt er bereit, salpetersaures Silber und Quecksilber stellt er neben sich auf den Tisch, ebenso ätzendes Ammoniak, essigsauren Kalk, Baumölseife in Alkohol gelöst, kohlensaures und sauerkleesaures Kali, geistige Galläpfeltinktur, blausaures Kali und konzentrierte Schwefelsäure.*

Sertürner macht viele Versuche mit den Runkelrüben, doch je mehr er forscht, desto mehr Fragen kommen ihm: Woher kommt die Menge Salpeter in den Rüben? *Gab das Pflanzeneyweiß vielleicht den Stickstoff zur Bindung der Salpetersäure? Woher aber der Sauerstoff? Vielleicht aus der Atmosphäre und Sauerkleesäure? Sollte ich einmal Gelegenheit haben, diese Versuche zu wiederholen, dann werde ich zugleich auf die übrigen Bestandtheile Rücksicht nehmen***, verspricht sich Sertürner selbst. Für heute soll

---

* Vgl.: Briefwechsel von Johann Bartholomäus Trommsdorff (1770–1837). In: *Acta Historica Leopoldina*. Hg. v. Benno Parthier u.a. Nummer 18. Lieferung 9: Romershausen – Sertürner. 2006, S. 246.

** Alle voran stehenden kursiv gesetzten Zitate stammen aus: Briefwechsel von Johann Bartholomäus Trommsdorff, S. 244 und 246.

genug sein, beschließt er, räumt das Cramersche Laboratorium auf und geht heim nach Neuhaus.

LIPPSTADT, 19. MAI 2012

Seit Donnerstag ist Altstadtfest. In der Langen Straße überbieten sich die Läden mit Angeboten, am Bernhardbrunnen gibt es Straßentheater, und heute und morgen findet dort und in der Blumenstraße ein Flohmarkt statt, auf dem Dachboden- und Kellerraritäten angeboten werden. Auf dem Rathausplatz ist eine große Bühne aufgebaut, auf der nachmittags u. a. Lippstädter Tanzschulen ihr Können zeigen. Abends kommen die großen Music-Acts. Luxuslärm ist nicht dabei. Schade, finden Annika und Oliver.

»Sollen wir schon rüber gehen zum Rathausplatz? Dann können wir dort noch etwas essen, bevor es gleich losgeht«, schlägt Oliver vor und steht vom Sofa in der guten Stube auf.

»Was ist denn da heute Abend?«

»*Fabulous Music Factory … mit dem Fahrstuhl durch Raum und Zeit der Musikgeschichte – erleben Sie die größten Stars aller Zeiten in einer atemberaubenden Las Vegas Show!*«, liest Oliver aus dem offiziellen Programmheft vor.

»Hey, schau mal«, ruft Annika begeistert, als sie den Rathausplatz betreten. »Der Spanier kommt aus Paderborn. Den gibt es schon ewig. Lass uns dort etwas essen.« Gezielt läuft Annika zu dem rot-gelben Verkaufswagen. »Ich nehme Calamares, du auch?«, fragt sie Oliver.

»Ja gerne. Bringst du mir welche mit? Ich hole zwei Gläser Wein, und dann setzen wir uns hier unter das Zelt. Ist das in Ordnung?«

»Natürlich«, sagt Annika, holt zwei Portionen Calamares mit viel Aioli und setzt sich.

»Sieh mal, wer da vorne bei den Pennern auf der Mauer der Großen Marienkirche sitzt! Erinnerst du dich an ihn?«, fragt Oliver, nachdem er Wein geholt hat.

»Ist das Engerling? – Meine Güte, ist der runtergekommen!«, sagt Annika entsetzt.

Wolfgang Engerling gehörte das Overkamp'sche Haus in der Kirchgasse, bevor es wegen Spielschulden zwangsversteigert wurde und Oliver den Zuschlag bekam. Noch vor dem Amtsgericht hatte Engerling Oliver einen Kinnhaken verpasst, sodass dieser die Platzwunde nähen lassen musste. Bei der Zwangsräumung Ende 2010 wurde Engerling von der Polizei hinausbefördert und hatte Oliver auch dann noch beschimpft und bedroht.*

»Äiiii, Thielsen, du altes Sackgesicht, da bis' duja«, lallt Engerling laut und verlässt die Gruppe biertrinkender junger Männer. »Wie leb' sich in meim Haus? Du Arsch, das ist *mein* Haus. Das da, da vorne.« Als Engerling Richtung Kirchgasse blickt, sieht er, dass ein schwarzer Mercedes CLS gerade dort einparkt. Es dauert nur einen kleinen Moment, dann steigt Dr. René Lange aus und geht gezielt auf die Penner zu.

»Es ist jetzt mein Haus«, setzt Oliver eine Erklärung an, doch Engerling fällt ihm ins Wort. »Äii, Alter, geh kacken«, ruft er zu laut, dreht sich um und geht zu seinen Freunden zurück. Annika und Oliver blicken ihm hinterher.

»Puh, da haben wir noch mal Glück gehabt. Ich hätte nicht gedacht, dass wir den so einfach wieder loswerden«, gesteht Annika. »Geh kacken?! Wie doof ist das denn?«

»Ach sieh mal. Was macht denn unser Apotheker Dr.

---

* Vgl.: Rita Maria Fust: *Der Kaufmann von Lippstadt*. 2014.

Lange bei diesen Leuten … diesen Pennern? Das passt gar nicht zu ihm. Er ist doch eher ein Vollproll mit Geld. Was der mit den Pennern zu schaffen hat?«, wundert sich Oliver.

»Dr. Lange steckt dem einen etwas zu. Hast du das gesehen?«, fragt Annika überrascht und springt auf. Sie kann selbst nicht glauben, was sie gesehen hat.

»Echt? Ich hab's nicht gesehen. Was war's? Etwa ein Tütchen Heroin?«, lacht Oliver über die unerwartete Entwicklung des Abends. Der Ernst der Lage ist ihm nicht bewusst.

»Nein, ich glaube, es war so ein Apothekendöschen. Die weißen Kunststoffdosen mit den roten Deckeln. Die kennst du auch …«

»Wie spannend«, findet Oliver. Doch Dr. Lange wendet sich schon wieder ab und verschwindet hinter den Krankenwagen, die für alle Fälle an der Rathausstraße stehen.

Die Veranstaltung auf der Bühne beginnt, und Oliver holt noch schnell zwei Cocktails.

»Dieses Jahr müssen wir vier Cocktails trinken, um einen Strohhut geschenkt zu bekommen. Es gibt blaue, pink- und naturfarbene.«

Michael Jackson, Abba, Blues Brothers, Freddi Mercury, Cher, Whitney Houston, Tina Turner, Elvis, Boney M. und und und. Sechs Sänger in immer wechselnden Kostümen werden angekündigt und verabschiedet von einem etwas verrückt wirkenden Professor. Auf einem Schriftlaufband steht, wann und wo die Künstler auftraten. New York, 1978 – Stockholm, 1975 – Memphis 1976 … Als Modern Talking die Bühne betritt, streikt die Laufschrift – ERROR! – ERROR! – ERROR! *Cherry Cherry Lady* – ERROR! –

»Das ist echt tödlich«, sagt Oliver laut. Annika nickt, der Pferdeschwanz wippt.

Als die beiden um kurz vor zwölf in die Kirchgasse zurückkommen, sehen sie, dass im Hinterzimmer der Apotheke noch Licht brennt.

»Vielleicht sind ihm die Döschen ausgegangen«, überlegt Oliver und muss lachen. »Lass uns nachsehen!«

Noch bevor Annika antworten kann, schleicht Oliver in den Hinterhof. Zum Glück ist es dort stockdunkel. Dr. Lange ist wieder in dem hinteren Raum der Apotheke. Aber diesmal sucht er nichts, nein, er hat mehrere Mörser und digitale Waagen auf dem Arbeitstisch stehen. Mit kleinen Löffelchen entnimmt er Pulver aus den Reibschalen, wiegt und vermischt sie in einer größeren Schale. Dann füllt er das Pulver in ein Gerät.

»Was ist das denn?«, fragt Annika.

»Keine Ahnung. So etwas habe ich noch nie gesehen.«

»Er presst etwas«, vermutet Oliver.

»Tabletten?«, flüstert Annika leise. Ihr ist gar nicht wohl in ihrer Haut. Wie Detektive kauern sie im Schutz der Dunkelheit und der Mülltonnen und beobachten einen promovierten Apotheker bei seiner Arbeit. »Das ist lächerlich, lass uns gehen«, fordert sie, doch es ist zu spät.

Dr. Lange öffnet die Tür zum Hinterhof und steckt sich eine Zigarette an. Annika und Oliver halten in ihrem Versteck die Luft an. Lange raucht und öffnet eine Flasche *effect*. Sein Handy klingelt. »Ja?« – »Tot?« – »Das kann nicht sein.« – »Gut, ich komme.« – »Ja, sofort.«

Dr. Lange läuft durch den Hinterhof zur Haustür und zieht diese von außen zu. Die Tür vom Hinterhof in die

Apotheke steht weit offen, das Licht brennt, Falter kommen angeflogen.

»Weg ist er«, stellt Oliver fest. »Ich geh da mal eben rein. So eine Gelegenheit werde ich so schnell nicht wieder bekommen«, verkündet Oliver. »Annika, das hier ist ein Labor. Ein Laboratorium, wenn du so willst. Der Lange hat eben Kapseln hergestellt. Du hattest recht. Und hier liegt eine Kopie einer alten Handschrift. 3 gran … 2 gran … Ich kann es nicht lesen. Heißt es nicht Gramm?«

»Nein, Gran ist eine alte Maßeinheit und ist – glaube ich – der soundsovielte Teil des Apothekerpfundes. Ein Gran ist viel viel weniger als ein Gramm«, weiß Annika.

»›Borussia Victoria‹ steht oben drüber«, flüstert Oliver. »Das ist ein Rezept«, stellt er fest und sieht sich um. Dann hören sie beide den V8-Motor des Mercedes CLS in die Kirchgasse einbiegen. Oliver macht noch schnell mit seinem Smartphone ein Foto von dem alten Rezept, dann laufen sie zur Treppe nach oben und sind gerade eben außer Sichtweite, als Dr. Lange zurückkehrt. »Das ging aber schnell«, flüstert Oliver und wundert sich.

LIPPSTADT, 25. MAI 2012

EINE KLEINE MELDUNG in der LTZ lässt Oliver hellhörig werden:

Städtische Müllabfuhr findet verkohlte Leiche

Lippstadt. Am frühen Montagmorgen fanden Mitarbeiter des Baubetriebshofes in einem ausgebrannten PKW die Leiche eines Mannes auf dem Uniongelände. Laut Polizeiangaben kann ein Fremdverschulden ausgeschlossen werden. Brandbeschleuniger wurde nicht gefunden. »Der Mann hat unter starkem Alkoholeinfluss gestanden«, teilte der Polizeisprecher auf Anfrage unserer Zeitung mit. »Wir gehen im Moment davon aus, dass der Mann beim Rauchen eingeschlafen ist und die brennende Zigarette die Ursache für den Brand ist, in dessen Folge der Mann gestorben ist. Todesursache: Rauchvergiftung.«

»Hast du das gelesen?«, fragt Oliver.

»Ja – und?«, Annika weiß nicht, worauf Oliver hinaus will.

»Das könnte der Tote sein, von dem Dr. Lange am Handy erfahren hat. Meinst du nicht?«

»Oliver – bitte! Auch wenn du Dr. Lange nicht magst, ist er doch nicht für alles Unheil der Welt verantwortlich«, versucht Annika, bei den Tatsachen zu bleiben. »Dr. Lange war nur so kurz weg, dass er es nicht einmal bis zum Uniongelände geschafft hätte. Rein zeitlich passt es schon nicht. Und wenn man ein Auto in Flammen aufgehen lassen will, braucht es schon einen Augenblick. Er müsste den Fahrer k.o.-schlagen, Feuer legen …«

»Annika, wir haben hier einen Denkfehler: Wenn der Mann schon tot war, als Dr. Lange angerufen wurde, dann kann Dr. Lange ihn nicht später umgebracht haben. Selbst wenn es rein zeitlich passen würde«, geht Oliver auf.

»Ja stimmt. Und wer hat Dr. Lange angerufen?«

»Wenn ich das wüsste …« Beinahe findet Oliver es schade, dass Dr. Lange damit nichts zu tun haben kann. Der Typ ist so ein Unsymp, den Oliver wirklich per se für alles verantwortlich machen möchte.

»Mein Gefühl sagt mir, dass Dr. Lange doch etwas damit zu tun hat«, stellt Oliver fest.

VERNE IN WESTFALEN, 1TER JULI 1804

»Friedrich, bitte beeil dich. Wir dürfen auf keinen Fall zu spät zur Wallfahrt kommen«, ruft Maria Theresia Sertürner ihrem Sohn zu. »Ich habe bislang keine einzige in meinem Leben versäumt, und ich wünsche, dass das so bleibt.«

Heute ist ein großer Feiertag in Verne, ihrem Geburtsort. Maria Heimsuchung. Im Jahre 1763 war die erste Wallfahrt zum Gnadenbild der *Trösterin der Betrübten*; seitdem findet sie jährlich am ersten Sonntag im Juli statt. In Verne ist Maria Theresia Brockmann als Tochter des Küsters und als Nichte des Pastors in einer Familie aufgewachsen, die großen Wert auf preußische Tugenden und Benimm legte. Diese Werte hat sie an ihre sieben Kinder weitergegeben. Am 4. April 1769 hatte Maria Theresia Brockmann in Verne den Landmesser und Kartografen Joseph Simon Sertürner aus der Untersteiermark geheiratet, war mit ihm nach Neuhaus bei Paderborn gezogen und hat nach vier Töchtern im Jahr 1783 endlich ihren Sohn Friedrich Wilhelm Adam zur Welt gebracht.

An diesem heiligen Sonntag nun trifft sich die Großfamilie Brockmann, um gemeinsam an der Wallfahrt teilzunehmen. Anschließend werden alle zusammen essen und sich unterhalten können. Das Wetter ist gut, die Sonne scheint, und die Jungen der Familie suchen sich im Garten ein schattiges Plätzchen, während es sich die Alten in der guten Stube bei einem Schluck gut gehen lassen.

»Friedrich, darf ich Sie bekannt machen mit einem Herrn aus Lippstadt? Conrad Johann Conasmann, ebenfalls Apotheker«, stellt der greise Oheim seiner Mutter Friedrich einen Mann vor. »Vermutlich hat er mir vor wenigen Jahren das Leben gerettet, weil er mir eine wirksame Arznei gegeben hat. Ich weiß nicht, was sonst aus mir geworden wäre. Ich fühle mich ihm verpflichtet«, erklärt der Oheim. »Das ist Friedrich Wilhelm Adam Sertürner.«

Die beiden Männer geben sich die Hand. Nach ein paar Förmlichkeiten droht das Gespräch zu stocken. Um nicht in die Verlegenheit des Schweigens zu kommen, erzählt Sertürner von seinen Versuchen mit Fenchelwasser und Runkelrüben. Schließlich hat er einen Kollegen vor sich.

»Sind Sie schon Geselle? In Ihren jungen Jahren? Wie alt sind Sie?«, erkundigt sich Conasmann überrascht.

»21 Jahre«, antwortet Sertürner höflich und überlegt, wie alt Conasmann wohl sein mag. Ende 20, vielleicht auch Anfang 30, schätzt er.

»So jung und so kluge Gedanken. Meine Hochachtung. Aus Ihnen wird noch etwas«, staunt Conasmann.

»Danke, sehr freundlich von Ihnen. Zurzeit beschäftige ich mich mit Opium. Sie haben sicherlich davon gehört, dass […] *Apotheker Bucholz die Gegenwart der Schwefel- und Salzsäure im Opium* […] [bewiesen hat und] *eine Pflanzensäure darin vermuthet, welche aber sämmtlich an Basen, theils Kali, theils Kalkerde, gebunden seyn sollen*«, sagt Sertürner.

»Ich hörte lediglich, dass an Opium geforscht wird, aber …«, beginnt Conasmann.

»Sie haben nicht in *Trommsdorff Journal der Pharmacie* den Aufsatz *Versuche die Zerlegung des Opiums in seine nächsten Bestandtheile betreffend, nebst einigen dahin-*

gehörigen Bemerkungen gelesen?«, fragt Sertürner überrascht. »Das ist doch Pflichtlektüre für einen jeden guten Apotheker!«

»Nein, bedauere. Aber so erzählen Sie doch, lieber Freund. Sie scheinen Ahnung zu haben. Ich kann von so einem jungen Mann lernen«, beteuert Conasmann.

Sertürner berichtet über seine Vermutung, dass im Opium eine Säure enthalten sein muss, *denn das Röthen der Lakmustinktur, sowohl durch geistige als wässerichte Auszüge, kann* [...] *als Beweis gelten.«* Über eine Stunde referiert Sertürner über das Opium, seine Überlegungen und Versuche; die Aufmerksamkeit Conasmanns spornt ihn dazu an. Es erfüllt Sertürner mit großem Stolz, einen älteren und erfahrenen Apotheker, wie den aus Lippstadt, durch seine Kenntnis beeindrucken zu können.

»Ich beobachte diese saure Eigenschaft des Opiums an zwey Sorten[...]*: sollte sie wohl allem Opium eigen seyn?* [...] *Ob es eine eigene oder schon bekannte Säure ist, kann ich nicht bestimmen, denn Geschäfte hinderten mich, diese Versuche weiter fortzusetzen*«, erklärt Sertürner.

»Verstehe«, nickt Conasmann. »Wo verdienen Sie Ihr Auskommen?«

»In der *Cramerschen Hofapotheke* zu Paderborn«, antwortet Sertürner und fährt fort: *»Dieser Gegenstand verdient gewiß Aufmerksamkeit, weil das Opium eine so große Rolle unter den Arzeneymitteln spielt.«*[*]

»Das haben Sie klug erkannt. Was wäre die Pharmazie ohne Opium? Doch wie vielen Menschen hat es schon ihr Leben gekostet, weil das Opium so verschieden wirkt?«, fragt Conasmann, ohne eine Antwort zu erwarten. »Ich

---

[*] Alle voran stehenden kursiv gesetzten Zitate stammen aus: Briefwechsel von Johann Bartholomäus Trommsdorff, S. 247.

würde Sie gerne einmal in der Apotheke besuchen und zusehen, wie Sie Versuche machen.«

»Werter Herr, ich fürchte, das wird nicht gehen. Es ist ja nicht mein Laboratorium«, wiegelt Sertürner den Vorschlag ab. Er fühlt sich unwohl.

»Aber einen Blick wird mir Apotheker Cramer doch wohl gestatten«, versucht Conasmann.

»Ich bin nicht sicher«, stammelt Sertürner mit einem flauen Gefühl in der Magengegend. Er ist sich sicher, dass Cramer es ihm erlauben würde, wenn er ihn bäte.

»Auf jeden Fall muss ich weiter verfolgen, was Sie untersuchen und welche Schlüsse Sie ziehen«, fordert Conasmann derart bestimmt, dass widersprechen beinahe ausgeschlossen ist; aber warum sollte man widersprechen wollen bei solch freundlichem Interesse?

»Ich weiß nicht recht. Mir wäre es lieber …«, versucht Sertürner ohne große Überzeugungskraft und mit der gehörigen Bescheidenheit, von sich abzulenken.

»Nein, da dulde ich keinen Widerspruch. Einen so Erfolg versprechenden jungen Mann muss ich im Auge behalten. Sie hören von mir!« Mit diesen freundlichen Worten, die wie eine Drohung klingen, verabschiedet sich Conasmann.

Friedrich Wilhelm Adam Sertürner bleibt noch eine Weile im Schatten unter dem Baume stehen, wo er so lange referiert hat. Zu viel hat er erzählt, das wird ihm jetzt bewusst. Doch leider zu spät. Er hat alles, aber auch wahrlich alles, seine Gedanken, seine bereits angestellten Versuche, seine daraus gezogenen Schlüsse und seine für die nächste Woche geplanten Versuche ausgeplaudert. Wie töricht von mir, ärgert sich Sertürner über sich selbst und hofft, dass Conasmann all dem Gesagten nicht zu viel

Bedeutung beimisst. Doch Sertürner ahnt, dass dem nicht so ist. Conasmann scheint jemand zu sein, der mit wenigen Worten andere zum Reden bringt. Reden ist Silber, Schweigen ist Gold; das ist nichts Neues. Sertürner fühlt sich nicht wohl in seiner Haut. Er hat ein wahrlich ungutes Gefühl bezüglich Conasmann. Wie ein Waschweib hat er geschwatzt. Das darf auf keinen Fall noch mal geschehen – und den Conasmann muss er sich vom Leib halten!

PADERBORN, 25STER JULI 1804

In Zeiten wie diesen, in denen Preußen alles zu bestimmen scheint, ist für die Menschen des ehemaligen Fürstbistums Paderborn ihr kirchliches Patronatsfest *Libori* von ganz besonderer Bedeutung. *Die Ursprünge der Liboriusverehrung in der Paderstadt beginnen mit der Übertragung der Gebeine des Heiligen in die Siedlung an den Paderquellen im Jahr 836.* Im *Hohen Dom zu Paderborn* werden – wie in jedem Jahr – die Reliquien des heiligen Liborius aus der Krypta in ihrem *kostbaren silbernen, reich vergoldeten Schrein** feierlich durch das Längsschiff hinauf auf den Hochaltar getragen und dort ausgestellt.

Begleitet wird dieses höchste kirchliche Fest Paderborns vom weltlichen Magdalenenmarkt.** Die Verkaufsstände befinden sich allesamt vor dem Westerntor.*** Die Straßen und Gassen sind voller Menschen, sie unterhalten sich und rufen sich zuweilen etwas zu; es ist viel lauter als während der beiden wöchentlich stattfindenden Märkte.

»Haben Sie es auch gehört, Herr Cramer? Herbarius Augustinus scheint auch wieder in der Stadt zu sein. Ich vernahm, wie jemand lauthals im Schildern eine wundersame Arznei anpries, um sie zu verschachern; das kann nur er gewesen sein«, ist sich Sertürner sicher.

---

* Barbara Stambolis: *Libori. Geschichte des Kirchen- und Volksfestes.* In: Paderborn. Geschichte in Bildern – Dokumenten – Zeugnissen, 1998, S. 5 und 17.

** Vgl.: Stambolis *Libori.* S. 5.

*** Vgl.: *Paderborn. Geschichte der Stadt in ihrer Region*, 1999, S. 66.

»Nein, das habe ich nicht vernommen. Doch es kam eben ein Mann in die Offizin und übergab mir einen Brief für Sie. Ich sagte, Sie seien hinten im Laboratorium und bot an, Ihnen Bescheid zu geben. Doch der Mann wollte nicht recht und sagte, er käme gerne ein anderes Mal wieder. Sehr gerne, betonte er. Bevor er die Offizin verließ, schaute er alles so genau an, als wolle er es sich bis in alle Ewigkeit einprägen«, berichtet Cramer.

»Höchstungewöhnlich. Ein Brief für mich?«, wundert sich Sertürner. Er hat noch nie Post in die Hofapotheke bekommen.

»Ja, er liegt noch vorne. Der Brief ist aus Lippstadt. Das ist doch ziemlich weit entfernt. Kennen Sie dort jemanden?«

»Ja, Herr Cramer. Beinahe hätte ich gesagt: Leider kenne ich dort jemanden. Es kam am Tag der Wallfahrt in Verne zu einer merkwürdigen Begegnung mit einem Lippstädter Apotheker. Sein Name ist mir entfallen. Er fragte viel und sagte wenig. Ein unangenehmer Mann. Und dieser schreibt mir nun?«, fragt Sertürner und bemerkt, wie er unruhig wird. Ein mulmiges Gefühl breitet sich aus.

»Sehen Sie selbst«, sagt Cramer und überreicht Sertürner den aus der Offizin geholten Brief.

Sertürner liest:

Werter Freund,

welch angeregte Unterhaltung wir doch in Verne führten. Dafür sei Ihnen gedankt. Sie haben mich sehr beeindruckt mit Ihrer Kenntnis über die heutige Forschung und Ihren wahrlich klugen Gedanken. Gern möchte ich Sie in Ihrem Laboratorium besuchen und mir höchstselbst ein Bild von Ihrem Können machen. Wie ich bereits sagte, ich möchte von Ihnen lernen – und Sie können von mir lernen. Ich forsche, wie ich zu erwähnen vergaß, an einem Mittel zur Steigerung der menschlichen Kräfte. Ein Mittel, von dem ich mir erhoffe, daß es Preußens Soldaten zu glorreichen Siegen führen wird. Mögen uns unsere tapferen Männer vor Napoleon und seinen Truppen schützen!

Das Mittel, welches ich entwickle, wird die Wunden zügig heilen, Kraftlosigkeit beseitigen oder gar zu einer allgemeinen Stärkung der Männer beitragen, Müdigkeit nicht aufkommen lassen und Krankheiten aller Art vertreiben.

Seit Beginn an streben die Menschen aller Kulturen nach Heilung und Gesundheit. Ob wir all unser Übel Adam und Eva oder dem Öffnen der Büchse der Pandora zu verdanken haben, sei dahingestellt. Sicher hingegen ist, daß ich, Conrad Johann Conasmann, Apotheker in Lippstadt, die Menschheit von ihrem Leid befreien werde. Ich werde Preußens Macht an der Seite Friedrich Wilhelms III. stärken. Die ruhmhaftesten Siege wird das Volk mir höchstselbst zu verdanken haben! So wird mir unsere verehrte Königin Luise ihre Gunst erweisen müssen!

Sie, werter Herr Sertürner, können teilhaben an meinem Plane und in meinem Lichte werden Sie glänzen. Sie müssen mich wissen lassen, wie weit Sie mit Ihrer Opium-Forschung sind. Auf den Schlachtfeldern Europas werden wir es den Soldaten geben müssen. Ihr Mittel wird nach Kämpfen die Schmerzen lindern, während meines für weniger Verluste und schnelle Genesung sorgt.

Was haben Sie entdeckt? Welche Schlüsse ziehen Sie? Sie müssen mich in Ihre Überlegungen einbeziehen. Nicht um meinetwillen, nein, tun Sie es für Preußen, unseren

König Friedrich Wilhelm III. und seine zauberhafte und anmutige Gemahlin Luise.

Lippstadt, im Juli 1804
unterthänigst
Conrad Johann Conasmann

»Tun Sie es für Preußen?«, wiederholt Cramer. »Für Preußen!? Ja weiß denn Ihr Conasmann – oder wie heißt er? – weiß er denn nicht, dass die Paderborner noch ihrem Fürstbistum nachtrauern? Wir wissen ja kaum noch, wer wir sind, seitdem wir von Preußen in Besitz genommen worden sind. Alles, was uns ausmachte, wurde uns genommen«, ereifert sich Cramer. »Schauen Sie vorne aus dem Fenster der Offizin und Sie sehen den Turm unseres Hohen Doms mit seinem Satteldach! Das sind wir! – Preußen? Dass ich nicht lache!«

»Ganz recht. Ich sagte ja, dieser Conasmann ist ein merkwürdiger Mann. Untertänigst, schreibt er, als wäre ich jemand mit Macht und Einfluss. Und: Einsatz für Preußen?«, überlegt Sertürner. »Sind die Lippstädter wahrhafte Preußen?«

»Ich weiß es nicht. Sind sie nicht halb preußisch und halb lippisch?«, erinnert sich Cramer dunkel.

»Dieser Conasmann ist mehr als ein halber Preuße. Das preußische Denken scheint ihn ganz und gar durchdrungen zu haben!«, ist sich Sertürner sicher.

»Friedrich, was werden Sie nun tun? Werden Sie ihm antworten?«, erkundigt sich Cramer mit Blick auf den Brief.

»Die Höflichkeit gebietet, zu antworten. Doch ich

werde ihm ein Kommen ausreden müssen«, entscheidet Sertürner.

»Wenn es nicht anders geht, sagen Sie, dass ich es nicht erlaube«, schlägt Cramer vor.

»Danke. Ich werde darüber nachdenken, was ich Conasmann schreibe«, beendet Sertürner das Gespräch, doch dann beschleicht ihn ein unheimlicher Gedanke. »Herr Cramer, Sie sagten, es sei ein Mann gewesen, der den Brief brachte. Ich überlege gerade, ob es Conasmann höchstselbst gewesen sein kann? Die Stadt ist wegen des Liborifestes und des blühenden Magdalenenmarktes voller fremder Menschen. Ob Conasmann unter ihnen ist?«

PADERBORN, 29TER JULI 1804

»Herr Sertürner, lieber Freund, Sie erinnern sich doch an mich?«, ruft Conasmann, der sich hinter einer Säule der Rathausfassade halb im Verborgenen aufgehalten hat.

»Herr Conasmann? Was machen Sie hier in Paderborn?«, erkundigt sich Sertürner sichtlich überrascht und fühlt sich sofort unwohl in seiner Haut.

»Sie wissen doch, heute Abend ist das große Abschlussfeuerwerk. Dann ist das Fest zu Ehren eures Heiligen Liborius zu Ende. Dieses farbenfrohe und auf das Höchste beeindruckende Ereignis möchte ich auf keinen Fall versäumen. In Verne schwärmte einst ein Oheim, dass *das gantze Werck auff einmahl illuminiret wird, welches nach dessen Endigung in der Luff allerhand wunderliche Auffwerffungen durch Leucht-Kügelgens** erstrahlt und mächtig Eindruck macht. Darüber hinaus muss ich unbedingt mit Ihnen sprechen. Über Sie, mich und Preußen. Es ist von beachtlicher Bedeutung!«, beginnt Conasmann.

»Was kann ich für Sie tun?«, fragt Sertürner und wird sich noch im selben Augenblick der Unglücklichkeit seiner Formulierung bewusst.

»Berichten Sie mir über Ihre Forschung bezüglich des Opiums. Was haben Sie herausgefunden? Sie wissen doch, Napoleon schreckt vor nichts zurück. Eines Tages macht er sich auf den Weg nach Berlin. Noch ist es nicht soweit, doch wenn wir – Sie und ich – nicht ganz

* Stambolis: *Libori*. S. 23.

schnell Medikamente zubereiten, die zur Gänze wirksam sind, dann ist Preußen verloren. Napoleon wird kommen. Wie ich bereits schrieb, tun Sie es nicht für mich. Tun Sie es für Preußen und Königin Luise. Hören Sie? Allein der Gedanke, dass diese reizende und anmutige junge Königin aus dem Hause Mecklenburg-Strelitz mit ihrer Familie Napoleon weichen müsste, ist für mich unerträglich. Sie, werter Freund, können sich kein Bild davon machen, wie sehr ich *meine* Königin Luise liebe. Sie ist der bezauberndste Mensch, den ich kenne«, schwärmt Conasmann.

»Sie kennen Königin Luise?«, unterbricht Sertürner überrascht.

»Nicht persönlich. Aber ich verehre die Königin – und unter uns gesprochen – ich verehre sie weit mehr als den König selbst. Die Dame ist wunderschön, so wunderschön und liebreizend. Ich sah sie, als sie einst in Berlin einfuhr und ... und nach Lippstadt kam sie nicht, zu meinem Leidwesen ... Aber ich muss sie vor Napoleon schützen. Sie darf ihm nicht in die Hände fallen. Nicht auszudenken, was er alles mit ihr machen könnte. Alles! Verstehen Sie! Alles!«, überträgt Conasmann seine Wünsche auf Napoleon. Auch er würde gerne *alles* mit Luise machen. Wenn er nachts in seiner Kammer an Königin Luise denkt, verwehrt sie ihm keine seiner männlichen Träume. Sie ist ihm nicht nur zu Willen, nein, sie begehrt ihn, sie empfindet nicht zu stillende Lust. – Es dauert auch nie lange, bis Conasmann aufstehen muss, um seine Unterhose zu wechseln. Ja, sie fordert *es* regelrecht; sie will ihn! Da muss er nun wahrlich alles tun, um sie vor Napoleon zu schützen, er darf sie nicht haben. »Ich werde alles tun, damit Luise mir ihre Gunst erweist! Alles! Ich dulde auch nicht ...«

»Ich habe es verstanden«, unterbricht Sertürner erneut. »Wissen Sie, die Paderborner sind nicht gerade glücklich über den Umstand, nun zu Preußen zu gehören. Dass sich *in Paderborn allerdings kein offener Widerstand gegen die neuen Herren* [regte,] [d]*azu mag die Haltung des Fürstbischofs beigetragen haben, der sich in sein Schicksal fügte und allem Anschein nach mehr an der Höhe seiner Entschädigung interessiert war*«,* erklärt Sertürner.

»Was wollen Sie mir damit sagen?«, fragt Conasmann.

»Ich werde mich nicht für Preußen im Allgemeinen und seine Soldaten im Besonderen einsetzen und forschen. Mein Bestreben ist es, für die Menschen, für die ganze Menschheit zu arbeiten. Ich bin nicht Pharmazeut geworden, um dann nur Auserwählten zu helfen«, ereifert sich Sertürner.

»Aber werter Freund! Das schließt einander doch nicht aus! Was für die preußischen Soldaten gut ist, ist doch auch für das ganze Volk von Vorteil. Doppelt sogar. Bedenken Sie nur, wir – Sie! – helfen Preußen zum Sieg und den Menschen zur Schmerzfreiheit. Sie werden in die Geschichte eingehen, lieber Freund. Sie werden berühmt, ihre Forschung wird anerkannt, man wird Sie ehren und achten …«, beginnt Conasmann eine frühe – vermeintliche – Laudatio.

»Aber …«

»Kein aber!«, unterbindet Conasmann mögliche Ausflüchte des Sertürner. »Forschen Sie. Sie sind ein kluger Kopf. Vielleicht einer der klügsten in Preußen. So jung und tüchtig. Sie werden es zu etwas bringen!«, lobt Conasmann, nicht ohne Eigennutz. Denn er wird dafür sorgen, dass Sertürners Opium-Forschung vorzeigbare Ergeb-

* *Paderborn. Geschichte der Stadt in ihrer Region*, 1999, S. 7.

nisse ausweisen wird, die dann von ihm, Conasmann, der preußischen Armee angeboten werden. Diese wird es nicht ablehnen können, denn zeitgleich, da ist sich Conasmann sicher, wird er auch sein Mittel zur Leistungssteigerung und beschleunigter Selbstheilung anpreisen können. Beide Mittel zusammen werden ihn – Conasmann – zu großem Ruhm in Preußen verhelfen. Sertürner wird im rechten Augenblick von der Bildfläche verschwinden, dafür wird er schon sorgen. Und dann wird er – Conasmann – umjubelt und von seiner Königin Luise höchstselbst im Schloss Charlottenburg empfangen. Die Hand wird er der Königin küssen. Ein Hauch von Kuss, ganz zart und lieblich, aber doch weit mehr, als es das strenge Hofprotokoll erlaubt. Auf die Knie wird er vor ihr fallen und die Augen vor ihrer Anmut verschließen müssen, um nicht dem Wahnsinn zu verfallen. Eine solche Schönheit wird es nie wieder geben. Der Duft ihres Schoßes wird ihn betören. Er muss sie haben! Und nur er! – Vielleicht sollte er sie töten und gemeinsam mit ihr ins Jenseits gehen!? Dann wird sie kein anderer Mann mehr ansehen können, geschweige denn, dass ihr Ehemann … Nein, diesen Gedanken kann er nicht zulassen. Dieser Mann darf seine – Conasmanns – Königin berühren, ja sogar Kinder mit ihr zeugen. Diese innige Zweisamkeit, ein unerträglicher Gedanke, mit dem Conasmann tagein, tagaus zu kämpfen hat. Ihm bleiben nur die Nächte, in denen ihm seine Träumereien einen Blick in die Zukunft erlauben: Königin Luise und er, der berühmte preußische Apotheker, vereint im Schloss Charlottenburg. Das Kaminfeuer brennt, und man hat es sich davor auf Decken bequem gemacht …

»Ich bin sehr im Zweifel, ob meine Überlegungen bezüglich des Opiums richtig sind«, unterbricht Sertürner

Conasmanns Gedanken, indem er sich in falscher Bescheidenheit übt, obwohl er sich ganz sicher ist, dass sein Forschungsansatz der richtige ist.

»Sie müssen weitermachen!«, fordert Conasmann. »Ich werde nicht von Ihnen lassen, solange Sie mir nicht ein wirksames Ergebnis Ihrer Forschung mitgeteilt haben. Wie ein Schatten werde ich auf Ihnen liegen, bis ich bekommen habe, was ich wünsche. In Ihren Gedanken werde ich stets zugegen sein, und in Ihren Träumen werde ich an meinen großen Traum erinnern. Sie werden es tun, wenn auch nicht für Preußen, das habe ich sehr wohl verstanden, dann tun Sie es, weil es Ihnen Ihr Leben wert ist«, droht Conasmann.

»Ich verstehe nicht«, stammelt Sertürner mit aufsteigender Angst.

»Lieber Freund, bitte stellen Sie sich nicht dumm. Es steht Ihnen nicht zu Gesicht. Sie haben mich verstanden!«, sagt Conasmann eindringlich und duldet keinen Widerspruch.

Die Antwort Sertürners geht in den Kanonenschüssen unter, mit denen das Feuerwerk zum Abschluss des Liborifestes beginnt.

LIPPSTADT, 1. JUNI 2012

»SCHÖN, DASS DU DA BIST. Ich könnte noch eine Massage vertragen«, empfängt Oliver Annika an der Wohnungstür und lacht. »Präventive Physiotherapie.«

»Eine Massage musst du dir erst mal verdienen. Geh gleich als Erster durchs Ziel, und dann sehen wir weiter«, entgegnet Annika lächelnd. »Nachsorge kommt wohl eher infrage.«

Im Kernstadtbereich sind fast alle Straßen gesperrt, denn am späten Nachmittag beginnt der 36. Altstadtlauf, der seit fünf Jahren *Internationaler AOK-Altstadtlauf* heißt.

»Wann geht es denn für dich los?«, erkundigt sich Annika.

»Ich treffe mich um 18 Uhr mit Andy; die anderen aus der Redaktion kommen etwas später dazu. Firmenlauf nennt man das. 5,4 Kilometer. – Du kannst aber gerne mitkommen, wenn wir uns treffen, und mich dann ordentlich anfeuern, wenn ich laufe.«

»Ja, mal sehen. Ich empfange dich auf jeden Fall im Ziel.«

»Das ist in der Marktstraße«, sagt Oliver und schnürt sich die Laufschuhe zu.

›Aus – aus – aus – ein – ein – ein – aus – aus – aus – ein – ein – ein‹

Oliver konzentriert sich auf seine Atmung. Nicht zu schnell, nicht zu langsam. So ist es gut. Ja, er liegt prima in der Zeit; besser, als er erhofft hatte. Die Schafskälte, die seit ein paar Tagen Deutschland abkühlt, ist zum Laufen bestens. Sie tut nur leider auch den anderen Läufern gut. Aber man kann nicht alles haben. Andy hat er schon kurz nach dem Start abgehängt; und Oliver glaubt, dass auch sonst keine Teilnehmer der LTZ-Redaktion vor ihm sind. Noch ein letztes Mal abbiegen, Woldemei, Marktstraße, dann ist das Ziel in Sichtweite. Dort wird Annika ihm zujubeln und ihn anfeuern, alles zu geben. Allein dieser Gedanke spornt ihn an, noch schneller zu laufen. Schließlich will er Annika zeigen, was für ein toller Typ er ist – auch sportlich gesehen.

Plötzlich schreien die Menschen auf. Sie rufen durcheinander. Sie sind entsetzt. Es muss etwas geschehen sein. Vermutlich ist ein Läufer gestürzt. Das kann ja mal passieren. Erst recht, wenn man sich so ins Zeug legt und schneller läuft, als man kann. Dann wollen die Beine oft nicht so wie der Kopf, und schon ist es passiert. Die Läufer auf der Strecke stauen sich.

Das verdirbt die Zeit, ärgert sich Oliver.

Manche drängeln und wollen vorbeigelassen werden. Sie haben vielleicht noch weniger mitbekommen, was geschehen ist, als Oliver. Oder sie wollen sich ihre Laufzeit nicht verderben lassen. Viele haben gewettet, die 5,4 Kilometer unter soundsoviel Minuten zu laufen. Und nun wollen sie natürlich gewinnen. Jemand schubst ihn zur Seite, um sich den Weg freizumachen. Auch dieser Läufer kommt nicht viel weiter.

Von Weitem sieht er Annika mit ihrer pinkfarbenen Jacke durch eine Lücke in der Menschenmenge. Sie sieht erschrocken aus. Sanitäter kommen. Ein Martinshorn beginnt in unmittelbarer Nähe auf dem Marktplatz zu heulen. Im Schneckentempo bahnt sich der Krankenwagen seinen Weg durch die Menschen. Zuschauer und Läufer, alle stehen im Weg und gaffen. Oliver weiß, dass es besser wäre, dem Gedränge in entgegengesetzter Richtung zu entkommen. Aber auch seine Neugier treibt ihn weiter. Ordner und Helfer des Organisators *LTV – Lippstädter Turnverein 1848 e. V.* – sorgen für eine Schneise in den Schaulustigen. Da kommt auch schon der Notarzt über das Lippertor – entgegen der Einbahnstraße! – und fährt ziemlich schnell durch die Menschenmasse. Wer nicht rechtzeitig zur Seite springt, hätte Pech. Doch es passiert niemandem etwas. Außer dem jungen Mann, der auf Höhe der *Patriot* Geschäftsstelle auf der Marktstraße liegt.

»Er ist tot«, beginnen Läufer und Zuschauer zu munkeln. »Einfach umgefallen im vollen Lauf«, wissen sie.

Es dauert gar nicht so lange, wie man denken würde, bis Krankenwagen und Notarzt zwar noch mit Blaulicht, aber ohne Martinshorn durch die Menschenmenge Richtung Krankenhaus fahren. Die Langsamkeit der beiden Fahrzeuge lässt nichts Gutes erahnen.

»Liebe Läuferinnen und Läufer, meine sehr verehrten Damen und Herren, wie Sie soeben selbst beobachten mussten, ist unser diesjähriger Altstadtlauf von einem schlimmen Unfall überschattet worden. Der Läufer, ein Mitarbeiter der Firma Car & Vision World vom Industriegebiet Am Wasserturm, ist verstorben, wie der Notarzt mitteilte. Jede Hilfe kam zu spät. Aus diesem Grund bitte ich Sie alle um Verständnis, dass der Firmenlauf abgebrochen wird. Auch die bereits ins Ziel gekommenen Läufer werden nicht gewertet. Die noch ausstehenden Läufe entfallen ebenfalls. Danke für Ihre Aufmerksamkeit«, beendet der Moderator seine Durchsage, und betroffenes Schweigen macht sich breit.

Was für eine Katastrophe! Ein Toter bei so einem Volkslauf. Von überallher waren Sportler gekommen, auch um am 10-Kilometer-Lauf teilzunehmen. Schulen und Vereine hatten ihre Kinder für die entsprechenden Läufe angemeldet, Eltern und Großeltern säumten die Straßenränder, und nicht selten waren ganze Familien unter den Sportlern. Ein großes Ereignis! Jetzt überschattet durch einen Todesfall. Ein Todesfall! Wie hatte das geschehen können? War der Mann gestolpert und unglücklich gestürzt? War er von einem anderen Läufer gestoßen worden? Womöglich mit Absicht? Nein, halt. Wir sind hier in Lippstadt und nicht in einem Krimi im Vorabendprogramm. Herz-Kreislauf-Versagen ist auch eine Möglichkeit.

»Hast du den Mann gesehen?«, fragt Oliver, als er Annika endlich gefunden hat.

»Nur ein bisschen. Du hast das Gedränge ja erlebt. Er war nicht alt«, meinte Annika.

LIPPSTADT, 2. JUNI 2012

SCHON FRÜH AM Morgen sitzt Oliver am Küchentisch und liest die aktuelle Ausgabe der LTZ:

Toter bei Altstadtlauf

Lippstadt. Der gestrige Altstadtlauf wurde überschattet von einem plötzlichen Todesfall. Kurz vor dem Ziel in der Marktstraße sackte ein Mann ohne erkennbaren Grund in sich zusammen. Der Notarzt konnte nur noch den Tod des Läufers feststellen. »Das war der Lauf seines Lebens«, sagte ein Kollege des Verstorbenen. »Er war kurz davor, seine persönliche Bestzeit zu laufen.«

Auf der Pressekonferenz teilte die Polizei am Abend mit, dass der 32-jährige Mann nach Angaben seines Hausarztes bei bester Gesundheit gewesen sei. Die Todesursache werde nun ermittelt. Anzeichen für ein Verbrechen lägen nicht vor.

Man stirbt doch nicht einfach so, denkt Oliver. Das kann nicht sein. Das darf nicht sein. Darf es nicht!

Egal, wo man am heutigen Samstag in Lippstadt hinkommt, es gibt nur ein Thema: der Tod des Läufers. Jeder spricht darüber. Jeder hat etwas zu sagen, und doch, die Informationen werden nicht mehr. Wann ist die Obduktion? Und wo? Wird den Lippstädtern das Ergebnis mitgeteilt? Diese und andere Fragen schwirren auch Oliver durch den Kopf. Dann beschließt er, zur LTZ zu fahren. Für Annika legt er zuvor noch einen Zettel auf den Küchentisch:

Bin in Redaktion. Ruf mich an. Alles Liebe, dein Olli. ☺

In der Redaktion trifft er Andy, einen seiner Kollegen, der auch am Lauf teilgenommen hat.

»Na, was sagst du zu meinem Artikel heute? Recht dürftig, oder?«, erkundigt sich Andy.

»Ja. Aber wenn es noch nicht mehr Infos gibt. Kann man nichts machen«, meint Oliver.

»Weiß du, ich bin ja nicht sicher, aber ich glaube, unser Toter war oft im New-Ku. Dort …«

»Wo?«, fällt Oliver ihm ins Wort.

»Ach, du Zugezogener! Das *Ku* war in den 1980er Jahren die Disco schlechthin. Von überallher sind die Besucher gekommen. Das war Kult. Absolut. Man verbrachte sein ganzes Wochenende – also die Nächte – dort. 1992 ist das *Ku* dann abgebrannt. Brandstiftung, hieß es. Das war übrigens an der Rixbecker Straße, dort, wo jetzt der Campus der Fachhochschule gebaut wird. Vor zwei oder vielleicht auch drei Jahren hat dann jemand das New-Ku eröffnet. Das wurde so groß angekündigt und beworben, dass die Lippstädter tatsächlich glaubten oder hofften, an die glorreichen Zeiten der 1980er Jahre anknüpfen zu können. Doch dann war das nur so eine billige Bude. Ein Abklatsch. Nichts Erstzunehmendes. – Was ich dir eigentlich erzählen wollte: Man munkelt, im New-Ku werde gedealt. Und man munkelt, dass der Tote, Patrick Kempensmeier heißt er übrigens, dort im New-Ku Dauergast gewesen sei.«

»Das könnte doch eine Story werden. Bleib da dran!«, empfiehlt Oliver.

»Das ist nicht so einfach. Ich bin ja hier bekannt wie ein bunter Hund. Mich kennen doch alle in Lippstadt. Besser wäre es, wenn du das machst. Dich kennt hier niemand.«

»Mich kennt hier niemand? Ja, du hast ja recht. Wie stellst du dir das vor?«, erkundigt sich Oliver.

»Du wirst ein V-Mann. Mein Informant. Ich schleuse dich ein, und dann lassen wir den Laden hochgehen«, lacht Andy. »Ich sehe schon die Überschrift: Drogendealer …«

»Du schaust zu viel fern«, stellt Oliver fest. »Jetzt mal im Ernst.«

»Okay. Nehmen wir mal an, es stimmt, dass dort gedealt wird und dass Patrick Kempensmeier dort verkehrte. Dann ist es nicht auszuschließen oder sogar recht wahrscheinlich, dass er ein Drogenproblem hat. Hatte. Es könnte eine spannende Geschichte geben, die wir finden müssen, um dann einen riesigen Artikel verfassen zu können.«

»Ja, könnte so sein«, sagt Oliver.

»Du bist jemand, den hier noch niemand kennt. Ein unbekanntes Gesicht und jung genug, um unauffällig in einer solchen Lokalität zu verkehren. Ich bin der, der Lippstadt als Insider kennt, und viel zu alt. Ich bin hier aufgewachsen und zur Drost-Rose-Realschule gegangen. Das war damals übrigens eine reine Jungenschule. Ich kenne hier alle. Meine Frau sagt immer, mit mir könne man nirgends hingehen. Immer würden mich alle kennen. Und da hat sie recht«, erzählt Andy und lacht. Es gefällt ihm, bekannt zu sein.

»Aha. Ich kann mir das New-Ku ja mal ansehen …«, sagt Oliver zögerlich. Ihm ist nicht wirklich wohl bei der Sache. Aber die Aussicht, ein Verbrechen aufdecken zu können und einen großen und natürlich guten Artikel für die LTZ zu verfassen, hat seinen Reiz. Er könnte sich auf diesem Weg in der Redaktion und in Lippstadt einen Namen machen. *Thielsen lässt Drogenkartell hochgehen*, sieht er schon die Überschrift vor sich. Erinnert irgendwie an John Grisham. Wie im Western liegt der Feind im Staub … Oder: In Bruce-Willis-Manier übergibt er (stark blutend!) die Dealer einem Sondereinsatzkommando. Am Sonntagabend ist er der einzige Gast bei Günther Jauch … und Bürgermeister Christof Sommer bittet ihn, sich ins Goldene Buch der Stadt einzutragen. Gibt es das überhaupt? Das Goldene-Lippstadt-Buch?

»Oliver? Träumst du?«, reißt ihn Andy aus seinen Gedanken. »Wir sollten uns überlegen, wie wir vorgehen.«

»Ja, da hast du sicherlich recht. Was soll ich anziehen, um dort nicht aufzufallen?«

»Zieh deine normalen Klamotten an, dann siehst du aus wie frisch vom College. Und zeig, dass du Geld hast. iPhone aufn Tisch und so …«

Nach langem Hin und Her beschließen Andy und Oliver, dass Oliver noch heute Abend ins NEW-KU gehen soll.

Es ist kurz vor zehn, als Oliver alleine auf dem Schotter-Parkplatz vor dem NEW-KU steht und sein Fahrrad an dem hohen Gitter anschließt, das das Gelände umgibt. Andy hatte gemeint, es sei besser, wenn Oliver ohne Annika ins NEW-KU ginge, denn dann käme er leichter mit anderen ins Gespräch.

Oliver setzt sich an die Theke und bestellt ein Bier. Hier sieht alles so normal aus. Normale Leute, normale Musik. Was hatte er erwartet? Bushido? Sido? Oder psychodelisches Gedudel? Dass man vor lauter gerauchtem Zeug die eigene Hand nicht mehr vor Augen sieht? Dass überall zugedröhnte Leute abhängen? Optisch fällt Oliver nicht auf.

»Du bist neu hier, stimmt's?«, fragt der Typ hinter der Theke.

»Ja«, antwortet Oliver wahrheitsgemäß und überlegt fieberhaft, was er noch sagen könnte, damit diese Unterhaltung nicht endet, bevor sie begonnen hat.

»Lass mich raten«, setzt der Typ das Gespräch fort. »Du siehst aus, als wärst du bei der *Hella*.«

»Nein, falsch. Versuch's noch mal«, fordert Oliver und lacht.

»*Rothe Erde*?«

»Falsch.«

»Aber Ingenieur!«, ist sich der Typ hinter der Theke sicher. »Sag schon, wo arbeitest du!«

»Industriegebiet Am Wasserturm«, sagt Oliver, was nicht ganz falsch ist, denn die Redaktion der LTZ liegt in Sichtweite des Wasserturms.

»Ha! Jetzt weiß ich es. CAR & VISION WORLD, da arbeitest du«, glaubt der Typ, richtig geraten zu haben.

Oliver lacht und sagt nicht, dass das nicht stimmt, denn der Tote des Altstadtlaufs, Patrick Kempensmeier, hat dort gearbeitet. Jetzt kann es nur hilfreich sein, wenn der Typ hinter der Theke glaubt, dass Oliver genau dort arbeitet. Als Ingenieur und Kollege des Toten, wenn man so will. Den ganzen Nachmittag hatte Oliver Infos gegoogelt und sich gefreut, wie leichtsinnig manche Menschen mit ihrem Facebook-Account umgehen. Fast alles von Patrick Kempensmeier war öffentlich! Oliver hatte über dieses soziale Netzwerk viel Privates über den Toten erfahren. Geboren am 7. April 1986 in Lippstadt. Wohnhaft in Lippstadt. Mit wem war er befreundet, wo hat er Urlaub gemacht und mit wem. Unzählige Alben mit Fotos. Welche Musik hört er, welche Filme mag er, welche Bücher hat er gelesen … alles hat Oliver erfahren. Patrick Kempensmeier hatte auf unzählige ›Gefällt mir‹-Buttons geklickt, auch vom New-Ku und – man glaubt es kaum – von der Apotheke des Dr. Lange. Auf Xing, dem Netzwerk für Beruf, Geschäft und Karriere konnte Oliver lesen, dass Kempensmeier in Paderborn Maschinenbau studiert hat und bei seinem ersten Arbeitgeber Car & Vision World Am Wasserturm beschäftigt ist. War. Alles in allem ein junger Mann, mit dem Oliver theoretisch hätte befreundet sein können. Ein ganz normaler Typ. Und der soll Drogen genommen haben?

»Hast du das mit Patrick gehört?«, fragt Oliver, und hofft, dass der Typ hinter der Theke nicht bemerkt, dass er quasi alles auf eine Karte gesetzt hat, indem er so tut, als würde er, Oliver, Patrick kennen.

»Sicher. Schreckliche Geschichte«, sagt der Typ und ist sichtlich betroffen.

»Patrick war gestern so gut in Form. Er war kurz davor, seine persönliche Bestzeit zu laufen«, legt sich Oliver selbst die Worte in den Mund, die er am Morgen in der Zeitung gelesen hat.

»Ja, Patrick war mega-ehrgeizig. Der hat alles getan, um so fit zu werden.«

»Alles?«, hakt Oliver nach und glaubt, dass sich das Gespräch nach so kurzer Zeit schon in die richtige Richtung entwickelt.

»Ja, er ist mehrmals die Woche gelaufen, den ganzen Herbst schon durch, und dann, kurz vor Weihnachten, bekam er Keuchhusten. Da ging es ihm richtig beschissen«, erinnert sich der Typ. »Es hatten im letzten Winter echt viele Leute in Lippstadt Keuchhusten, erinnerst du dich?«

Oliver nickt. »Patrick war lange krankgeschrieben.«

»Ende März hat er dann wieder mit dem Laufen angefangen. Erst nur ein bisschen, aber dann ging es doch ziemlich schnell aufwärts mit ihm.«

»Stimmt.«

»Am letzten Wochenende war Patrick zuletzt hier – ich kann es mir gar nicht vorstellen, dass er jetzt nie mehr kommt! Da vorne auf dem Hocker hat er gesessen. Am Samstag war er so fit und voller Energie, dass ich dachte, das ist zu viel des Guten. Er konnte kaum stillsitzen und war so überschwänglich. Jeden, den er kannte, begrüßte er so herzlich, als hätte er ihn seit Jahren nicht gesehen. So übertrieben, verstehst du?«

»Klar, Patrick war echt gut drauf«, versucht Oliver etwas Passendes zu sagen. Hoffentlich merkt der Typ nicht, dass Oliver nur im Dunkeln fischt.

»Patrick hat erzählt, dass er am Berlin-Marathon im September teilnehmen will. Ich bin sicher, das hätte er auch geschafft.«

»Ja? Nach einem Keuchhusten? Geht das denn mit rechten Dingen zu?«, traut sich Oliver zu fragen.

»Was willst du denn damit sagen?«, entgegnet der Typ, und Oliver merkt, dass dieser sofort distanzierter wird. Ich bin auf der richtigen Spur!, denkt Oliver.

»Nichts, ich dachte nur … Also ein Bekannter von mir nimmt immer so ein Zeug, das … ach, du weißt schon«, stammelt Oliver. Seine Fantasie lässt ihn im Stich. So auf die Schnelle fällt ihm nichts Plausibles ein.

»Es gibt ja so allerlei pflanzliche Mittel, die helfen. Geh mal in eine Muckibude, was die dir alles verkaufen können …«, empfiehlt der Typ hinter der Theke.

»Mal so unter uns«, versucht Oliver, eine wirkliche Info aus dem Typen herauszuholen, »so unter uns gefragt, wo bekomme ich denn so was Pflanzliches?«

»Was willst *du* denn damit?«

»Ich habe mir für diesen Sommer eine Menge vorgenommen. Und immer nur im Stadtpark *Grüner Winkel* oder an der Lippe entlang zu laufen, ist doch nichts. Ich muss mal richtig was tun«, sagt Oliver und klopft sich auf den Bauch, als sei dieser zu dick.

»Wenn du willst, höre ich mich mal um«, bietet der Typ hinter der Theke an. »Hier gehen so einige rein und raus …«

»Ja, das wäre super«, freut sich Oliver und verspürt doch ein komisches Gefühl in der Magengegend. Hoffentlich geht dieses ›Hollywoodspielen‹ nicht nach hinten los.

»Komm mal wieder rein. Vielleicht nächsten Samstag oder übernächsten … Wie es so kommt.«

»Alles klar. Tschüss, mach's gut«, verabschiedet sich Oliver und tippt im Rausgehen beinahe demonstrativ auf seinem iPhone rum.

Oliver ist noch keine 100 Meter weit zurück in Richtung Kernstadt gefahren, als ihm Dr. Lange in seinem Mercedes CLS entgegenkommt. Das passt ja gut, denkt Oliver, und als er sich umdreht, sieht er so gerade noch, wie Dr. Lange beim Linksabbiegen auf den Parkplatz des New-Ku einem Golf-Fahrer die Vorfahrt nimmt. Der Mercedes schleudert auf die Gegenfahrbahn und kollidiert mit einem dieser großen Betonmischer, die man in Lippstadt so oft fahren sieht. Bremsen quietschen. Etwas knallt. Ein Wagen rutscht. Dann steht alles still.

Es fühlt sich an, als vergingen viele Minuten, in denen gar nichts geschieht. Der verblasste rote Golf 2, dem Dr. Lange die Vorfahrt nahm, steht quer auf der Fahrbahn. Unter dem Wagen läuft eine Flüssigkeit auf den Asphalt.

Es sieht nach Totalschaden aus. Der Mercedes CLS ist vorne mit dem Betonmischer verkeilt; nur gut, dass Dr. Lange nicht direkt unter den LKW geraten ist. Die Straße ist in beide Richtungen blockiert, die wenigen Autos stauen sich.

Oliver wählt den Notruf und gibt alle benötigen Informationen weiter. Anschließend läuft er zum Mercedes. Dr. Langes Kopf liegt auf dem Airbag. Es sieht so friedlich aus, dass Oliver für einen Moment fürchtet, dass Dr. Lange tot sein könnte. Doch nein, nun stöhnt dieser vor Schmerz. Leise zwar, aber immerhin. Er lebt. Im Fernsehen würde er jetzt Dr. Lange aus dem Fahrzeug ziehen und nur einen winzigen Augenblick später würde alles explodieren. Und in echt? Was tut man da? Wie lange ist bloß sein erster und zugleich letzter Erste-Hilfe-Kurs her? Zu lange. Sollte man nicht wegen der Wirbelsäule vorsichtig sein? Dr. Lange blutet an der Stirn. Ja, am Kopf wirkt das oft schlimmer, als es ist. Aber was ist mit den Verletzungen, die man nicht sieht? Die im Inneren? Was soll er nur machen?

»Scheiße!«, flucht Oliver und ist froh, als er ein Martinshorn kommen hört. Bevor er weiter überlegen kann, was er nun tun soll und was nicht, wird er von den Rettungskräften zur Seite geschoben. Mit geübten Griffen verfrachten sie Dr. Lange auf eine Trage und fahren zum Krankenhaus.

»Annika«, ruft Oliver aufgeregt ins Telefon, »stell dir vor, der Lange hat einen Unfall gehabt.« Als Oliver alles über den Unfall berichtet, fällt ihm auf, dass er gar nicht sagen kann, was mit dem Golf-Fahrer und dem Betonwagen-Fahrer passiert ist. Beinahe wie in Trance sei er mit dem Rad hinter dem Krankenwagen hergefahren, erinnert sich

Oliver. Nein, nicht weit, so schnell könne er ja nun auch nicht mit dem Rad fahren. Jetzt sei er zu Hause.

»Der ganze Abend kommt mir so unwirklich vor und jetzt schon so weit weg«, wundert sich Oliver.

»Schlaf drüber, es ist eh schon spät«, empfiehlt Annika. Was sollte sie auch sonst sagen?

LIPPSTADT, 4. JUNI 2012

Oliver liest die LTZ:

Landstraße gesperrt

23-Jähriger stirbt noch am Unfallort

Lippstadt. Ein schwerer Unfall hat sich am späten Freitagabend auf der Landstraße am New-Ku *ereignet. Dabei wurde ein 23-jähriger Paderborner tödlich verletzt. Er verstarb in seinem Wagen.*

Laut Polizeibericht fuhr der Paderborner stadteinwärts, als ihm ein 46-jähriger Lippstädter die Vorfahrt nahm. Nach eigenen Angaben wollte der Lippstädter als Linksabbieger auf den Parkplatz des New-Ku *fahren und übersah den Wagen des Paderborners. Dieser musste von der Feuerwehr aus seinem Wagen befreit werden.*

Der Unfallverursacher drehte sich mit seinem Auto mehrere Male und geriet auf die Gegenfahrbahn, wo er mit einem Betonwagen kollidierte. Der Lippstädter wurde in ein Krankenhaus eingeliefert. Nach Angaben der Polizei besteht keine Lebensgefahr. Der Lkw-Fahrer blieb unverletzt, erlitt aber einen Schock.

Die Rettungsarbeiten und ausgelaufenes Öl und Benzin sorgten dafür, dass die Straße mehrere Stunden gesperrt blieb.

PADERBORN, 8TER AUGUST 1804

VERÄRGERT STEIGT APOTHEKER CRAMER die Treppe aus der Beletage ins Erdgeschoss hinunter. Dort befinden sich Offizin, Laboratorium und Materialkammer.

Wenn Friedrich immer noch Versuche durchführt, dann … dann … gnade ihm Gott!, denkt Cramer verärgert.

Immer öfter bittet Sertürner darum, am Abend im Laboratorium noch einige von ihm selbst angestrengte Überlegungen prüfen zu dürfen, noch etwas mit Ammoniak zu versetzen oder einen Stoff in Alkohol zu lösen. Immer wieder kommt Sertürner Neues in den Sinn, was noch zu probieren sei. Der Säure im Opium gehört Sertürners ganze Aufmerksamkeit – immer verbissener betreibt er seine Opiumforschung.

Doch zu viel ist zu viel!, schimpft Cramer in Gedanken. Wenn der Junge jetzt nicht heimgeht, ist er morgen müde und arbeitet nicht so zuverlässig wie sonst.

Cramer kann Sertürner nicht einmal vorwerfen, dass am Abend der Faule fleißig werde, nein, Sertürner ist immer ein fleißiger, pflichtbewusster und pünktlicher junger Mann. Jetzt, wo sich Cramer dieser Eigenschaften seines Gesellen wieder einmal bewusst wird, muss er lächeln. Preußische Tugenden?

›Heilige Maria, Muttergottes‹, denkt Cramer. ›Das wird Friedrich nicht gefallen. Lebt er doch mit Mutter und Schwestern in Neuhaus, dort, wo auch unser Fürstbischof lebte. Friedrich ist ein gläubiger Mensch. – Ich werde ihn ein wenig mit seiner preußischen Art aufziehen, beschließt Cramer lächelnd, betritt das hell erleuchtete Laboratorium – und erschrickt. Friedrich Wilhelm Adam Sertürner liegt bewusstlos auf dem kalten Steinfußboden.

»Friedrich! Was machen Sie da?«, ruft Cramer überrascht.

–

»Friedrich! Hören Sie mich?«

–

»Friedrich! Sind Sie gestürzt? Um Himmels willen! Was ist nur mit Ihnen?«

–

Cramer klopft leicht mit der Hand an Sertürners Wange, doch dieser rührt sich nicht.

–

»Friedrich. So hören Sie mich doch!«, ruft Cramer in größer werdender Not. »Friedrich!«

Cramer dreht seinen Gesellen Sertürner auf die Seite. Sollte er erbrechen müssen, würde er nicht daran ersticken. Doch was ist das? Blut! Sertürner scheint gestürzt zu sein. Sein Haar am Hinterkopf ist blutverklebt. Eine kleine Lache hat sich auf dem Boden unter ihm gebildet.

»Friedrich!«, ruft Cramer und klopft erneut an Sertürners Wange. »Sie sind ja ganz rot im Gesicht! Was ist nur geschehen?«, fragt Cramer und weiß, dass Sertürner ihm nicht antworten wird.

Die Minuten verstreichen. Sollte Cramer einen Arzt rufen? Weitere Minuten verstreichen. Cramer klopft wieder auf Sertürners Wangen, doch dieses Mal viel fester.

»Ess…«, flüstert Sertürner undeutlich.

»Was? Ich habe Sie nicht verstanden!?«, fragt Cramer nach.

–

»Friedrich, kommen Sie zu sich! Was haben Sie gesagt?«

»Essig. Sieben Unzen«, ringt sich Sertürner schwach die Worte ab.

»Sie meinen den starken Essig? So, dass Sie erbrechen müssen?«, vergewissert sich Cramer.

Sertürner nickt und stöhnt sogleich vor Schmerz.

Cramer misst exakt sieben Unzen des starken Essigs ab und ahnt, was Sertürner getan hat. Er hat Opium genommen. Ein Selbstversuch. Jeder Apotheker – selbst ein kleiner Gehilfe – weiß um die großen Gefahren, die mit Opium einhergehen. Warum Sertürner sich über dieses Wissen, welches er zweifelsohne hat, hinweggesetzt hat, kann sich Cramer nicht erklären. Wie oft sprach er schon mit Sertürner über Pharmazeuten, die böse Versuche mit ihren Medikamenten nur knapp und manche gar nicht überlebt hatten. Hinzu kommt – gerade bei Opium – das Suchtproblem. Der Körper verlangt nach mehr, immer mehr, und der Mensch verändert sein Wesen. Er bleibt nicht er selbst. Ganz entsetzlich. Und jetzt Sertürner, dieser vielversprechende kluge Geist … Cramer tröpfelt den starken Essig tief in Sertürners Rachen. Er schluckt von ganz allein. Sertürner zeigt die *merklichen Symptome einer wirklichen Vergiftung*, denkt Cramer erschrocken. Was hat er sich nur dabei gedacht?

Und dann geht es los. Sertürners Körper bäumt sich auf, er würgt und erbricht sich auf den Fußboden des Laboratoriums. Er würgt und speit eine übel riechende Flüssigkeit aus. Es ist kaum etwas Festes dabei. Er hat nicht einmal zu Abend gegessen, schießt es Cramer durch den Kopf. Der Geruch des Erbrochenen ist beißend und brennt sogar in Cramers Augen. Sertürner hält sich den Bauch. Sein Magen scheint zu schmerzen. Er würgt und erbricht erneut. Und noch einmal. Und noch einmal. Kraftlos sinkt Sertürner zur Gänze auf den Boden und stöhnt vor Schmerz. Dann ist Stille. Sertürner rührt sich nicht. Nur das unkontrollierte Zucken der Extremitäten, besonders der Arme, und der beschleunigte Puls zeigen Cramer, dass Sertürner nicht verschieden ist. Er lebt! Und doch liegt er dann wieder wie tot auf dem harten und kalten Boden des Laboratoriums. Stunde um Stunde liegt Sertürner da. *Ermattung und starke an Ohnmacht gränzende Betäubung*[*], denkt Cramer, der auf einem Stuhle sitzend bei seinem Gesellen wacht. Im Groben hat er beseitigt, was Sertürner erbrochen hat und lässt immer wieder frische Nachtluft herein. Erst als der Morgen graut, rührt sich Sertürner. Wieder bäumt sich sein Körper auf, wieder muss er würgen und erbrechen. Und wieder. Erst kommt nur weißlicher Schleim, später bittere Galle. Doch der Brechreiz hört nicht auf.

»Hier, nehmen Sie kohlensaures Magnelia«[**], befiehlt Cramer, und Sertürner schluckt ohne Widerworte. »Sie haben Opium genommen, habe ich recht?«, erkundigt sich Cramer.

Sertürner nickt. »Ich habe die einschläfernde Wirkung des Opiums entdeckt. Principium somniferum«, flüstert er geschwächt und sinkt wieder in einen Schlaf.

---

* Beide voran stehenden kursiv gesetzten Zitate stammen aus: Sertürner: Aufsatz über Morphium. In: *Annalen der Physik*. 1817. S. 69.

** Vgl.: Sertürner: Aufsatz über Morphium. In: *Annalen der Physik*. 1817. S. 70.

PADERBORN, 9TER AUGUST 1804

»FRIEDRICH, SIE SIND ERWACHT«, freut sich Cramer. »Sie haben beinahe zwölf Stunden geschlafen. Bewegungslos haben Sie da gelegen. Meine Frau und ich haben Decken unter und über Sie gelegt, damit Sie sich nicht verkühlen. Wie geht es Ihnen?«

»Ich bin noch nicht ganz bei mir. So ein tiefer Schlaf ... Traum ...«, sagt Sertürner sichtlich geschwächt.

»Ja, Sie haben geruht, als hätten nicht die Musen Sie geküsst, sondern Morpheus, der Gott des Traumes, Sohn des Hypnos höchstselbst«, berichtet Cramer, dem der Zustand seines Gesellen nach wie vor große Sorge bereitet. »Was haben Sie nur gemacht, lieber Freund?«, fragt Cramer, denn auch seine Neugier will nun befriedigt werden.

»Mir ist es gelungen, das schlafmachende Prinzip des Opiums zu erkennen. Diesen Stoff habe ich *in ½ Drachme Alkohol aufgelöst, und mit einigen Unzen destillirtem Wasser verdünnt*«, beginnt Sertürner.

»Und was geschah dann?«, fragt Cramer gespannt.

»*Eine allgemeine Röthe, welche sogar in den Augen sichtbar war, überzog das Gesicht, vorzüglich die Wangen, und die Lebensthätigkeit schien im Allgemeinen gesteigert.* Als ich dann nochmals ½ Gran genommen habe, *erhöhte sich dieser Zustand merklich, wobei* [ich] *eine vorübergehende Neigung zum Erbrechen und ein*[en] *dumpfe*[n] *Schmerz im Kopfe mit Betäubung empfunden* habe«, erinnert sich Sertürner.

»Wie entsetzlich. Warum haben Sie das nur gemacht?«

»[W]*eil Versuche mit Thieren zu keinem richtigen Resultat führen*«, erklärt Sertürner die halbe Wahrheit und erwähnt mit keinem Wort Conasmanns entsetzliche Drohung. »Um es exakt zu wissen, habe ich noch mehr von dem in Alkohol und destilliertem Wasser gelösten Stoff zu mir genommen. Das hatte einen *sehr üblen Erfolg.* [...] *Er zeigte sich durch Schmerz in der Magengegend; Ermattung und starke an Ohnmacht gränzende Betäubung.* [...] [L]*iegend gerieth ich in einen traumartigen Zustand, und empfand in den Extremitäten, besonders in den Armen, ein geringes Zucken, das gleichsam die Pulsschläge begleitete**«, beschreibt Sertürner seinen Selbstversuch.

»Ich bin entsetzt. Sie sind doch sonst ein so ...«, beginnt Cramer einen Vorwurf, der durch erneutes Würgen und Erbrechen des Sertürners unterbrochen wird. Statt in seinen Vorhaltungen fortzufahren, reicht Cramer seinem Gesellen wortlos erneut kohlensaures Magnelia, dieses Mal eine größere Portion.

»Danke, Herr Cramer. Bitte verzeihen Sie, aber es ist mir jetzt nicht möglich, Ihnen weiter zu berichten. Mein Kopf und mein Leib schmerzen entsetzlich, und ich bin müde. So unendlich müde«, spricht Sertürner und sinkt wieder in einen tiefen Schlaf.

Morpheus, denkt Cramer lächelnd und ist froh, dass Sertürner keinen bleibenden Schaden genommen zu haben scheint. Dieser Kuss des Morpheus wird in die Pharmazie-Geschichte eingehen, dessen ist sich Cramer sicher und begibt sich in den Wohnbereich seines Hauses, denn er glaubt, nun nicht am Krankenlager des Sertürners wachen

---

* Alle voran stehenden kursiv gesetzten Zitate stammen aus: Sertürner: Aufsatz über Morphium. In: *Annalen der Physik*. 1817. S. 68/69.

zu müssen. QUI DORMIT, NON PECCAT – Wer schläft, sündigt nicht.

Doch in Sertürners Schlaf schleicht sich im Traume die Erinnerung an Conasmanns finstere Drohung. – Cramer ahnt von all dem nichts.

LIPPSTADT, 9. JUNI 2012

»Hallo, Frau Neff-Asseburg«, begrüßt Oliver die Apothekerin, die es sich im Hinterhof mit einem Salat, einem belegten Brötchen und einer Tasse Kaffee gemütlich gemacht hat. »Haben Sie schon wieder Notdienst?«

»Ja. Ich habe im Moment immer Pech mit meinem Dienst. Heute zum Beispiel ist das erste Deutschlandspiel bei der Europameisterschaft. Das hätte ich gerne zu Hause mit meinen Kindern und den Nachbarn gesehen. Aber die müssen jetzt ohne mich grillen …«, sagt Frau Neff-Asseburg genervt. »Seit Dr. Lange im Krankenhaus liegt, habe ich nicht mal mehr die Hoffnung, dass er auch mal einen Dienst übernimmt.«

»Das hat er doch eh nicht gemacht«, meint Oliver. »Komisch finde ich nur, dass Dr. Lange oft nachts hier war, wenn eben kein Notdienst war.«

»Ach?«

»Wussten Sie das nicht?«, fragt Oliver.

»Nicht wirklich. Aber ich habe es mir gedacht. Manchmal ist mir aufgefallen, dass morgens etwas anders war, als ich es am Abend zuvor zurückgelassen hatte.«

»Was denn?«, fragt Oliver neugierig.

»Ach, nur Kleinigkeiten. Mal war das Fenster hier zum Hof gekippt, obwohl ich hätte schwören können, es richtig zugemacht zu haben. Manchmal waren Ränder von Kaffeetassen oder Flaschen auf dem Rezepturtisch«, erinnert sich Frau Neff-Asseburg. »Das passiert mir nie. Ich bin da echt pingelig«, gesteht sie.

»Aber es fehlte nie etwas in der Apotheke?«, muss Oliver fragen. Seine Neugier lässt ihm keine Ruhe.

»Ich bin nicht sicher. Es ist ja so: Unser System bestellt automatisch beim Großhändler Ware. Die wird dann dreimal am Tag geliefert. Das haben Sie ja bestimmt auch schon gesehen«, beginnt Frau Neff-Asseburg.

»Ja, nur drei Mal? Mir kommt es vor, als wäre es öfter. *Noweda* zum Beispiel«, sagt Oliver, »und die mit diesem grünen Kastenwagen FARMA-CAR.«

»Genau, das sind zwei unserer Großhändler. Die Fahrer bringen dann die bestellten Medikamente, und die PKA kontrolliert den Lieferschein, hakt ab, heftet ab und und und,« erklärt Frau Neff-Asseburg.

»PKA?«, unterbricht Oliver.

»Pharmazeutisch-kaufmännische Angestellte. Das ist bei uns Frau Kleinschmidt«, erklärt Frau Neff-Asseburg weiter. »Es ist nicht auszuschließen, dass mal Waren fehlen, die zwar auf dem Lieferschein verzeichnet, aber nicht in den Kisten sind. Dann ruft Frau Kleinschmidt beim Großhändler an und sagt Bescheid. Bei der nächsten Lieferung ist die Ware dann dabei. Das passiert eigentlich ganz selten und dann ist es auch nicht schlimm. Nun, wenn es zu oft vorkommt, ist es schon komisch. Einmal war Dr. Lange hier, als Frau Kleinschmidt beim Großhändler anrief und sich aufregte, dass irgendwas auch bei der zweiten Lieferung nicht dabei gewesen wäre. Sie schimpfte und wurde immer lauter; das ist so typisch. Nach dem Telefonat sagte ich zu ihr, ich würde die Lieferscheine noch mal in Ruhe durchsehen und auf Auffälligkeiten prüfen. Da mischte sich plötzlich Dr. Lange ein, ich solle mich um den Verkauf kümmern, die Apotheke liefe schlecht – was nicht stimmt! – und ich solle mir irgendetwas überlegen, so ginge das nicht, es müsse mehr Umsatz her. Aber immer, wenn ich irgendetwas verändern will, und sei es nur an der Deko, dann hängt er sich mit rein und will alles kontrollieren. Ich sage ihm dann immer: Dr. Lange, lassen Sie mich das machen, ich weiß, wie man eine Apotheke führt. Er sagt, er lässt mir völlig freie Hand, um dann doch alles selbst zu machen. Ich mache hier nur noch Dienst nach Plan. Letzte Woche kam seine Freundin und sagte, sie solle hier einen Deko-Tisch fertigmachen mit allem, was man für die Reisezeit braucht. Also diese ganzen Sachen gegen Reiseübelkeit, Sonnenbrand, Mücken … Und wie sah der Tisch aus? Völlig überladen. Furchtbar. Einfach nur furchtbar. Ich wusste dann nicht, ob ich einfach ein paar Sachen wieder runternehmen sollte oder nicht. Und noch während ich überlegte, kam Dr. Lange und brüllte mich an, hier sehe es aus wie in einem Ein-Euro-Shop und das ginge doch so nicht …«, regt sich Frau Neff-Asseburg auf. »Früher, in der Apotheke, in der ich vorher war, habe ich Mitarbeiterschulungen und Weiterbildungen organisiert und noch viel mehr. Im Grunde habe ich die Apotheke ganz alleine geführt, hatte völlig freie Hand. Das war richtig gut. Und jetzt?«

»Dr. Lange scheint echt schwierig zu sein. Er …« Oliver wird durch den Tatort-Klingelton seines Handys unterbrochen.

»Sorry«, sagt Oliver einen Augenblick später. »Meine Freundin steht vor der Tür. Ich habe ihr Klingeln hier unten im Hof nicht gehört.«

Als sie zu dritt im Hinterhof sitzen, fasst Oliver für Annika kurz zusammen, dass Frau Neff-Asseburg sich über Dr. Lange so aufregt, er sei ein unmöglicher Chef und …

»Irgendetwas stimmt hier nicht«, bricht es aus Frau Neff-Asseburg hervor. Dann beginnt sie zu weinen. »Ich kann das so nicht mehr. Alles, was ich mache, ist falsch. Kümmere ich mich um die Apotheke und versuche mich einzubringen, sagt er, es sei alles seins, kümmere ich mich nicht und mache Dienst nach Plan, sagt er, ich müsse mich mehr um alles kümmern. Meine Kinder sind viel zu viel alleine; ich wäre so gerne zu Hause, wenn sie aus der Schule kommen … 'tschuldigung«, schluchzt Frau Neff-Asseburg. »Ich bin so eine Heulsuse.«

»Wisst ihr was, ich hole uns Cocktails vom diesem Stand auf dem Rathausplatz; da ist doch gleich Public Viewing. Ob Deutschland wohl das EM-Spiel gewinnt? Ich gebe jetzt einen aus, vielleicht bringt es Glück«, lacht Annika und geht.

»Manchmal glaube ich, hier in der Apotheke verschwinden Medikamente. Wenn ich dann Dr. Lange anspreche und sage, dass wir etwas unternehmen müssen, dann spielt er das alles runter und gibt mir das Gefühl, nicht mehr alle Tassen im Schrank zu haben. Was ist, wenn ich wirklich Gespenster sehe?«, weint Frau Neff-Asseburg. »Ich frage mich, wie viel ein Mensch aushält. Aber ich habe keine Wahl, ich brauche die Stelle hier! Reduzierte Stunden oder eine halbe Stelle gibt's hier nicht. 40 Stunden plus Notdienst oder gar nichts. Das ist so eine Scheiße!«

»Cocktails!«, ruft Annika. »Zwei Pina Colada und für Sie, Frau Neff-Asseburg, eine Virgin Colada. Alkoholfrei.«

»Danke!«, sagt Frau Neff-Asseburg und zieht die Nase hoch.

»Frau Neff-Asseburg, auf Sie«, schlägt Oliver vor.

»Ich finde, wir können uns duzen, oder?«, fragt Frau Neff-Asseburg. »Ich heiße Lena. Eigentlich Magdalena, aber mich nennen alle Lena.«

»Oliver.«

»Annika.«

»Auf dass das Gehirn von Dr. Lange bei dem Unfall wieder richtig gerückt wurde und er nicht mehr so ein komischer Typ ist«, spricht Oliver einen Toast aus. Die drei stoßen mit den großen Kunststoffbechern an.

»Was wäre die Welt ohne Galgenhumor?«, meint Annika.

»Lena«, beginnt Oliver und findet es sehr ungewohnt, die Apothekerin beim Vornamen zu nennen. »Annika und ich haben hier mal einen Abend Detektiv gespielt. Wir haben uns hinter den Mülltonnen versteckt und Dr. Lange dabei beobachtet, wie er Kapseln hergestellt hat. Anfangs wussten wir nicht, was er da macht, doch dann ergab es sich, dass ich mich für einen Moment ins Labor schleichen konnte. Da lagen dann diese blauen Kapselrohlinge in einem großen Beutel. Eine Maschine stand daneben, in die man diese leeren Kapseln stecken konnte. Wir haben uns dann später auf Youtube ein Video angesehen, das zeigt, wie solche Kapseln hergestellt werden. Und das war im Grunde genauso, wie der Lange es gemacht hat.«

»Wir haben hier keine blauen Kapseln. Hier gibt es nur weiße!«, wirft Lena ein.

»Wirklich. Knallblau waren die«, versichert Oliver.

»Gut, Leerkapseln kann man überall kaufen. Bestimmt auch im Internet ... Du meinst, Dr. Lange stellt hier nachts Kapseln her?«, vergewissert sich Lena.

»Ja, ganz sicher!«, bestätigt Annika.

»Das erklärt dann auch, warum unser Füllmaterial für diese Kapseln oft aufgebraucht ist. Obwohl wir hier so gut wie nie selbst Kapseln herstellen. Die Zeiten sind vorbei. Während meiner Ausbildung war das noch gang und gäbe, aber heutzutage macht das kaum jemand. Wenn ich dann – obwohl wir es nicht brauchen, aber vorrätig haben müssen – neues bestelle, steht es oft nur auf dem Lieferschein, befindet sich aber nicht in der Kiste.«

»Wozu braucht man denn Füllmaterial?«, fragt Oliver neugierig.

»Das geht so«, beginnt Lena eine Erklärung. »Du steckst die leeren Kapseln in die Maschine. Bei uns passen immer 60 Stück rein. Deckel drauf, verriegeln, dann nimmst du den Deckel wieder runter und die Oberteile der Kapseln bleiben darin hängen. Dann verstreichst du ganz exakt das Füllpulver in die Kapselunterteile. Anschließend schüttest du es wieder aus und misst, wie viel Gramm es sind. Alles wird ganz akribisch notiert. Auf dem Rezept steht, von welchem Wirkstoff wie viel in eine Kapsel soll. Die Menge rechnet man dann mal 60 und nimmt entsprechend Füllstoff weg. Der Wirkstoff wird dann mit dem verbleibenden Füllstoff vermischt, ganz gründlich, damit zum Schluss in jeder Kapsel gleich viel drin ist. Wenn Füll- und Wirkstoff zusammen in den Kapseln sind, kommt wieder der Deckel drauf, festdrücken, fertig. Wir füllen unsere Kapseln – wenn wir denn mal welche hergestellt haben – meist in Kruken und …«

»Kruken? Was ist das denn?«, hakt Annika nach.

»Das kennst du. Diese weißen Kunststoffdöschen mit dem roten Deckel«, sagt Lena.

»Sieh an. So langsam verstehe ich«, beginnt Oliver und berichtet Lena, dass er und Annika Dr. Lange an der Großen Marienkirche dabei beobachtet haben, wie er jemandem ein solches Döschen gegeben hat. Lena wundert sich und versichert, dass ein solches Verhalten mit seriösen Apothekengeschäften nichts zu tun haben kann.

»Es könnte also sein, dass Dr. Lange hier nachts Kapseln befüllt, um diese dann zu verkaufen«, fasst Annika zusammen.

»Und weil er die Kapseln nicht hier in der Apotheke verkauft, wird es nicht legal sein«, ergänzt Oliver.

»Wenn jemand mit einem Rezept kommt und wir hier Kapseln herstellen, dann weiß ich das. Ich bin ja so gut wie immer hier«, erklärt Lena. »Und blaue Kapseln haben wir hier nicht. Die scheint er dann mitzubringen.«

»Ja. Das ist alles ganz gut und schön. Aber die große Frage ist doch, was ist außer dem Füllstoff noch in diesen geheimnisvollen blauen Kapseln drin? Annika, erinnerst du dich? Als ich im Labor war, lag da dieses alte Papier, auf dem ›Victoria Borussia‹ stand. Sagt dir das was?«, fragt Oliver und sieht Lena an.

»Nein, gar nichts. Ich kenne nur Borussia Dortmund«, sagt Lena und lacht über ihren schlechten Witz.

Es klingelt in der Apotheke und Lena geht zur Notdienstklappe. Annika und Oliver rufen ihr hinterher, dass sie nun auf den Rathausplatz zum Public Viewing gehen. Deutschland gegen Portugal. Das Spiel beginnt in wenigen Minuten.

PADERBORN, 19TER NOVEMBER 1804

CONRAD JOHANN CONASMANN reißt die Türe der *Cramerschen Hofapotheke* auf und stürmt in die Offizin.

»Wo ist er?«, fragt Conasmann den sichtlich überraschten Cramer. »Wo ist Sertürner?«

»Hinten, im Laboratorium«, stammelt Cramer zögerlich.

Conasmann stößt Cramers Kunden, den ehrenwerten Direktor des Theodorianums am Kamp zu Paderborn zur Seite. Erst durch die Übernahme durch den preußischen Staat ist aus der Schule im Jahre 1802 ein neu-humanistisches Gymnasium geworden.

»Eine Unverschämtheit. Ich bin beinahe gestürzt!«, empört sich der Direktor Professor Schröder.*

»Ich bitte um Entschuldigung, mein Herr. Leider kann ich nicht erklären, was hier los ist. Wenn Sie gestatten, laufe ich schnell ins Laboratorium und sehe nach«, bittet Cramer höflichst, aber auch dringlich.

»Aber lassen Sie mich nicht zu lange warten. Meine Schüler wollen unterrichtet werden!«, zeigt sich der Direktor mustergültig. »Lateinische Verben wollen konjugiert werden, der Ablativ will gelehrt werden …« All das hört Cramer schon nicht mehr, denn er hat den Verkaufsraum längst verlassen.

»Sertürner, da sind Sie ja. Sie hatten nun wahrlich ausreichend Zeit, Ihre Opiumforschung weiter voranzutrei-

* Auskunft Stadtarchiv Paderborn.

ben«, sagt Conasmann, als er zur größten Überraschung Sertürners ins Cramersche Laboratorium stürmt. »Zeigen Sie mir Ihre Aufzeichnungen«, befiehlt Conasmann.

»Aber …«

»Kommen Sie mir nicht schon wieder mit Ihrem ›aber‹. Ich will Ergebnisse sehen. Es geht um Preußens Sieg! Geben Sie mir Ihre Papiere«, fordert Conasmann. »Sie wissen doch, was sonst geschieht«, droht der Lippstädter, ohne zu sehen, dass Cramer in der offenen Türe steht und hört, was Conasmann sagt. Sertürner zieht fragend die Augenbrauen hoch, um Cramer zu verstehen zu geben, dass er nicht weiß, was dieser Mann will.

»Herr Sertürner, ist alles in Ordnung? Benötigen Sie meine Hilfe?«, bietet Cramer seine Unterstützung an, denn irgendetwas stimmt hier nicht; er spürt es genau.

»Nein, nein, Herr Cramer. Gehen Sie ruhig wieder nach vorne in die Offizin. Es ist doch sicherlich Kundschaft dort?«, beschwichtigt Sertürner, der nicht möchte, dass Cramer auch nur ahnt, was hier soeben geschieht. Cramer soll nicht mit in diese furchtbare und wahrscheinlich auch gefährliche Angelegenheit hineingezogen werden, und darüber hinaus ist es Sertürner hoch peinlich, durch sein unbedachtes Erzählen in Verne auf sich aufmerksam gemacht zu haben. Er konnte zwar nicht ahnen, dass …

»Sehr gut, Sie haben ihn weggeschickt. Also. Berichten Sie!«, fordert Conasmann erneut und Sertürner berichtet – bewusst sehr oberflächlich – von seinem Selbstversuch, und wie schlecht es ihm anschließend gegangen sei … noch Tage später …

»Wunderbar. Ich sehe, Sie haben mich verstanden und nehmen die Forschung ernst! Im Gegenzug habe ich Ihnen ein Manual meines Rezeptes mitgebracht. Werfen Sie bitte mal einen Blick darauf«, bittet Conasmann und gibt sich kleinlaut, als er Sertürner ein Blatt Papier reicht, auf dem er die Zutaten für das leistungsstärkende und die menschliche Selbstheilung fördernde Medikament aufgeschrieben hat. »Ihre Meinung ist mir wichtig. Sie haben eine vorzügliche Kenntnis!«

Sertürner liest laut vor: Victoria Borussia
Composita

Salvia officinalis L. - Panacee
Hypericum perforatum L.
Oleum Camphorat
Theriaca Andromachi

»Sehen Sie, hier bei Theriaca Andromachi kommt Ihr Opium ins Spiel. Schon der Leibarzt von Kaiser Nero mischte in diese vielen Bestandteile – 64 waren es, um genau zu sein – auch Opium zwischen die anderen Vegetabilien und die Drogen aus dem Tierreich. Ich sage Ihnen nichts Neues, wenn ich erwähne, dass heute die Rezeptur auf über 200 Ingredienzien angewachsen ist«*, spricht Conasmann begeistert von Theriak, der sogenannten Königin der Arzneimittel. »Wenn ich mir Ihre Erfahrungen mit Opium zu eigen mache, werde ich die Wirksamkeit des Theriaca Andromachi und somit auch der gesamten Rezeptur unermesslich erhöhen«, schwärmt Conasmann.

Sertürner liest weiter:

Guaiacum officinale L.
Guaiacum sanctum L.
Arcanum Mercurius Vitae
Unicornu verum
Axungia hominis

Die letzte Zutat Axungia hominis – Menschenfett – erin-

---

* Vgl.: *Das Deutsche Apotheken-Museum.* ²2008, S. 115.

nert Sertürner an die zweifelhafte Kunst des Herbarius Augustinus, der von Markt zu Markte zieht. *Als besonders wirksam wurde dabei jenes Fett eingestuft, das von Menschen stammte, die gewaltsam – beispielsweise auf der Richtstätte ums Leben gekommen waren* [,...] *daher auch der Name Arme-Sünder-Fett* [...]*, erinnert sich Sertürner, gelesen zu haben. Es ist ja nicht ausgeschlossen, denkt er, dass sich dieser Pfuscher Augustinus und der Conasmann kennen. Lippstadt hat schließlich auch Märkte, sodass sie sich möglicherweise begegnet sind. Gleich und Gleich gesellt sich gern!

»Quater in die«, liest Sertürner die Anweisung zur Anwendung. Viermal am Tag.

»Herr Sertürner, mir ist da ein kleiner Fehler unterlaufen. Es fehlen zwei Zutaten. Ein Teil Mumia muss noch untergemischt werden. Ich notiere es eben«, beschließt Conasmann, wird jedoch von Sertürners herzlichem Lachen aufgehalten. Conasmann blickt Sertürner fragend an.

»Mumia? Sie meinen diese *Mischung bestimmter aromatischer Substanzen mit organischen, vom Menschen gewonnenen Materialien* [...]** ?«, vergewissert sich Sertürner, der nicht glauben kann, was er soeben gehört hat.

»Ganz recht«, bestätigt Conasmann. »Das verleiht Kraft und Tugend! Man muss nur aufpassen, wessen Leibesflüssigkeiten verarbeitet wurden. Von einem alten und kranken Menschen sollten sie nicht stammen; viel besser ist es, von einem gesunden und jung verstorbenen Menschen Mumia herzustellen.«***

---

* *Deutsches Apotheken-Museum*, ²2008, S. 121.
** *Deutsches Apotheken-Museum*, ²2008, S. 121.
*** Vgl.: *Deutsches Apotheken-Museum*, ²2008, S. 121.

»Sie meinen das nicht ernst!«, lacht Sertürner schallend.

»Doch. Absolut. Herr Sertürner, ich dulde nicht, dass Sie so über mich lachen. Ich dachte, Sie sind ein kluger Mann, der erkennen kann, dass jahrtausendealte Rezepturen nicht nur wegen ihres Alters nicht richtig sein können. Nur weil die Entwicklung der Pharmazie sich in der heutigen Zeit in eine andere Richtung bewegt, heißt das doch nicht, dass die alten Ägypter mit ihren Einbalsamierungstechniken falsch lagen!«, verteidigt sich Conasmann und wird sichtlich ärgerlich.

»Aber Sie werden wissen, dass sich bereits im Verlauf des 18. Jahrhunderts der Verbrauch an Mumia sehr stark verringert hat. Viele sprechen von Kannibalismus, und diese Gegner haben recht! Wir werden es noch erleben, dass Mumia aus den Arzneibüchern zur Gänze verschwindet.* Ich hoffe, es wird sehr bald geschehen«, wünscht sich Sertürner, damit er sich mit so einem Unsinn nicht mehr auseinandersetzen muss. Die Zeiten haben sich doch nun wirklich geändert!

»Das habe ich nicht nötig, mich hier derart von Ihnen auslachen zu lassen. Sie werden sehen, mein Compositum wird Preußens Soldaten zu Siegen verhelfen. Und sollten sie auf dem Schlachtfelde doch vor Schmerz elendig verrecken, dann tragen Sie, mein lieber Sertürner, ganz allein die Verantwortung. Denn Sie haben Ihr Wissen nicht denen zuteilwerden lassen, die es am nötigsten haben: den tapferen Soldaten! Wie sieht es denn aus mit Ihrer christlichen Nächstenliebe? Hier in Paderborn ist doch jeder Hans und Franz katholisch!«

»Aber …«, unternimmt Sertürner einen Versuch verbaler Verteidigung.

---

* Vgl.: *Deutsches Apotheken-Museum*, [2]2008, S. 121.

»Ich kann Ihre ewigen ›aber‹ nicht mehr hören. Sie langweilen mich. Ich komme wieder, das versichere ich Ihnen, und wenn Sie mir dann nicht für unsere preußischen Soldaten ein brauchbares und zur Gänze wirksames Ergebnis Ihrer Forschung vorlegen können, dann – und das verspreche ich beim Wohlergehen der liebreizenden Königin Luise von Preußen – dann werde ich aus Ihnen höchstselbst Axungia hominis und Mumia herstellen.«

»Aber«, stammelt Sertürner zu Tode erschrocken.

»Glauben Sie mir, ich werde zur Höchstform auflaufen, wenn ich Sie zerlege!«, lacht Conasmann wahnsinnig und scheint sich beinahe mehr auf die Verarbeitung des Sertürners zu freuen, als dass er hofft, doch noch die Rezeptur eines starken und gut zu dosierenden Schmerzmittels für seine (Preußens!) Soldaten zu bekommen. »Ich muss jetzt zügig zurück nach Lippstadt, dort ist heute Markt, und ich habe mit Herbarius Augustinus – Sie kennen ihn bestimmt – noch einiges zu besprechen«, beendet Conasmann den äußerst unerfreulichen Besuch im Cramerschen Laboratorium.

Noch Stunden später sitzt Sertürner voller Angst im Laboratorium und weiß sich nicht zu helfen. Eine schier hoffnungslose Lage. Zum einen ist er mit seiner Forschung noch nicht so weit, dass er verbindlich sagen könnte, wie der Reinstoff, das schlafmachende Prinzip, zu verarbeiten ist ... Und selbst wenn, sollte er sich von so einem Mann wie Conasmann seinen im glücklichen Falle zweifelsohne ihm höchstselbst gebührenden Ruhm abtreten, sodass sich Conasmann mit fremden Federn schmücken könnte? Nein, wahrlich nicht. Selbstverständlich wäre Sertürner der Letzte, der den preußischen Soldaten ein gutes

Medikament vorenthalten würde. Aber er täte er nur, weil Menschen eben Menschen sind, und nicht, weil diese Menschen preußische Soldaten sind.

LIPPSTADT, 28. JUNI 2012

Es ist kurz vor Mitternacht, als der Fahrer des Großhändlers in der Kirchgasse vor der Apotheke hält. Eine Kundin verabschiedet sich gerade und geht Richtung Poststraße.

»Soll ich Ihnen die Sachen reintragen?«, bietet der Fahrer Frau Neff-Asseburg an, die schon wieder den nächtlichen Notdienst machen muss.

»Ja gerne. Sie sind spät dran. Wie kommt's?«, erkundigt sie sich.

»Bitte verraten Sie mich nicht. Ich habe erst noch bei einem Freund das EM-Spiel Deutschland – Italien gesehen. Jetzt wünschte ich, ich hätte mir das Elend erspart. Schrecklich! Eins zu zwei verloren. EM-Aus«, sagt der Fahrer betrübt und trägt nacheinander fünf blaue Kisten in die Apotheke. Wenn kein Notdienst gewesen wäre, hätte er die Kisten einfach in die große Schleuse gepackt, die zwischen Treppenhaus und Apotheke in der Wand eingelassen ist. Für eine Seite hat der Fahrer einen Schlüssel, sodass die Medikamente sicher gelagert werden, bis die Apotheke wieder öffnet.

»Gut, dass Sie hier sind, denn ich weiß nicht, ob die Kühlakkus noch ausreichend kalt sind. Packen Sie die Sachen am besten gleich in den Kühlschrank. Sicher ist sicher«, sagt er, als er die letzte Kiste abstellt.

»Okay. Mache ich. Gute Fahrt und einen schönen Abend«, wünscht Frau Neff-Asseburg dem Fahrer.

»Ihnen auch. Und bitte verraten Sie mich nicht«, fleht er, steigt in den Lieferwagen und lässt den Motor an.

Frau Neff-Asseburg schließt die Haustür und will zurück in die Apotheke gehen, als sie plötzlich von hinten jemand packt und sie gezielt ins Labor der Apotheke schiebt.

»Was wollen Sie?«, schreit Frau Neff-Asseburg und hat große Angst.

»Wo sind die Kapseln?«, fragt eine junge männliche Stimme.

»Welche Kapseln?«

»Die blauen! Sie wissen schon!«, antwortet der junge Mann ungeduldig.

»Wir haben nur weiße!«, verteidigt sich Frau Neff-Asseburg und weiß zugleich, dass es sich nur um die blauen Kapseln des Dr. Lange handeln kann.

»Verarschen Sie mich nicht«, schimpft der Mann. »Ich brauche die Dinger jetzt sofort. Der Lange lässt sich nirgends blicken.«

Frau Neff-Asseburg schüttelt den Kopf.

»Er macht sie immer hier. Das weiß ich. Ich war einmal dabei, als er sie hier im Labor hergestellt hat. Also, wo werden sie gelagert?«

»Ich weiß es wirklich nicht«, versichert Frau Neff-Asseburg.

Wütend fasst der junge Mann ihr ins Haar und schlägt ihren Kopf an die Sicherheitstür zum Labor. Die harte Kante sorgt dafür, dass Frau Neff-Asseburg blutend auf den Boden stürzt und regungslos liegen bleibt.

Der Mann reißt nach und nach jede Schranktür des Labors auf und wirft wütend mehrere gläserne Destillierapparaturen und diverse Schalen auf den Boden. Die Scherben verteilen sich auf dem Steinfußboden bis in jede Ecke. Reagenziensätze, Trichter, Mörser und Reibschalen, alles fällt auf den Boden und verteilt sich um die immer noch bewusstlos dort liegende Frau Neff-Asseburg. Zu guter Letzt öffnet der junge Mann einen Sicherheitsschrank voller Braunglasflaschen, fatalerweise steckt der Schlüssel im Schloss. Orangefarbene Gefahrenpiktogramme warnen vor den Inhalten: leicht oder hoch entzündlich, ätzend, reizend, giftig und sehr giftig. Die Dosis macht das Gift, denkt der junge Mann. Das lernt jeder im Chemieunterricht. Wie im Wahn nimmt er eine dieser Flaschen und wirft sie Frau Neff-Asseburg auf den Bauch. Der Behälter bleibt heil dort liegen. Mit der flachen Hand hebt er die Regalböden an, sodass alle Braunglasflaschen nach vorne kippen und auf den Steinfußboden fallen und zerspringen. Beim vierten Regalbrett merkt der junge Mann, dass er nicht mehr richtig atmen kann und dass ihm die Augen brennen. Ärgerlich, weil er nicht gefunden hat, was er sucht, läuft er in den Verkaufsraum und nimmt sich eine Tüte, die unter dem Abgabetisch liegt. Sämtliche Hustenstiller, die in der blauen Kunststoffkiste soeben gebracht wurden, packt er hektisch in die Tüte. Auch die drei Packungen Lexotanil nimmt er aus der Kiste mit; die kann er bestimmt an Max verkaufen. Der steht auf diese Tabletten und spült sie immer mit Alkohol runter. Aus den Schubladen nimmt er die Medikamentenpackungen mit, von denen er glaubt oder weiß, dass er damit etwas anfangen kann.

Oliver ist von dem Lärm in der Apotheke aufgewacht. Ob Dr. Lange wieder sein Unwesen treibt?, überlegt er. Aber nein, Dr. Lange liegt – soweit er weiß – mit einem Halswirbelsäulentrauma immer noch im Krankenhaus. Vielleicht hat er noch mehr Verletzungen bei seinem Autounfall erlitten? Vor ein paar Tagen hatte Oliver Lena nach ihm gefragt, aber sie wusste auch nicht mehr. Es gehöre sich ja nicht, hatte Lena gesagt, aber sie genieße jeden Tag, den Dr. Lange im Krankenhaus verbringe, weil sie endlich die Apotheke allein führen könne. Sie hätte die Gunst der Stunde genutzt, um nicht nur das Schaufenster umzugestalten, sondern auch den Dienstplan. Bei einer Pharmazeutisch-Technischen-Assistentin, kurz: PTA, sei sie sich nicht sicher, ob diese nicht bei nächster Gelegenheit Dr. Lange alles berichten werde. »Ich glaube, die PTA ist eine Petze«, lachte Lena bitter.

Obwohl unten in der Apotheke alles schon wieder ruhig ist, treibt Oliver nun doch die Neugier aus dem Bett. Wer weiß, wer jetzt die Kapseln macht? Vielleicht diese PTA? Ich weiß gar nicht, wie sie heißt, fällt Oliver auf. Auf dem Weg nach unten in den Hinterhof überlegt er, ob er zwischen dem Lärm und seinem Aufstehen vielleicht noch einmal eingeschlafen ist. Er kann sich nicht an eine Uhrzeit erinnern. Jetzt ist halb vier in der Früh.

Ein Blick durch das Fenster macht Oliver klar, dass etwas Schlimmes passiert ist. Alles liegt am Boden, Scherben, klare und braune, und Lena. Sie liegt in einer Pfütze auf dem Boden im Labor und rührt sich nicht.

»Lena!«, ruft Oliver.

–

»Lena!!!«

–

»LEEENAAA!!!«, schreit Oliver verzweifelt. Die Tür zum Hof ist von innen verschlossen, er rüttelt an der Klinke; er klopft an die Scheiben. Nichts. Lena Neff-Asseburg liegt bewusstlos auf dem Boden. Oder ist sie tot?, fürchtet Oliver erschrocken.

Oliver wählt 112 und berichtet, dass die Apothekerin im Labor auf dem Boden liegt. Alles sei kaputt, auch die Flaschen.

»Was befand sich in den Flaschen?«, fragt jemand von der Rettungsleitstelle.

»Weiß ich nicht. Es ist das Labor einer Apotheke. Kirchgasse 2 in Lippstadt. Mein Name ist Oliver Thielsen.«

Was dann kommt, ist wie ein Endzeit-Streifen aus Hollywood. Von der Poststraße und der Rathausstraße kommen die Einsatzwagen. Martinshorn weckt alle Anwohner. Das Blaulicht mischt sich mit dem ersten Tageslicht. Männer in Chemikalien-Schutzanzügen, kurz CSA, betreten die Apotheke. Andere in normaler Uniform sperren die umliegenden Straßen: Post-, Rathaus- und Lange Straße. Auch der Marktplatz und der Rathausplatz sind gesperrt. Ein Zeitungsbote steht hilflos an der Cappelstraße und weiß an diesem Morgen nicht, wie er seine Arbeit erledigen soll. Oliver wird im Schlafanzug zu einem Krankenwagen gebracht. Warum?, überlegt er, wehrt sich aber nicht. Das hier ist alles so surreal, wie *Ein andalusischer Hund*. Es scheinen immer mehr Menschen in diesen Anzügen hier herumzulaufen. In Fukushima und auf dem Mars bräuchte man auch nicht mehr Schutzkleidung, um dort zu sein. Ich träume das nur, versucht sich Oliver einzureden. Anders kann es nicht sein. Und doch, es ist anders! Es ist wahr.

Lena Neff-Asseburg wird mit schwersten Verätzungen an Haut und Atemwegen ins Krankenhaus gebracht. Die Männer in Schutzanzügen gehen zügig in die Apotheke hinein und hinaus. Mal tragen sie etwas, mal nicht.

»Herr Thielsen!«, beginnt der Einsatzleiter. »Sie haben uns angerufen. Können Sie Angaben machen, was dort geschehen ist? Meine Männer haben die Chemikalien, soweit das jetzt möglich ist, im Griff. Kalium-Cyanid ist auch dabei, besser bekannt als Zyankali. Arsen …«

»… und Spitzenhäubchen. Cary Grant, 1941«, sagt Oliver und ärgert sich sofort über sich selbst. Lena ist schwer verletzt, da macht man keine Witze! Und erst recht nicht so blöde!

»Jaja. Und noch ganz viel anderes. Was Apotheken alles so haben müssen! Also: Was ist geschehen?«

»Ich kann Ihnen nicht viel sagen. Ich bin vom Lärm aufgewacht und habe überlegt, ob ich runtergehe, um nachzusehen, oder nicht. Vielleicht bin ich dann auch noch mal eingeschlafen, keine Ahnung. Um halb vier bin ich dann doch aufgestanden und habe angerufen, nachdem ich gesehen habe, wie es im Labor aussieht«, fasst Oliver zusammen. »Ist das alles so giftig, dass Ihre Männer diese Anzüge tragen müssen?«

»Das Schlimmste an solchen Einsätzen ist immer, dass wir nie wissen, womit wir es zu tun haben. Welche Gifte und Substanzen sind vor Ort? Welche sind ausgelaufen, was hat sich womit vermischt und in welcher Menge? Manche Substanzen reagieren mit dem Sauerstoff-Luft-Gemisch, andere nicht. Solche Einsätze sind von ganz harmlos bis hochgradig gefährlich. Vor ein paar Jahren hatten wir das mal hier in Lippstadt in der *Real-Apotheke.** Da sind wir auch rein mit unseren Chemikalien-Schutzanzügen, und zum Schluss war alles ganz harmlos. Zum Glück. Aber anfangs weiß man das eben nicht«, erklärt der Einsatzleiter. »Deshalb ist Vorsicht geboten.«

* Vgl.: Chemieunfall legt Betrieb im real-Markt lahm. Chemikalien in Apotheke ausgelaufen. Feuerwehr musste gestern Morgen gesamtes Warenhaus evakuieren. Entwarnung erst nach drei Stunden. In: *Der Patriot*, 23. August 2005.

»Was ist mit der Apothekerin?«, fragt Oliver. »Frau Neff-Asseburg? Wie geht es ihr?«

»Tja, das scheint wirklich übel zu sein. Der Notarzt sagte, es sei viel Haut verätzt. Wir wissen ja auch nicht, wie lange sie in diesem Gift-Gemisch gelegen und diese entsetzlichen Dämpfe eingeatmet hat. Vielleicht kommt sie in eine Spezial-Klinik. – Sie entschuldigen mich? Ich muss noch ein bisschen was tun«, sagt der Einsatzleiter lachend, denn er hätte kaum mehr untertreiben können.

Die Chemie-Spezialisten bleiben noch bis zum späten Vormittag im Labor der Apotheke, bis alles wieder sicher ist. Auch die Spurensicherung der Polizei ist vor Ort. Einbruchspuren an Türen und Fenstern sind keine zu finden, wohl aber Blut und ein oder zwei Haare an der Sicherheitstür zum Labor.

»Vermutlich von der Apothekerin«, sagt der Kriminaltechniker.

Frau Weber, die PTA, wird von der Polizei draußen in der Kirchgasse befragt. Man wollte wegen der Dämpfe und der diversen Aufräum- und Spurensicherungsarbeiten nicht in die Apotheke gehen. Oliver steht oben in seiner Wohnung am offenen Fenster und hört interessiert und überaus neugierig zu, was Frau Weber unten in der Kirchgasse zu sagen hat.

»Es fehlen die Hustenstiller. Laut Lieferschein waren acht Flaschen in der Kunststoffkiste«, weiß Frau Weber. »Und drei Packungen Lexotanil fehlen. Je 50 Tabletten im Glas. Lexotanil wird zur Behandlung von akuten Angstzuständen, als Beruhigungs- oder Schlafmittel verwendet. Es ist ein Tranquilizer aus der Gruppe der Benzodiazepine, müssen Sie wissen!«

»Aha …?«, sagt der Polizist.

»Ich vermute, es war ein Junkie«, fährt Frau Weber fort.

»Wie kommen Sie darauf?«

»In Hustenstiller ist Codein, das leitet sich vom griechischen Kodeia gleich Mohnkapsel ab. Codein wird im Körper u.a. zu Morphin umgewandelt. Morphium sagt der Laie gerne. Es ist ein Opiat. Wenn Junkies – aus welchem Grund auch immer – nicht an Heroin herankommen, nehmen sie Hustenstiller, viel Hustenstiller. Das ist besser als gar nichts. Sie wissen bestimmt, dass Junkies zu allem fähig sind«, spielt sich die PTA auf. »Wenn man Codein nasal oder parenteral, also durch die Vene spritzt, führt das zu starken Nebenwirkungen.«

»Hustensaft in die Vene?«, hakt der Polizist erschrocken nach.

»Nein, Codein ist ja nicht nur in Hustenstillern enthalten«, belehrt Frau Weber. »Es gibt auch Tabletten, Zäpfchen, … Ganz gefährlich ist die Kombination mit Alkohol. Die Junkies können ersticken. Andere Menschen natürlich genauso, wenn sie Missbrauch betreiben«, zeigt sich die PTA überkorrekt. »In Deutschland ist Codein im BtM-Gesetz als verkehrsfähiges und verschreibungspflichtiges Arzneimittel eingestuft. Früher wurde Codein als Substitutionsmittel bei Heroin-Abhängigen eingesetzt. Also als Ersatzdroge. Heute tendiert man eher zu Methadon.«

Frau Weber referiert noch lange über Kurzzeit- und Langzeit-Nebenwirkungen und Wechselwirkung mit allem und jedem. Sie ist voll in ihrem Element. Endlich ist sie wichtig, denn es ist weit und breit kein Apotheker in Sicht. Dr. Lange und Frau Neff-Asseburg, beide im Krankenhaus.

»Annika! Stell dir vor, was hier passiert ist«, beginnt Oliver am Telefon und erzählt alles. »Jetzt gerade hatte ich noch die Gelegenheit, mitzuhören, was die PTA der Polizei erzählt. Sie sagte, Hustenstiller sei gestohlen worden, und darin enthalten sei Codein, aus dem der Körper Morphium macht. An wen denken wir dann sofort?«

»Sertürner«, antwortet Annika, ohne auch nur eine Sekunde überlegen zu müssen.

»Und über wen hat Dr. Lange promoviert?«, fragt Oliver gezielt weiter.

»Sertürner«, antwortet Annika.

»Und? Was sagt uns das jetzt?«, fragt Oliver erwartungsfroh, denn ihm ist klar, dass auch Annika eins und eins zusammenzählen können wird.

»Dr. Lange hat quasi bei Sertürner etwas über Morphium gelernt, was er jetzt irgendwie nutzt. Er verkauft Morphium«, ruft Annika freudig. »In den ominösen blauen Kapseln ist Morphium. Vielleicht noch andere Substanzen, aber eben auch Morphium. Und weil Dr. Lange im Krankenhaus liegt, brauchte dieser Mensch Nachschub. Hustenstiller! Der Typ war auf Entzug.«

»Gut kombiniert, Dr. Watson!«, lobt Oliver.

»Ja, Sherlock. Was täte die Welt ohne uns?«, lacht Annika. »Bleibt die Frage, woher der Junkie in den drei Wochen – etwas mehr sogar – seinen Stoff bezogen hat, seit Dr. Lange im Krankenhaus ist.«

»Wir werden das Rätsel lösen!«, verkündet Oliver und ist zuversichtlich, dass das gelingt.

»Sollen wir wetten?«, schlägt Annika halbherzig vor.

»Ja, ich wette, dass ich früher oder später werde erklären können, dass Dr. Lange vermutlich während seiner Promotion etwas von oder über Sertürner bzw. über Morphium gelernt hat und das nun irgendwie anwendet. Vermutlich auch zu Geld macht, wenn du an seinen dicken

Boliden denkst. Vermutlich hat das auch etwas mit den blauen Kapseln zu tun. Ich werde das alles erklären können, sonst …«

»Sonst was?«, hakt Annika nach und ist gespannt, was er ihr anbietet. Ein romantisches Candle-Light-Dinner wäre super, oder …

»Sonst werde ich Vorleser in einer kubanischen Zigarrenfabrik«, behauptet Oliver.

»Das gibt es nicht!«, behauptet Annika.

»Doch! Kannst du bei Youtube sehen! Es gibt Leute, die den Zigarrenrollern immerzu vorlesen, damit die nicht vor Langeweile umkommen.«

»Du bist so ein Spinner!«, sagt Annika, lacht und legt auf.

LIPPSTADT, 27TER NOVEMBER 1804

Seit Tagen macht Conasmann aus seiner Übellaunigkeit keinen Hehl. Bei jeder sich bietenden Gelegenheit und zuweilen auch ohne Grund flucht er und beschimpft nicht nur den jungen Arnold, sondern auch Jordan. Dieser wiederum ärgert sich immerzu über sich selbst, dass er es sich nicht gestatten kann, Conasmann fortzuschicken oder ihm zumindest die Stirn zu bieten bei diesen wüsten und geringschätzigen Beschimpfungen. Seine Wut auf sich selbst und seine ausweglose Lage lässt Jordan an seiner Gemahlin und anderen Menschen aus, die zufällig seinen Weg kreuzen. Er unterscheidet da auch nicht, alle bekommen etwas ab: Ratsmitglieder so wie die beiden Bürgermeister, die Amtmänner oder der einfache kleine Mann von der Straße. Die Kunden, die unmittelbar nach einer Auseinandersetzung zwischen Conasmann und Jordan die Offizin der *Adler-Apotheke* betreten, trifft es am härtesten. Unfreundlichkeit ist noch das Wohlwollendste, was den beiden nachgesagt werden könnte. Heute nun trifft es Hanna Dorothea Finck, die in ihrer großen Not wieder die billige und einfache Hilfe der Apotheker sucht, statt mit ihrem Sohn zum Arzt zu gehen.

»Guten Tag, kann ich helfen?«, fragt Jordan barsch. Er hatte sich soeben wieder anhören müssen, wie Conasmann von Preußen und *seiner* Königin Luise gesprochen hat.

»Guten Tag, Herr Jordan. Ich, also … ich weiß nicht, wie …«, stammelt Hanna Dorothea Finck sehr leise. Sie ist verlegen und schämt sich.

»Verstehe. Sie haben wieder kein Geld«, fällt Jordan ihr laut ins Wort.

»Ja, ich wollte Sie bitten, mir …«, beginnt Hanna Dorothea Finck vorsichtig.

»Nein, Sie wissen, dass wir Apotheker nicht kurativ tätig sein dürfen. Und zu verschenken habe ich auch nichts. Die Zeiten sind hart, nicht nur für Sie. Auch ich muss mich um mein Auskommen sorgen. Sie wissen, die drei Apotheken in Lippstadt. Das ist nicht einfach«, ereifert sich Jordan.

»Aber mein Kind!«, fleht Hanna Dorothea Finck.

»Gehen Sie zu Dr. Mühlenfeld. Der sagt, was zu tun ist«, antwortet Jordan knapp.

»Aber ich habe kein Geld …«, beginnt Hanna Dorothea Finck eine Erklärung.

»Dann bieten Sie ihm etwas anderes. Dr. Mühlenfeld ist doch auch nur ein Mann«, stellt Jordan klar. »Er kommt aus Hamm, so wie meine Frau, und ich weiß, was man ihm dort nachsagt.«

»Ich verstehe nicht …«, stammelt Hanna Dorothea Finck, obwohl sie genau zu wissen glaubt, worum es geht.

»Madame! Sie verstehen genau, was ich meine. Sie zieren sich doch sonst nicht so. Das weiß doch jeder hier in Lippstadt«, bricht es aus Jordan heraus.

»Das ist nicht wahr«, verteidigt sich Hanna Dorothea Finck und beginnt zu weinen.

»Madame!« Conasmann betritt die Offizin. »Gnädiges Fräulein, wie kann ich Ihnen helfen? Weinen Sie nicht. Darf ich Ihnen ein Tuch reichen, damit Sie Ihre Tränen trocknen können?«, fragt er einfühlsam und reicht ihr ein Tuch. Jordan dreht sich der Magen um, wenn er sieht, wie überfreundlich Conasmann ist. Auch das ist nicht zum Aushalten!

»Danke. Mein Kind hat das, was die Leute Würgeengel nennen. Der Hals ist geschwollen und es bekommt sehr schlecht Luft. Bitte helfen Sie mir! Ich gebe Ihnen, was Sie wünschen«, bietet Hanna Dorothea Finck in ihrer großen Not an. Sie muss schnell ein Medikament bekommen, das ihrem Kinde wieder Luft verschafft, sonst ist es tot. Erstickt.

»Würgeengel? Das ist eine äußerst ernst zu nehmende Erkrankung. Sie sollten wirklich zu Dr. Mühlenfeld gehen – obwohl … Ich könnte auch …«, überlegt Conasmann laut und erkennt die Gunst der Stunde.

»Bitte. Beeilen Sie sich«, fleht Hanna Dorothea Finck.

»Geben Sie mir wenige Minuten. Ich muss Schwalbennester* besorgen«, bittet Conasmann und will sich direkt auf den Weg machen.

»Herr Conasmann!«, schimpft Jordan lachend, »das ist doch nicht Ihr ernst! Seit Jahrhunderten nimmt niemand mehr Schwalbennester, und ob diese Mittelchen je wirkten, ist ungewiss.«

»Was früher gut war, muss heute nicht schlecht sein. Man sollte viel mehr in vergangene Zeiten blicken und schauen, welche Arzneien die Menschen früher nahmen.

* »Diphtherie: Würgeengel der Kinder […] war schon im Altertum als eine vor allem für Kinder tödlich verlaufende Erkrankung bekannt. […] Behandlung der Diphtherie im alten Rom: […] So wurden beispielsweise zerstoßene Schwalbennester oder zerriebene Tausendfüßler mit Flüssigkeiten vermischt und getrunken. Parallel hierzu wurden im zweiten Jahrhundert nach Christi jedoch auch schon Luftröhrenschnitte angewandt, um den Erstickungstod zu verhindern. Kinder konnten hierdurch allerdings kaum gerettet werden, da diese Behandlungsmethode häufig zum Tod durch Verbluten führte.« Aus: www.kindergesundheit-info.de [Historisches], 29.8.2012.

So viel Wissen ist verloren gegangen. Ich werde nun eilen und ein Schwalbennest holen. Ob ich jetzt allerdings Tausendfüßler finde, um diese zu zerstoßen …«, überlegt Conasmann, wird aber durch schallendes Gelächter unterbrochen.

»Conasmann. Das können Sie doch nicht wollen! Die Pharmazie ist so weit wie nie mit ihren Erkenntnissen. Wissenschaften entstehen! Das müssen wir doch nutzen! Ich werde der jungen Mutter ein Compositum geben, das helfen wird. Ich werde ihr ein Öl bereiten, das den Hals zum Abschwellen bringt.« An Fräulein Finck gewandt sagt Jordan: »Beten Sie. Beten Sie für Ihr Kind und um die Fürsprache des Heiligen Blasius.«

»Wie wär's? Wollen Sie nicht gleich selbst einen Luftröhrenschnitt durchführen?«, provoziert Conasmann. »Wenn Sie so genial sind und sich mit Wissenschaften rühmen?«

»Aber nein! Nicht nur, dass wir Apotheker es nicht dürfen, es ist den Ärzten vorbehalten. Darüber hinaus ist es doch auch so, dass es die Kirche nicht gerne sieht, wenn mit solchen Eingriffen der sogenannten Halsbräune Einhalt geboten wird. Sie sagen, es ist die Strafe Gottes«, erklärt Jordan und muss an seine eigene Strafe Gottes denken: die Fischgräten und Conasmann. Letzterer ist Segen und Fluch zugleich; erst rettet er ihn vor dem Erstickungstod, dann quält er ihn mit ausgemachtem, teils höchstgefährlichem Unsinn.

»Sollen wir der sorgenden Mutter nun den Blasiussegen erteilen? Dafür scheint es zu spät zu sein. Wofür Gott sie bloß strafen will? – Ich hole nun die Nester, werde sie zerstoßen und mit Flüssigkeiten vermischen«, beschließt Conasmann und holt seine Jacke. Seine Gotteslästerei ist nicht auszuhalten. Beiden Männern wird wohl im selben

Augenblick bewusst, dass Gott Hanna Dorothea Finck für ihren Lebenswandel strafen will. Strafen muss?

»Conasmann!«, ruft Jordan und eilt ihm hinterher. »Mischen Sie sich nicht in Gottes Angelegenheiten. Wenn es nun wirklich Seine Strafe ist? Bedenken Sie, das Kind hat keinen Vater, die Mutter ist nicht verheiratet. Dass sie überhaupt unbehelligt mit so einem Kind hier in Lippstadt geduldet wird, ist Wunder genug.«

»Ich gehe!«, sagt Conasmann und stößt Jordan zur Seite. Dieser taumelt und schlägt lang hin. »Hätte ich auch zusehen sollen, wie Gott Sie zu sich holt?«, ruft Conasmann. »Nein, da war es Ihnen mehr als recht, dass ich Sie gerettet habe!«

Dieser vermaledeite Hurensohn, schießt es Jordan durch den Kopf, doch er schweigt aus Angst, alles noch schlimmer zu machen, als es ohnehin schon ist. Was gäbe er darum, damals einfach gestorben zu sein. Wenige Sekunden haben noch gefehlt, dann wäre das Leben vorbei gewesen. Und jetzt? Tagein tagaus plagt er sich mit Conasmann und seinen Spinnereien. Aber nun die Sache mit den Schwalbennestern, das ist wahrlich der Gipfel. Das kann er nicht dulden, das kann er nicht zulassen.

»Höchstens eine halbe Stunde, Madame, dann bringe ich Ihnen etwas nach Hause. Bis dahin wickeln Sie Ihrem Kinde einen Strumpf und schwarze Halsbänder um den Hals. Vielleicht hilft es noch«, empfiehlt Conasmann Hanna Dorothea Finck, vom Marktplatze aus rufend. Die junge Frau steht draußen vor der Offizin und hat die Meinungsverschiedenheiten der beiden Männer verfolgen müssen. Es scheint, als habe Conasmann schon einmal jemanden – Jordan! – vor dem Erstickungstod bewahrt. Dann wird es ihm nun auch gelingen, spricht sie sich selbst Mut und Zuversicht zu.

Schnell läuft Conasmann über den Marktplatz über die Lange Straße Richtung Lipper Tor. Bei diesen Ackerbürgerhäusern muss es doch Schwalbennester geben! Und wenn nicht, ist es nicht wirklich von Bedeutung, denn natürlich ist ihm, dem erfahrenen Conasmann, bekannt, dass diese altertümliche Behandlung mit diesen Nestern nicht wirkt. Er ist schließlich gebildet. Doch so eine gute Gelegenheit wird sich ihm so schnell nicht wieder bieten: Hanna Dorothea Finck erlebt ihn – jetzt endlich! – als Helfer in ihrer Not. Er ist eifrig und bemüht um das Wohl dieses Kindes. Ja, dieses Kind. Es muss weg. Das weiß er seit Langem. Doch nie war der Augenblick so günstig wie jetzt. Das Kind wird dieses scheußliche und gänzlich unwirksame Schwalbennest-Gemisch trinken müssen und sterben. Endlich. Dann wird er, Conasmann, Hanna für sich gewinnen. Sie wird ihn lieben müssen und ihm die Zeit versüßen, bis Königin Luise ihm ihre Gunst erweist. Irgendwie wird er Hanna Dorothea Finck auf seinem Weg ins Schloss Charlottenburg auch wieder loswerden. Reisen ist ja heutzutage so gefährlich, denkt er mit einem hinterhältigen Grinsen im Gesicht. Fürs Erste ist sie gut genug. Er hat ja immer noch kein Stelldichein mit ihr gehabt. Ihre schöne feine Art, ihre rehbraunen Augen und ihre helle Haut vermischen sich in seinen Gedanken mit der Anmut Luises; ja, Luise und Hanna werden eins; seine Gedanken laufen zur Höchstform auf, bis ihm am helllichten Tage auf offener Straße ein kleines Missgeschick widerfährt, das ihm doch auch Erleichterung verschafft. Er wird gleich seine Hose wechseln müssen. Mit einem zufriedenen Grinsen nimmt er aus der Weihe vor dem *Goldenen Hahn* ein bisschen Irgendetwas und gibt es in die mitgenommene Schale. Es ist nicht von Bedeutung, was es ist.

Es stinkt entsetzlich und wird furchtbar schmecken. Helfen wird es so oder so nicht.

Zurück im Laboratorium mischt er verschiedene Substanzen unter das unbestimmte Mitgebrachte und zerstößt es bis zur Unkenntlichkeit mit dem Mörser. Es stinkt zum Erbrechen. Dann füllt er es in ein kleines braunes Fläschchen und macht sich auf den Weg zu seiner Angebeteten. Wenn alles nach seinen Vorstellungen läuft, dann wird er noch heute am Tage den großen Tröster mimen können, und wer weiß, vielleicht lässt ihr Kummer ihn in ihr Bett?

Obwohl große Eile geboten ist – schließlich durfte das Kind nicht sterben, bevor er als Retter in ihrer großen Not aufgetreten ist – entschließt sich Conasmann doch, durch Kirchgasse und Poststraße zu gehen, um zu sehen, wie weit Postmeister Kellerhaus mit dem Bau seines großen Hauses ist.* Überall in der Stadt spricht man voller Respekt und Achtung sowohl von Kellerhaus selbst als auch von seinem Bauvorhaben. Ja, Conasmann gesteht sich insgeheim und voller Neid ein, dass es ein höchstimposantes Wohnhaus werden wird und doch – so eindrucksvoll wie das neben der *Adler-Apotheke* ist es nicht. Gilles Delhaes Gebäude ist so prächtig und respektabel, dass beinahe Königin Luise von Preußen dort geweilt hätte. Die Häuser – das Delhaes'sche und das Jordan'sche – stehen so dicht nebeneinander, dass er sich bereits ausgemalt hatte, Wand an Wand mit Luise zu nächtigen. Doch dann kam der König alleine. Er hätte auch fortbleiben können, wer interessiert sich schon für den König? Luise ist die, für die die Herzen der Preußen schlagen. Bei der Verteilung des königlichen Gefolges habe es viel Missgunst und Ärger

* Vgl.: Gunter Hagemann: *Die Festung Lippstadt.* Ihre Baugeschichte und ihr Einfluß auf die Stadtentwicklung. Bonn: Habelt 1985, S. 131.

gegeben, erzählte man Conasmann, denn der alte Schuster Engerling habe darauf bestanden, auch in seinem Hause in der Kirchgasse Gäste aufzunehmen und zu beköstigen. Der alte Engerling habe sogar lauthals gefordert, bevorzugt zu werden, denn schließlich sei er es durch seine Spende gewesen, der den Neubau des Rathauses überhaupt erst möglich gemacht habe. Die Stadt, sprich: der Magistrat sei ihm etwas schuldig, und deswegen wolle er höchstselbst auswählen, wer aus des Königs Reihen in seinem prächtigen Hause nächtige. In solchen Augenblicken erinnerten sich die ältesten Lippstädter an den Kaufmann Ferdinand Overkamp, der vor Jahrzehnten wegen Engerling Lippstadt verlassen haben soll. Overkamp sei ein höchstbeeindruckender Mann gewesen, hieß es immer und überall.* Wie dem auch sei, Conasmann kennt den alten Engerling kaum und nur vom Sehen, den besagten Overkamp kennt er gar nicht. Aber das Engerling'sche Haus Kirchgasse/ Ecke Judenstraße muss einst sehr imposant gewesen sein. Heute sieht man dem Gebäude an, dass es nicht gepflegt wird. Den Engerlings scheint das Geld auszugehen. Alles in allem breitet sich aber ein neuer Wohlstand in der Stadt aus und er, Conasmann, wird daran teilhaben. Er wird es zu Ruhm und Ansehen in Preußen und Lippstadt bringen. Ein Steinhaus an der Langen Straße werde ich haben, verspricht sich Conasmann selbst. Oder hier an der Poststraße … Er muss nur noch den Bürgereid ablegen, dann ist ihm alles gestattet.

Conasmann betritt das Haus, in dem Fräulein Finck lebt. Wie ärmlich hier alles ist, stellt Conasmann angewidert fest. Schäbig.

---

* Vgl.: Rita Maria Fust: *Der Kaufmann von Lippstadt.* 2014.

»Bitte, Madame, es ist mir eine Ehre, das Medikament für Ihr Kind höchstselbst vorbeizubringen. In so großer Not sollten Sie es nicht allein lassen«, gibt sich Conasmann formvollendet. In der Kammer hört er das Kind jammern. Es winselt und röchelt. Es bekommt zu wenig Luft und kämpft um sein Leben. Hoffentlich kommt der Tod schnell. Das kann man sich ja kaum anhören, denkt Conasmann und hört, wie Hanna Dorothea Finck ihrem Kind zuredet, doch die ekelige Flüssigkeit zu schlucken. Sie redet und redet und redet. Conasmann gefällt das. Sie wird eine gute Mutter für meine Söhne, denkt er und kann es kaum abwarten. Dann hört er das Kind husten, nach Luft japsen. Ein merkwürdig pfeifender Ton, den die Lunge macht. Der Todeskampf, denkt Conasmann und kann sich ein freudiges Grinsen nicht verkneifen. Gleich ist sie mein!, freut er sich und reibt sich die Hände im aufsteigenden Siegesrausch.

Doch es kommt anderes, als Conasmann es erwartet hat. Hanna Dorothea Finck reißt in Zornesröte die Türe der Kammer auf, hinter der soeben ihr Kind verstorben ist. Das kleine braune Fläschchen schlägt sie Conasmann gegen die Brust. Es fällt auf den gestampften Lehmboden der Diele. Mit den Fäusten trommelt sie gegen ihn und beschimpft ihn als den Mann, der ihr Kind auf dem Gewissen hat. Er habe ihr mit Absicht ein Mittel gegeben, das nicht helfe, weil sie nicht bezahlen könne. Nur weil sie so arm sei, sei nun auch ihr Kind verstorben. Elendig erstickt. Wer das einmal erlebt habe, wie ein geliebter Mensch keine Luft bekommt und sich quält und quält, um noch ein ganz kleines bisschen Leben zu haben, das dann verloren wird, der werde es nie vergessen. Nie. Und sie, Hanna, werde auch nie vergessen, dass er ihr nicht geholfen habe. Sie habe sehr wohl gesehen, wie er sie immer ansehe, mit seinen kalten Augen, so in einer Art und Weise, er wisse schon, so wollüstig. Sie wisse das und habe es zugunsten ihres Kindes nutzen müssen. Sie habe keine Wahl gehabt. Sie habe all diese unschicklichen Andeutungen machen müssen, obwohl sie dann jedes Mal einen Stich in ihrem Herzen habe ertragen müssen. Sie sei so nicht, sie habe nur einmal, ein einziges Mal, in einem schwachen Augenblick dem Begehren nachgegeben. Aber man würde ihr so viel nachsagen, das nicht stimme. Sie wäre keine von denen, die mit jedem …; er verstehe schon. Sie habe nur seine Begierde ausnutzen müssen, aus Liebe zu ihrem Kinde. Und jetzt? Jetzt sei es tot, für immer von ihr gegangen. Hanna Dorothea Finck weint bitterlich um ihr Kind und um sich selbst. Wie soll es nur weitergehen? Immer wieder schlägt sie voller Verzweiflung mit den Fäusten gegen seine Brust.

Wie schön sie ist, denkt er. Tränen stehen ihr so gut. Diese wundervollen rehbraunen Augen sehen dann noch größer aus, als sie ohnehin schon sind. Und diese feinen Linien im Gesicht, diese kleine Nase und erst dieser sinnliche Mund … Es verlangt ihn plötzlich nach mehr, er weiß nicht, wie um ihn geschieht. Ihre dünnen Handgelenke kann er mit einer Hand festhalten. Er schiebt sie rückwärts zu dem kleinen Tisch und zieht ihre Röcke hoch. Ihr Duft raubt ihm den Verstand, und er versinkt in einer Welt, die er sich so oft erträumt hat.

Plötzlich reißt ihn jemand an den Haaren von seiner Angebeteten fort. Conasmann erschrickt, wie laut sie schreit. Das hatte er gar nicht gehört. Ehe er sich versieht, trifft ihn ein Fausthieb des Apothekers Fabro, bei dem Hanna Dorothea Finck in Diensten steht oder stand. Conasmann reibt sich mit der Hand über sein Kinn. Für so einen schwächlichen Feingeist ist das ein ganz passabler Schlag gewesen.

»Ich sehe, Fräulein Hanna steht in Ihren Diensten. Um was für Dienste handelt es sich denn?«, erkundigt sich Conasmann scheinheilig, als habe Hanna nicht eben ihr Vorgehen erklärt. »Sie hat wohl kein großes Vertrauen zu Ihnen, wenn sie immer zu uns in die *Adler-Apotheke* kommt, statt die Dienste Ihrer *Engel-Apotheke* zu nutzen.«

»Raus. Verlassen Sie sofort das Haus. Fräulein Hanna wünscht es, nehme ich an!«, sagt Fabro bestimmt.

Hanna Dorothea Finck nickt und wischt sich die Tränen aus dem Gesicht.

»Sie schulden mir etwas, Madame«, droht Conasmann, der seine Fassung wiedergefunden hat. »Denken Sie jeden Augenblick an mich, denn auch ich werde jeden Augenblick an Sie denken. Und irgendwann werden sich unsere Wege in diesem schönen Lippstadt kreuzen«, spricht Conasmann betont langsam, um dann mit schallendem Lachen über die Lange Straße zurück zur *Adler-Apotheke* zu gehen.

Es dauert lange, bis sich Hanna Dorothea Finck wenigstens ein bisschen beruhigt. Fabro hat ihr ein Pulver mit viel Baldrian und anderen Kräutern gegeben, damit sie zur Ruhe kommt. Die tiefe Trauer um ihr geliebtes Kind und Conasmanns Zudringlichkeit sind einfach zu viel für eine so zierliche Dame. Was Fabro aber weitaus mehr Sorgen bereitet als der Gefühlszustand Hannas, ist die ausgesprochene Drohung des Conasmann. Unfassbar, dass er sich das in seiner, Fabros, Anwesenheit traut. Mit einer Selbstverständlichkeit und Dreistigkeit, als hätte er ein Anrecht auf Fräulein Hanna. Langsam beginnt Fabro die Not Jordans zu verstehen, wenn dieser sagt, er wisse nicht, wie er gegen Conasmann ankommen könne. Conasmann ist jemand, den man besser nicht herausfordert. Für einen Augenblick wünscht Fabro, nicht den Conasmann von Fräulein Hanna gezerrt zu haben. Er hätte es einfach so geschehen lassen können. Doch nein, er ist ein Mann von Format, der weiß, was sich gehört – und was sich nicht gehört. Außerdem hat Conasmann ihr, Hanna Dorothea Finck, gedroht, und nicht ihm selbst. Dennoch beschleicht ihn Angst. Fräulein Finck muss immer zu Conasmann in die Offizin gegangen sein, statt einfach zu ihm zu kommen. Ein Wort hätte gereicht, und er hätte ihr geholfen. Vielleicht schämt sie sich?, überlegt Fabro und versteht nicht, warum sie mit ihren Anliegen nicht zu ihm gekommen ist.

PADERBORN, 2TER APRIL 1805

Sertürner vermutet, dass Conasmann aufgrund des langen und harten Winters nicht nach Paderborn gekommen ist. Was dieser in den Monaten seit seinem letzten Besuch am Namenstag der Heiligen Elisabeth im November getan hat, weiß Sertürner nicht – und es ist ihm auch ganz recht. Um Weihnachten herum kam mit der feierlichen und besonderen Stimmung, die dank Frau Cramers Gebackenem duftend bis in Offizin und Laboratorium vordrang, der Gedanke auf, Conasmann könnte seinen irrwitzigen Plan verworfen haben. Conasmann könnte von ihm, Sertürner, ablassen, sodass dieser in Frieden weiterhin im schönen Paderborn leben könnte. Doch mit den ersten Sonnenstrahlen erwacht nicht nur die Natur zu neuem Leben, sondern auch Conasmann steht unangemeldet in der Cramerschen Offizin und wünscht, seinen *Freund* Sertürner zu sprechen.

»Ich bin nicht sicher, ob er zugegen ist«, lügt Cramer, denn er erinnert sich nur zu gut an die düstere Stimmung, die seinen Gesellen Sertürner befallen hatte, nachdem Conasmann zuletzt hier in Offizin und Laboratorium war. Auch Sertürners große Angst hatte Cramer wahrgenommen, doch jede Andeutung und jedes Angebot zur Hilfestellung welcher Art auch immer hatte Sertürner abgetan und behauptet, es wäre ja gar nichts. Dass es auch jetzt noch so ist, begreift Cramer sofort, als er das kurze erschrockene Innehalten seines Freundes und

Gesellen sieht, als dieser – ohne auch nur zu ahnen, was ihn dort erwartet – in die Offizin der *Cramerschen Hofapotheke* tritt.

»Heilige Maria Muttergottes«, entfährt es Sertürner.

»Da sind Sie ja! Wir sollten uns hinten in Ihrem Laboratorium besprechen«, entscheidet Conasmann.

Es ist *mein* Laboratorium, denkt Cramer, schweigt aber. Wenn er doch nur wüsste, was es mit diesem Herrn, der kein wirklicher *Herr* zu sein scheint, auf sich hat. Ein wahrlich merkwürdiger Mensch. So beängstigend und – ihm will kein passendes Wort einfallen – so … düster.

Das Schicksal – so scheint es – hat entschieden, dass just zu dieser Zeit die Offizin voller Kundschaft ist. Die Menschen bringen ihre Rezepte von Ärzten oder möchten ihre Arznei abholen. Wie gut könnte Cramer nun die Hilfe des Sertürner gebrauchen, und er überlegt, ob es gut sei, Sertürner in die Offizin zu rufen und diesen somit aus dem Gespräch zu holen, oder ob genau das die falsche Entscheidung sei, und ob er, Cramer, Sertürner auf diesem Wege noch tiefer in eine vermutlich unangenehme Angelegenheit verstrickt. Es vergehen allerdings keine zehn Minuten, bis Conasmann wutschnaubend durch die Offizin hinaus auf den Paderborner Markt stürmt. Sein Gesicht ist rot angelaufen, Schweißperlen zeichnen sich auf seiner Stirn ab, so deutlich, dass Cramer es im Vorbeieilen hat erkennen können.

Cramer wartet vorsichtshalber noch ein paar Minuten, bis er Sertürner ruft, damit dieser ihm beim Verkauf hilft. Sertürner braucht sicherlich Zeit, um den Besuch des Mannes zu verdauen und sich zu beruhigen.

»Herr Sertürner? Kommen Sie bitte in die Offizin und helfen mir!«, ruft Cramer in Richtung Laboratorium.

–

»Herr Sertürner!«

–

»Herr Sertürner, bitte kommen Sie umgehend!«

–

»Herr Sertürner?«

–

Erst nachdem auch der letzte Kunde – es war ausgerechnet der Direktor des Theodorianums, Professor Schröder aus Kleinenberg – die Offizin verlassen hat, ist es Cramer möglich, im Laboratorium nach dem Rechten zu sehen. Es sieht Sertürner nämlich gar nicht ähnlich, einfach nicht auf Cramers Rufen und Bitten zu antworten. »Ohne Sie würde meine Apotheke nicht mal halb so gut laufen«, hat Cramer erst vor wenigen Tagen zu Sertürner gesagt und es auch genauso gemeint, wie er es gesagt hatte. Es war eine glückliche Fügung, dass Sertürner nicht unmittelbar nach seiner Gesellenprüfung auf Wanderschaft gegangen ist. Wenn es nach ihm, Cramer, ginge, könnte Sertürner gerne für immer bleiben. Die Geschäfte laufen gut, und Sertürners Forschungswille kann der Hofapotheke nur zum Vorteil gereichen. Die Zeiten sind unsicher, niemand weiß, was kommt. Und weil jeder auch an morgen denken muss, ist es wichtig, nicht nur eine gute Apotheke zu führen, sondern die beste der Stadt zu sein. Mit einem ausgezeichneten Ruf. Immer wieder geht es um Privilegien, hört man von allen Seiten, und dann ist doch nur gut, auch die allermeisten und vor allem die einflussreichsten Paderborner auf seiner Seite zu wissen.

»Friedrich. Um Himmels willen! Was ist denn nun schon wieder geschehen?«, entfährt es Cramer entsetzt, als er das

Laboratorium betritt. Sertürner liegt bewusstlos am Boden. »Das hatten wir doch schon einmal. Sagen Sie nicht, Sie haben schon wieder Opium genommen!«, schimpft Cramer und ahnt, dass das nicht der Grund ist. Viel wahrscheinlicher ist es, dass der große Bronzemörser dafür verantwortlich ist. Die dazugehörige Reibschale steht unschuldig auf dem Tisch. Was wollte Sertürner nur mit diesem Ungetüm? Er, Cramer, hatte doch erst vor wenigen Jahren die Bronzemörser durch die neuen und vielversprechenden Porzellan-Mörser ersetzt. Es war wissenschaftlich bewiesen worden, dass die Verarbeitung bestimmter Stoffe in Bronze- und Eisenmörsern gesundheitsschädlich ist. Nur diesen einen großen Bronzemörser hatte er aufbewahrt, für den Fall, dass gröbere und sehr harte Materialien zerkleinert werden sollten.* Ausgerechnet diesen hatte nun wohl der Conasmann benutzt, um Sertürner niederzuschlagen.

»Wie entsetzlich«, sagt Cramer.

Sertürner stöhnt.

»Ich hole Ihnen Riechsalz und unsere neue Mixtur«, beschließt Cramer und hält Sertürner einen Augenblick später ein kleines Fläschchen unter die Nase. Der Geruch des Ammoniaks lässt Sertürner zu sich kommen.

»Was ist geschehen?«, fragt Cramer besorgt.

»Nichts von Bedeutung«, versucht Sertürner, das Geschehene zu verharmlosen.

»Lieber Freund, bitte vertrauen Sie mir. Was kann ich für Sie tun?«, erkundigt sich Cramer und meint es wirklich ernst. Er ist in großer Sorge um seinen Freund und Gesellen.

»Schreiben Sie mir ein gutes Zeugnis«, bittet Sertürner noch etwas benommen.

---

* Vgl.: *Deutsches Apotheken-Museum*, [2]2008, S. 199.

»Wie meinen?«

»Ich muss gehen. Bitte schreiben Sie mir ein gutes Zeugnis, sodass ich auch in der Ferne noch mein Auskommen haben werde«, erklärt Sertürner das, was er nicht geplant hat, jetzt aber wahrzumachen gedenkt.

»Sie wollen mich verlassen?«, fragt Cramer ungläubig. »Aber ohne Sie …«

»Ich weiß, Herr Cramer, ich weiß. Aber bitte erkennen Sie meine Entscheidung an. Es fällt mir nicht leicht, aber ich muss fort. Ich werde nicht länger in Paderborn – und natürlich Neuhaus – leben können.

»Was hat dieser Herr Conasmann nur getan?«, überlegt Cramer laut. »Bitte! Vertrauen Sie sich mir an!« Cramer kann den Gedanken nicht ertragen, künftig ohne den klugen und fleißigen Sertürner seine Apotheke führen zu müssen.

»Bitte haben Sie Verständnis«, fleht Sertürner, den Tränen nahe. »Ich gehe nicht gerne, aber es muss sein. Ich kann nicht bleiben.«

»Friedrich …«

»Bitte lassen Sie mich ziehen«, weint Sertürner, der nun seinen verzweifelten Tränen freien Lauf lässt. »Bitte!«

»Es kann nur an Conasmann liegen, da bin ich mir ganz sicher. Er setzt Sie unter Druck. Was macht er nur mit Ihnen?«, versucht Cramer ein letztes Mal, Licht in dieses Dunkel zu bringen.

Sertürner schweigt.

Am Abend, als Cramer die Eingangstüre der Offizin verschlossen hat, bittet Sertürner um das Verfassen eines Arbeitszeugnisses.

»Ich lasse Sie nicht gerne gehen«, beteuert Cramer. Ihm steigen die Tränen in die Augen, als er schreibt:

Durch Ordnung und Treue erwarb Er sich meine Zufriedenheit und durch seine Gesammelten Kenntnisse meine Achtung. Einen jeden meiner Herren Collegen, denen dieses zu Gesichte kömmt, bitte ich recht sehr, ihm zu seinen ferneren Fortkommen behülflich zu seyn.[*]

»Danke, Herr Cramer, herzlichen Dank. Ich werde noch bis Ostern bleiben«, sagt Sertürner.

»Aber es ist schon am kommenden Wochenende Ostern. Wo wollen Sie denn so bald hin?«, fragt Cramer entsetzt.

»Ich möchte es nicht so gerne preisgeben«, antwortet Sertürner.

»Aber lieber Freund, vertrauen Sie mir nicht?«, erkundigt sich Cramer sichtlich enttäuscht.

»Doch, Herr Cramer, Ihnen vertraue ich. Und meiner Familie. Aber sonst wahrlich niemandem. Man sieht den Menschen immer nur vor den Kopf und täuscht sich in so manch einem«, erklärt Sertürner.

»Also doch, Conasmann ist schuld. Er hat Sie vertrieben!«, ärgert sich Cramer. »Wenn Sie mir schon nicht sagen möchten, warum Sie gehen, dann vertrauen Sie mir wenigsten an, wohin es Sie zieht. Ich gebe Ihnen mein Wort: Von mir erfährt es niemand. Niemand!«, verspricht Cramer.

»Ich werde in Einbeck mein Glück suchen«, gibt Sertürner preis. »Ich werde dort dem Apotheker Hinck als Provisor zur Hand gehen.[**] Vor einiger Zeit lernte ich ihn kennen, und er warb um mich, ich solle doch zu ihm in die Ratsapotheke kommen, er könne jemanden wie mich gut gebrauchen«, erklärt Sertürner.

»Ich kann Sie auch gut gebrauchen, das wissen Sie doch«, meint Cramer betrübt. »Aber ich werde Ihrem

---

* Kesselmeier: *Friedrich Wilhelm Adam Sertürner*, 2008, S. 40.
** Vgl.: Kesselmeier: *Friedrich Wilhelm Adam Sertürner*, 2008, S. 59.

Glücke nicht im Wege stehen und wünsche Ihnen alles Gute und vor allem Gottes Segen. Selbstredend dürfen Sie jederzeit zurückkehren. Meine Türe steht Ihnen immer offen!«

LIPPSTADT, 22TER MAI 1805

Wie tief kann eine Stadt noch sinken?, überlegt Jordan, denn heute ist der Tag, an dem Conasmann seinen Bürgereid ablegen wird. Das ist sein Ende; dann wird er diesen Halunken nie mehr los. Warum konnte Lippstadt nicht eine wohlhabende Stadt sein, die es sich erlauben kann, ein sehr sehr hohes Bürgergeld zu verlangen und auf diesem Wege dann auch alle armen Schlucker abzuhalten, hier dauerhaft sesshaft zu werden. Ohnehin ging hier irgendetwas nicht mit rechten Dingen zu. Wie kann der Magistrat Conasmanns Gesuch zustimmen, hier Bürger zu werden? Mit allen Rechten und Pflichten. Wer will denn Conasmann hier haben? Was ist, wenn so jemand wie Conasmann hier Grundbesitz erwirbt und ein Haus baut oder womöglich in den Rat kommt? Das alles wird er in wenigen Stunden dürfen. Angeblich ist er ja evangelisch – den katholischen Bürgern ist das Bekleiden städtischer Ämter nur bedingt erlaubt. Conasmann wird einem eigenen Gewerbe nachgehen können. Zum Glück ist ausgeschlossen, dass er eine eigene Apotheke eröffnet. Nicht nur, dass Conasmann kein Geld hat, nein, er wird auch kein Privileg bekommen. Es gibt schließlich schon drei – besser sollte er sagen – *noch* gibt es drei. Mit einem Grinsen denkt Jordan die leidige Angelegenheit des Apothekenstreits zu Ende: Jetzt sind es drei, bald nur noch zwei, und dann wird es ihm hoffentlich gelingen, auch für das Schließen der *Engel-Apotheke* zu sorgen. Für Fabro und auch für Hülsemann würde sich eine Anstellung finden lassen; beide sind gute Männer, die in der großen *Adler-Apotheke* ihren Dienst verrichten könnten. Eigentlich müsste ihn, Jordan, das alles zuversichtlich stimmen, doch die heutige Vereidigung des Conasmann macht jede Hoffnung zunichte, dass dieser je wieder Lippstadt verlassen wird. Er wird bleiben bis zu meinem Ende, denkt Jordan mit Grausen. Woher mag Conasmann nur das Geld haben?, überlegt er, denn Conasmann hatte den vom Magistrat verlangten *Frei- und Geburtsbrief** vorgelegt und so gilt für ihn das, was für alle gilt: *jeder unbescholtene freie Mann ohne Unterschied der drei christlichen Confessionen* [kann] *das Bürgerrecht erwerben* [...], *wenn er 5 Th. 31 Gr. Bürgergeld zahlte und den Bürgereid leistete.*** Mehr brauchte es nicht: kein Leumund, nichts.

Schon jetzt klingen die Worte des Eides in Jordans Ohren, obwohl Conasmann sie noch gar nicht gesprochen hat.

Der Stadt Lippe Bürger-Eyd,
Ich gelobe und schwöre zu Gott und auf sein heil.
Wort daß ich beiden allerhöchsten und höchsten Landes-Herren
wie auch Bürgermeistern und Rath
getreu hold und gehorsam seyn
Bürgermeister und Rath auf geschehenes Gebot oder Verbot gehorchen
der Stadt Bestes auf alle weise befördern
und Schaden verhindern
und wenn ich etwas meinen obgedachten Landesherren oder der Stadt nachtheiliges erfahre

* *Bürgerbuch der Stadt Lippe/Lippstadt von 1576 bis 1810.* Bearbeitet von Erich Thurmann. Lippstadt 1983. S. xix.
** *Bürgerbuch der Stadt Lippe/Lippstadt.* S. xxi.

solches der Obrigkeit anzeigen
auch meiner Mitbürger Schaden verhüten und abwenden
*und wenigstens dieselbe so bald möglich benachrichtigen will. So wahr mir Gott helfe und sein heil. Evangelium.**

Das schreit zum Himmel, denkt Jordan. Dieser verfluchte gottlose Hurensohn! Gerade der letzte Satz müsste ihm im Halse stecken bleiben. Ersticken soll er daran, wie ich beinahe erstickt wäre! Soll er tot umfallen! Oder besser: elendig verrecken!

»Kommen Sie. Wir müssen los. Wir dürfen die Vereidigung unseres Conasmann nicht verpassen!«, reißt die gnädige Frau ihn, Jordan, aus seinem Wunschdenken.

So weit ist es also schon: ›*Unser* Conasmann‹, hat sie gesagt, verzweifelt Jordan.

Am Abend sitzt Conasmann umringt von Männern im *Goldenen Hahn* und gibt mehrere Runden Bier für sie aus. Wie viele Freunde man doch hat, wenn das Geld locker sitzt, stellt er fest und bedauert die Männer in ihrer Schlichtheit. Er hat heute endlich seinen Bürgereid abgelegt, was auch wirklich Zeit wurde, und alle haben ihm gratuliert, sogar Jordan. Das wird ihm nicht leicht gefallen sein, ist sich Conasmann bewusst und erfreut sich immer an der Vorstellung, dass Jordan wie ein Fisch an seiner Angel zappelt.

---

* *Bürgerbuch der Stadt Lippe/Lippstadt*. Tafel 6 – Bürgereidesformel. – Fassung von ca. 1790.

PADERBORN,
27TER JUNI 1805

»GUTEN TAG«, grüßt Conasmann für seine Verhältnisse auffallend freundlich. Heute wird er endlich von Sertürner bekommen, was er verlangt; da ist er sich sicher und kann seine Vorfreude kaum verbergen.

»Guten Tag, Herr …?« Hofapotheker Cramer tut so, als könne er sich nicht oder nur dunkel an diesen Herrn erinnern, und lässt sich absichtlich dessen Nachnamen nicht einfallen.

»Conasmann«, hilft Conasmann.

»Conasmann … Ich habe Ihren Namen schon einmal gehört. Bitte helfen Sie mir, woher …«, stammelt Cramer. Ihm ist das Blut in den Adern gefroren. Er weiß sehr wohl, mit wem er es zu tun hat.

»Ich wünsche Ihren Gesellen Sertürner zu sprechen«, kürzt Conasmann dieses beginnende Ratespiel ab.

»Der werte Herr Sertürner steht nicht mehr in meinen Diensten. Zu meinem allergrößten Bedauern«, erklärt Cramer.

»Was wollen Sie damit sagen? Wo ist er?«

»Ich weiß es nicht«, lügt Cramer.

Conasmanns Blick wird eiskalt.

»Ich weiß es wirklich nicht«, stammelt Cramer mit aufsteigender Angst. Er kommt sich klein und jämmerlich vor.

»Sie wissen es nicht? Das glaube ich Ihnen nicht. Sagen Sie sofort, wo er sich befindet!«, fordert Conasmann und wird laut. »Sofort!«

»Ich weiß es nicht«, wiederholt Cramer immer leiser werdend. Hoffentlich kommt er hier mit heiler Haut heraus.

Conasmann packt Cramer am Schlafittchen und stößt ihn hart gegen ein Regal der Offizin. Zwei Standgefäße fallen zu Boden und zerspringen. Die Flüssigkeit läuft über den Steinboden.

»So passen Sie doch auf!«, entrüstet sich Cramer, jedoch ohne Kraft in der Stimme.

»Ich? Hätten Sie besser aufgepasst, dann wüssten Sie, wo sich Sertürner befindet. Aber wahrscheinlich lügen Sie mich an! Das kann ich Ihnen sagen, wenn ich eines nicht dulde, dann ist es lügen. Sie lügen mir mitten ins Gesicht. Schämen Sie sich, Sie … Sie …« Conasmann greift Cramer wieder am Schlafittchen und stößt ihn rückwärts so an den Verkaufstisch, dass der Rücken in unglücklicher Haltung darauf liegt.

»Lassen Sie mich doch los!«, fordert Cramer mit brüchiger Stimme. Seine Angst ist deutlich zu hören. Sein Rücken schmerzt. Conasmann beugt sich über Cramer und schaut ihn mit eiskaltem Blick an. Cramer riecht Conasmanns schlechten Atem. Faulig, an Zersetzungs- oder Verwesungsprozesse erinnernd. Nicht auszuhalten!

»Ich lasse Sie erst los, wenn ich mit Ihnen hier fertig bin. Wenn Sie mir nicht augenblicklich sagen, wo sich Sertürner befindet, dann … dann schlage ich hier alles kurz und klein. Dann wird Ihre hübsche und ansehnliche Apotheke nur noch ein Trümmerhaufen sein«, droht Conasmann. Cramer überlegt fieberhaft, was das kleinere Übel ist. Schweigt er, ruiniert Conasmann seine Offizin. Sagt er, dass sich Sertürner in Einbeck befindet, dann hat er nicht nur einen Freund verraten, sondern auch seine Hoffnung auf eine baldige Rückkehr des Sertürner in die *Cramersche Hofapotheke* verloren. Doch noch bevor sich Cramer eine Entscheidung abringen kann, lässt Conasmann ihn los und beginnt, alles, wahrhaft alles aus den offenen Fächern zu reißen. Achtlos lässt er es auf den Steinboden fallen, wo beinahe alle Gefäße zerspringen. Es verursacht einen Höllenlärm, doch niemand scheint es zu hören oder sich daran zu stören; niemand sieht nach dem Rechten, und niemand kommt Cramer zu Hilfe.

»So hören Sie doch auf!«, fleht Cramer mit ängstlicher Stimme, der es an Durchsetzung fehlt.

Ohne zu antworten, dreht sich Conasmann zu Cramer um, holt aus und wirft diesem mit großer Wucht eine schwere Braunglasflasche an den Kopf. Cramer stürzt zu Boden und bleibt reglos liegen. Ob er tot ist, ist Conasmann einerlei.

Im Wahn reißt Conasmann alles aus Schubfächern und Schränken, versetzt dem einen oder anderen Möbelstück einen Tritt mit dem Fuß. Holz splittert. Dann stößt er die Türe zum Laboratorium auf und zerstört auch hier alles. Die edlen Porzellanmörser ebenso wie die Destillierapparaturen und sämtliche Standgefäße. Alles zerspringt zu Scherben. Die Inhalte verteilen sich auf dem Boden, vermischen sich und reagieren mit der Luft. Die Waagen, deren Gewichte er durch das geschlossene Fenster in den kleinen Hinterhof geworfen hat, zerschlägt er an der Ecke des Rezepturtisches. Das dort liegende Pillenbrett bricht er über das Knie in zwei Teile und lässt es achtlos fallen. Filter und allerlei getrocknete Kräuter wirft er ins Feuer; die Flammen schlagen hoch, als hätte Conasmann Öl hineingegossen. Es knistert beim Brennen. Die Töpfe wirft er aus dem Fenster. Tränen der Wut und der Erschöpfung steigen in ihm auf. Was soll jetzt nur werden? Was, wenn es ihm nicht gelingt, Sertürner zu finden? Dieser Feigling lässt ihn, Conasmann, und die preußischen Soldaten im Stich! Das gehört sich nicht! Er hatte es sich selbst und in Gedanken auch *seiner* Königin Luise versprochen. Geschworen!, dass er den preußischen Soldaten die Kraft verleihen würde, die französischen Truppen hinter den Rhein zu drängen. Übernatürlich sollten diese Kräfte walten. Zar Alexander I. hatte die Notwendigkeit erkannt, die rechtsrheinischen Gebiete zu befreien, doch Preußen wollte sich nicht an Russlands Forderungen beteiligen! Unfassbar! Dabei geht von diesem kleinen Mann – Na-po-le-on – eine ungeheure Gefahr aus. Bereits Ende des letzten Jahres hatte er sich selbst zum französischen Kaiser gekrönt; vor nur wenigen Wochen hatte er die Eiserne Krone der Langobarden erhalten und war nun auch noch der König Italiens. Eines Tages, da ist er, Conasmann, sich sicher, wird seine geliebte Königin Luise Napoleon in die Hände fallen, wenn es ihm nicht gelänge, die preußischen Soldaten mit Arznei zu unterstützen und ihnen somit zum Sieg über Napoleon zu verhelfen. Und nun? Napoleons Soldaten sind auf dem Weg nach Wien. Das verschafft ihm, Conasmann, Zeit. Napoleon will alles, dessen ist er sich sicher. Napoleon wird Luise wollen, wie auch er, Conasmann, Luise haben – besitzen! – will! Die Seinige soll sie sein, dann … Dann fällt Conasmanns Blick auf Dokumente, die neben dem Fenster auf einem Tischchen liegen. Etwas Handschriftliches. Hoffnung steigt in ihm auf. Sertürners Aufzeichnungen! Jetzt kann doch noch alles gut werden. Er braucht nicht Sertürner in persona, nein, er braucht nur dessen Unterlagen. Mit wenigen Schritten ist er bei den Papieren. Die Scherben unter seinen Füßen knirschen. Fünf oder sechs Blatt Papier unterschiedlicher Größe. Er liest: *Waarenverzeichnis*. Auf eng beschriebenen Seiten sind sämtliche Kräuter, Drogen, Ingredienzien, Wässer, Öle … aufgeführt. Conasmanns Wut entfacht erneut. Auch diese Blätter wirft er ins Feuer. Was sollte er auch damit tun? Mit dem Fuß tritt er das Bein des Rezepturtisches weg, sodass dieser nach vorne kippt. Alles rutscht auf den Boden. Conasmann trampelt im Wahn darauf herum. Er ist nicht zu bändigen in seiner unermesslichen Wut. Wie konnte Sertürner ihn nur so hintergehen? Wie? Wenn Frankreichs Siegeszug anhält, liegt die Schuld einzig und allein bei Sertürner, diesem Feigling, diesem Wichtigtuer. Im Stich gelassen hat er ihn. Erst gibt er an mit seinen klugen Gedanken und erzählt von Forschungen, von vielversprechenden Forschungen. Und dann? Dann gelingt ihm nichts. Aber auch gar nichts. Und Luise? Er muss sie haben. Ihre Gunst, ihre Liebe, ihre Begierde …

Verzweiflung übermannt Conasmann. Er sitzt inmitten des ruinierten Laboratoriums zwischen Scherben und Trümmern. Was soll nur werden? Was? Er beginnt bitterlich zu weinen. Seine Kraft ist gewichen; jetzt suchen sich Wut und Verzweiflung einen anderen Weg. Tränen überströmen sein Gesicht. Seine Augen brennen entsetzlich von den aufsteigenden Dämpfen der ausgelaufenen Flüssigkeiten. Mit der Hand wischt er sich über die Wangen und reibt sich die Augen. Wie vom Blitz getroffen springt er auf. Urplötzlich brennen seine Augen weit höllischer als vorher. Er schreit vor Schmerzen. Was hat er an den Fingern? Wo ist Wasser? Wasser! Er will die Augen ausspülen. Er muss die Augen spülen! Sofort. Bevor er womöglich sein Augenlicht verliert. Schreiend vor Schmerz irrt er im Laboratorium umher. Wo ist Wasser? Er sieht kaum noch etwas, stolpert, stürzt in die Scherben. Seine Hände! Scherben und Splitter stecken in seinem Fleisch. Es blutet stark. Die Hände schmerzen. Die Augen brennen unermesslich. Er reibt seine Augen mit dem unteren Teil seines Hemdes. Hautberührung vermeiden. Er kann sein Blut riechen. Sein eigenes Blut! Und einen übel stechenden Geruch? Ammoniak! Schreiend vor Schmerz stolpert er durch die Offizin. Draußen ist ein Brunnen, das hat er bei jedem seiner Besuche gesehen. Zweimal stürzt er lang hin. Kommt wieder auf die Beine. Läuft auf den Marktplatz vor der *Cramerschen Hofapotheke*. Dort am Neptunbrunnen muss er die Augen auswaschen. Mit den Händen greift er in das kalte Wasser. Es vermischt sich mit Blut. Unbedeutend. Die Augen müssen gespült werden. Wieder und wieder lässt er sich Wasser über Augen und Gesicht laufen. Er sieht vage sein Blut tropfen und fühlt umso deutlicher den Schmerz in den Augen. Sie brennen noch immer entsetzlich. Es nimmt kein Ende!

LIPPSTADT, 29TER NOVEMBER 1805

»Guten Tag, Herr Jordan. Es wird Ihnen nie gelingen, Ihren Gesellen Conasmann loszuwerden, nicht wahr?«, erkundigt sich Fabro. Ganz Lippstadt spricht bereits über die untragbaren Zustände im Hause Jordan und der *Adler-Apotheke* und wundert sich, dass Jordan im Frühjahr anscheinend nicht einmal den Versuch unternommen hat, den Magistrat davon zu überzeugen, dass Conasmann auf keinen Fall den Bürgereid ablegen darf. Man hätte etwas tun können. Müssen! Aber nun ist es ohnehin zu spät.

»Leider nein, seine Verletzungen an den Augen sind wahrhaft stark. Ich glaube, auf dem einen Auge ist er ganz erblindet, mit dem anderen sieht er noch ein ganz kleines bisschen. Ich vermute, dass er nie wieder in einem Laboratorium oder einer Offizin wird arbeiten können. Da hilft ihm auch sein Bürgereid nicht. In seinem jetzigen Zustand kann er nichts lesen, geschweige denn, dass er kleinste Mengen exakt abwiegen kann. Er will es nicht wahrhaben und gibt es auch nicht zu«, berichtet Jordan.

»Das kann ich gut verstehen. Wovon soll er denn nun leben? – Aber das ist zum Glück nicht unsere Angelegenheit«, glaubt Fabro.

»Das sagen Sie so. Es betrifft mich durchaus. Wissen Sie, der Conasmann ist ja ein unangenehmer Mensch durch und durch. Wahrlich von der übelsten Sorte. Trotzdem kann ich ihn nicht einfach vor die Türe setzen. Mein

Anstand verbietet es mir.« Jordan bringt es immer noch nicht übers Herz, zu sagen, dass er tief, sehr tief in Conasmanns Schuld steht. Es würde alles erklären, doch Jordan fragt sich immerzu, was dann die Leute dächten. »Ich bin kein gewissenloser Apotheker, der anderen nicht hilft. Der Mann hat Schmerzen und nimmt Opium. Viel zu viel Opium, wenn Sie mich fragen. Er verändert sich deutlich.«

»Inwiefern?«, hakt Fabro nach.

»Sie wissen doch, Opium macht süchtig, der Körper verlangt nach immer mehr. Sie haben Conasmann lange nicht gesehen. Er ist ausgemergelt, nur noch Haut und Knochen. Ganz dürr ist er. Den ganzen Tag über liegt er im Bett und weint. Stellen Sie sich das mal vor: Wie ein Kind oder ein Weib weint er und redet wirr. Königin Luise solle sich vor Napoleon in Acht nehmen. Es sei seine Schuld, wenn Luise in Napoleons Hände falle. All seine Kriege führe Napoleon nur wegen Luise. Es ginge ihm, Napoleon, nicht um die Kaiserkrone des Heiligen Römischen Reiches Deutscher Nation, und auch die Einnahme Wiens sei ihm, Napoleon, nicht wichtig, es ginge ihm einzig darum, Königin Luise zu beeindrucken. Auch den ›Code Civil‹ habe Napoleon nur eingeführt, um unserer preußischen Königin zu gefallen, verkündet Conasmann immerzu«, erinnert sich Jordan. »Er wisse, wovon er spreche, betont Conasmann immer«, sagt Jordan. »Im Grunde könne er, Conasmann, Napoleon sogar verstehen, denn wer einmal Königin Luise gesehen habe, in ihrem Glanze und mit ihrer Schönheit, der könne nicht anders, als verrückt zu werden. – Stellen Sie sich das mal vor, so etwas muss ich mir hier tagein, tagaus anhören. Nicht auszuhalten!«

»Und Ihr Herr Conasmann hat Königin Luise vor Jahren irgendwo gesehen und ist seitdem nicht mehr ganz richtig im Kopf? So gesehen fügt sich alles ganz gut zusammen«, erkennt Fabro.

»Conasmann war rauschhaft beglückt, als er kurz nach seiner Ankunft in Lippstadt hörte, dass Königin Luise unsere Stadt besuchen werde. Er habe sie gesehen, als sie kurz vor ihrer Hochzeit nach Berlin kam. Bei ihrem Anblick habe sein Herz für einen kurzen Augenblick stillgestanden, um dann für immer nur noch für Luise zu schlagen. Conasmann träumte davon, von ihr zuerst ins Delhaes'sche Haus hier nebenan und später dann ins Schloss Charlottenburg oder Sanssouci eingeladen zu werden. Seine Hochstimmung steigerte sich von Tag zu Tag, und dann erfuhr er von Bürgermeister Schmitz, dass Königin Luise nicht kommen werde. Erinnern Sie sich, was hier los war? Eine Aufregung, die ihresgleichen sucht und den Magistrat förmlich dazu zwang, durch eine Bekanntmachung für Anstand und Ordnung zu sorgen, damit die Lippstädter wissen, wie sie sich am 7. und 8. Juni des Jahres – 1799 war es – zu verhalten hätten, wenn der König hier nebenan im Hause nächtige.«

»Fürwahr«, erinnert sich Fabro. »Ich erinnere mich, *daß Hausväter und Hausmütter, mehr aber noch Kinder, Handwerksgesellen und Gesinde in schmutziger Alltagskleidung auf dem Markt erschienen sind und durch ungestümes Drängen den notwendigsten Raum zum Umspannen verengt haben.** Der Conasmann brachte dann das Fass zum Überlaufen, wenn ich mich so ausdrücken darf. Sich auf den König zu übergeben! Also bitte! Das allein wäre Grund genug für den Magistrat, Vorschriften zu erlassen, *reinliche Sonntagkleider* zu verlangen, zu verbieten, *dem*

* Massow: *Besuch des Königs von Preußen in Lippstadt*. In: Heimatblätter Lippstadt 1947.

Wagen des Königs weder *vor- noch nachzulaufen*, und zu fordern, *sich still und ehrerbietig* zu verhalten und *nach 9 Uhr nicht aus dem Hause* zu gehen. Sogar eine *Bürgerwache** wurde am Markte postiert.«

»Conasmanns Verzweiflung begann an dem Tag und nahm kein Ende. Himmelhoch jauchzend – zu Tode betrübt, Sie kennen das. Von diesem Ereignis, besser sage ich: Von dieser Enttäuschung hat er sich nicht mehr erholt. Er ist schwermütig und in seinem Stolz verletzt, weil er sich von Luise zurückgewiesen fühlt. Gleichzeitig scheint er sie zu begehren, dass jedem angst und bange wird. Trost sucht er im Opium, und ich denke, es ist eher der missbräuchliche Genuss desselben, der bei ihm Wirkung zeigt. Obwohl: Größenwahn in Bezug auf *seine* Preußischen Soldaten hatte Conasmann, seit er hier in meinen Diensten steht – stand. Wie auch immer. Wenn ich mit ihm über die Zukunft zu sprechen versuche, wird er derartig wütend und gewalttätig, dass ich noch keinen Weg gefunden habe, um ihn loszuwerden. Bedenken Sie nur, was mich das kostet. Lebensmittel und Opium! Er wird mich ruinieren. Ich muss eine Lösung finden. Aber ich mag nicht die Polizei einschalten, denn dann heißt es, Apotheker Jordan kann seine Angelegenheiten nicht selbst regeln. Ich werde mich eines Tages von ihm, Conasmann, befreien können. Vor ein paar Tagen habe ich ihm zu verstehen gegeben, dass weder Königin Luise noch Preußen ihn, Conasmann, brauche. Sie ahnen nicht, was er getan hat! Mit der Schaufel hat er glühende Kohlen aus dem Küchenofen genommen und auf die Treppe geworfen. Die Strahlungswärme wird ihm wohl verraten haben, wo der Ofen steht. Conasmann sieht ja so

---

* Massow: *Besuch des Königs von Preußen in Lippstadt.* In: Heimatblätter Lippstadt 1947.

gut wie nichts mehr. Zwei, drei Mal hieb er die Schaufel in die Glut, so schnell konnte ich ihm kaum Einhalt gebieten. Arnold kreischte wieder einmal wie ein Weib, lief aber schnell, um Wasser zu holen. Wir hatten wahrlich genug Stadtbrände und können gut auf weitere verzichten.«

»Wie entsetzlich«, sagt Fabro fassungslos.

»Zuweilen wünsche ich mir, dass sich Conasmann mit dem Opium umbringt. Er wäre nicht der Erste, der dadurch sein Leben lässt. Doch ich stelle immer wieder fest: Totgesagte leben länger. Conasmann ist so schwach und weinerlich, er hat keine Kraft mehr«, sagt Jordan. »Und ich auch bald nicht mehr.« Und wieder ist Jordan an einem Punkt, an dem er wünscht, Conasmann hätte ihn damals, vor Jahren, einfach sterben lassen.

»Geben Sie ihm doch einfach noch mehr Opium, eine Überdosis«, empfiehlt Fabro und erschrickt über seine eigenen Worte. »Vielleicht ist es doch besser, Sie geben ihm keines mehr. Können Sie nicht die Türe verschließen, sodass Conasmann nicht mehr in Offizin und Laboratorium gelangen kann?«

»Ja, das könnte ich. Aber unter uns gesprochen: Ich habe wirklich Angst vor Conasmanns Zorn. Wenn Sie ihn in so einem Zustand erleben würden, dann würden Sie begreifen, was der Volksmund mit ›Weißglut‹ meint«, gesteht Jordan. »Meine Frau keift mich dann immer an, als ob ich für diesen Zustand verantwortlich sei. Ich habe Conasmann nicht das Ammoniak in die Augen gespritzt. Genau genommen weiß ich gar nicht, was überhaupt mit ihm geschehen ist. Er hat sich am Tage zuvor nach Paderborn aufgemacht. Was er dort wollte, weiß ich nicht. Er habe dort etwas zu erledigen, hatte er mir nur gesagt. Mir ist auch nicht klar, wie er es mit diesen Verletzungen bis nach

Lippstadt zurück geschafft hat. Ob ihm jemand geholfen hat?«, überlegt Jordan, ohne eine Antwort zu erwarten. »Aber wer?«

»Da fällt mir nur der Herbarius Augustinus ein. Die beiden scheinen freundschaftlich verbunden zu sein«, überlegt Fabro.

»Ich weiß es nicht. Mir machen alle im Haus zu schaffen. Meine immer unzufriedene Frau, der Conasmann und Arnold, dieser junge Bursche, der wäre mal lieber ein Mädchen geworden. Er ist wirklich zu gar nichts zu gebrauchen. Er sieht nur hübsch aus. So feingliedrig und zart. Mit seinen blonden Löckchen. Ich wünschte, ich wäre sie allesamt los!«, ereifert sich Jordan. »Herr Fabro, bitte entschuldigen Sie, dass ich Sie mit meinen Angelegenheiten derart behellige. Das war nicht meine Absicht. Entschuldigung.«

»Ist schon gut. Wollen wir nicht erst einmal dafür sorgen, dass wir die Angelegenheit mit der *Einhorn-Apotheke* regeln, bevor Sie sich aller anderen entledigen?«, lacht Fabro in dem Glauben, einen guten Scherz gemacht zu haben. Doch Jordan blickt ihn ernst an, als führe er genau das im Schilde.

LIPPSTADT, 8TER APRIL 1806

»Guten Tag, Herr Hülsemann. Darf ich eintreten?«, fragt Apotheker Fabro höflich.

»Kommen Sie herein. Guten Tag, Herr Fabro. Bitte sehen Sie es mir nach, dass ich verwundert über Ihren Besuch in meiner *Einhorn-Apotheke* bin«, gesteht Johannes Hülsemann.

»Ist schon recht. Ich kann Sie verstehen. Der Grund meines Kommens ist folgender: Sie haben bestimmt auch gehört, dass beide Male die Suche nach Apotheker Jordan vergebens war. Die Männer haben in jeden Winkel unserer Stadt geguckt, und als sie ihn nirgends finden konnten, glaubten sie, Jordan sei in der Lippe ertrunken. Aber auch seine Leiche haben sie nicht finden können. Höchstmerkwürdig. Niemand löst sich in Luft auf. Manche fürchteten bereits, er sei von Tieren gefressen worden. Aber das ist ein Gerücht, von dem ich vermute, dass es die Waschweiber in Umlauf gebracht haben. Sie wissen ja, wie die sind. Wenn sie nichts zu erzählen haben, denken sie sich etwas aus. Aber Jordan ist und bleibt verschwunden. Ich muss zugeben, ich habe mir ein wenig Sorgen gemacht und konnte schon nicht mehr gut schlafen.«

»Ja, das ist tragisch«, gibt sich Hülsemann mitfühlend, obwohl es ihm nicht wirklich nahe geht, was mit Apotheker Jordan geschehen ist oder geschehen sein könnte. Und ob Fabro schläft oder nicht, ist für ihn bedeutungslos. So lange Jahre hat er, Hülsemann, unter Jordan und auch unter Fabro gelitten, dass es ihm nun unmöglich ist, wahrhaft mitzufühlen. Seit beinahe vier Wochen ist Jordan nun schon nicht mehr in Lippstadt gesehen worden. Ob ihm tatsächlich etwas zugestoßen ist, und wenn ja, was genau ihm widerfahren ist oder ob Jordan sich schlicht und ergreifend aus dem Staub gemacht hat, ist ihm, Hülsemann einerlei.

»Heute Vormittag war ich bei Madame Jordan. Ich fühle mich ein wenig in der Pflicht, dort nach dem Rechten zu sehen, weil Jordan und ich ja nun gemeinsame Sache gemacht haben. Niemand weiß das besser … als Sie, werter Herr Kollege«, geht es Fabro nur zögerlich über die Lippen.

»Wie wahr, wie wahr.«

»Sie wissen, dass der Conasmann nicht in der Lage ist, die Apotheke zu führen. Er ist krank – und damit meine ich nicht nur die Augen, sondern auch den Geist …«

»Ist mir bekannt«, meint Hülsemann knapp, da ihm immer noch nicht klar ist, was Fabro von ihm wünscht.

»Die gnädige Frau hat mir erzählt, dass ihr Mann aus Amsterdam geschrieben habe; es ginge ihm dort gut und er gedenke nicht, nach Lippstadt zurückzukehren. Die Ärmste hat bitterlich geweint, doch unter uns gesprochen: Vielleicht kann sie sich glücklich schätzen, den Mann los zu sein. Es stellt sich natürlich die Frage, was nun aus ihr wird. Aber das soll nicht unsere Sorge sein. Sie hat mir den Brief mitgegeben und mir aufgetragen, diesen dem Magistrat vorzulegen, damit dieser die nötigen Schritte einleitet. Hören Sie selbst«, sagt Fabro und beginnt zu lesen:

Ich möchte Sie wissen lassen, dass ich nicht zurückzukommen gedenke. In Lippstadt genieße ich kein Ansehen mehr. Die Bürger verlachen mich, weil ich mich des Ungehorsams und des nicht zu duldenden Verhaltens des Conasmann nicht erwehren konnte. Er hat mich ruiniert. Der Offizin und dem Laboratorium fehlt es an allem.

Werte Gemahlin, bitte verzeihen Sie mir mein Verhalten; ich kann nicht mehr mit Ihnen leben, da ich mein Gesicht unter Ihren Augen verloren habe. Sie erinnern sich an die leidige Angelegenheit mit der Fischgräte?!

Ich werde hier in Amsterdam ein neues Leben beginnen und möchte von niemandem behelligt werden. Ich flehe Sie an, suchen Sie nicht nach mir, ich wünsche keinerlei Kontakt zu jemandem. Alles wünsche ich hinter mir zu lassen. Sie ahnen nicht, wie wohltuend, ja befreiend es ist, diese Last, diese Bürde nicht mehr tragen zu müssen. Allein der Anblick der Tulpen und Grachten ist für mein Inneres heilsam. Es tut mir so gut – ja, verehrte Gemahlin, es geht mir hier sehr, sehr gut.

»Amsterdam? Was will er denn dort?«, überlegt Hülsemann. »Eine andere Frau?«

»Das weiß nur er allein«, vermutet Fabro.

»Ich empfinde es als überaus unangemessen, der gnädigen Frau vorzuschwärmen, wie schön es dort ist und wie gut es ihm geht, während hier für Frau Jordan alles den Bach runtergeht. Da kann sich Frau Jordan glücklich schätzen, nicht über selbigen gehen zu müssen«, versucht Hülsemann – ja was? Einen Scherz?

»Selbigen? Ich kann Ihnen nicht folgen.«

»Frau Jordan geht nicht – zumindest vorerst nicht – über den Jordan. Bitte entschuldigen Sie mein Wortspiel. Es ist unangemessen. – Was meint er mit ›leidige Angelegenheit mit der Fischgräte‹?«, erkundigt sich Hülsemann.

»Ich habe es auch nicht verstanden. Frau Jordan erzählte mir auf meine Frage, ihr Mann sei beinahe vom wahren

Glauben abgefallen. Er habe nicht inbrünstig gebetet und sei im Gottesdienst nicht andächtig gewesen. Da habe Gott ihrem Gemahl ein Zeichen gesendet und dafür gesorgt, dass ihm eine Fischgräte im Halse stecken bleibe und zum Erstickungstod führen werde. Doch dann sei Conasmann in die gute Stube gestürmt. Durch bloßes Auflegen seiner Hände auf den Brustkorb ihres Gemahls habe Conasmann erreicht, dass die Fischgräte aus dem Körper entweicht. – Sagen Sie nichts, Herr Hülsemann, ich kann es mir auch nicht vorstellen und bin eigentlich ganz sicher, dass es sich ein wenig anders zugetragen haben wird. Bei aller Gottesfürchtigkeit weiß ich doch als gebildeter Mensch, dass Handauflegen alleine nicht reicht.«

»Ja, das denke ich auch. Conasmann wird Jordan hochgewuchtet haben und dadurch einen heftigen Hustenreiz ausgelöst und somit die Fischgräte – oder was auch immer es war – nach draußen befördert haben.«

»Herr Hülsemann, Sie denken ähnlich wie ich. Das freut mich. Ich weiß es zu schätzen. Den Brief von Jordan werde ich gleich dem Magistrat vorlegen mit der Bitte, dieser möge dem *Königlichen Hochlöblichen Provinzial Collegium Medicum* mitteilen, [...] *dass Apotheker Senator Jordan seine Frau vor einigen Wochen heimlich verlassen und seitdem von Amsterdam geschrieben hat, daß er nie zurückkehren würde. Sein Vermögen und die hinterlassene Officin sind in sehr traurigen Umständen*. Es wird ein Konkurs angestrebt werden müssen, *da es an verschiedenen der unentbehrlichsten Medicamenten eben so sehr wie an einem approbirtem Vorstande fehlt* [...] So muss die *Adler-Apotheke* dauerhaft geschlossen werden. *Die Frau* [wird] *zu ihrem Vater dem Kaufmann Fuhrmann zu Hamm zurükkehren* [...], teilte sie mir höchstselbst unter steinerweichendem Weinen mit. Sie wolle dies zwar nicht, aber es gebe keine andere Möglichkeit. Sie könne natürlich auch nicht mit Conasmann unter einem Dach leben. Das schicke sich nicht. Dieser lebe zwar noch in seiner alten Schlafkammer und werde zuweilen auch noch zudringlich, sodass sie sich seiner kaum erwehren könne, sagte Frau Jordan eben«, berichtet Fabro. »Aber bislang sei es ihr gelungen, ihn von sich fernzuhalten.«

Apotheker Hülsemann nickt vorsichtig. Er ahnt, dass ein gutes Ende nahe ist, traut dieser höchstmerkwürdigen Angelegenheit jedoch noch nicht. »Frau Jordan lebt seit vier Wochen mit Conasmann allein unter einem Dach? Und selbst wenn dieser Arnold dort lebte, könnte auch er der gnädigen Frau nicht hilfreich zur Seite stehen, wenn Conasmann zudringlich werden sollte. Dass das die Familie der Dame – aus Hamm sagten Sie? – überhaupt duldet, wundert mich«, gesteht Hülsemann.

»Ja, Sie haben völlig recht. Eine höchstmerkwürdige Angelegenheit, die anders hätte geregelt werden müssen. Zum Glück ist es nicht unsere Aufgabe. Ich erwarte, dass der Magistrat einschreiten und im Hause Jordan für Ordnung sorgen wird, auf welchem Wege auch immer. Wir beide, Herr Hülsemann, müssen überlegen, [o]*b es unter diesen Umständen nicht sachdienlich sey, den Verkauf der Apotheke mit deren Privilegiums* an einen jeden Fremden zu untersagen. Das wäre für uns beide vorteilhaft, und wenn Ihrerseits nichts dagegen spricht, werde ich es dem Magistrat so empfehlen«, erklärt Fabro sein Vorhaben. »Wäre es nicht gut, wenn man es uns beiden überließe, das Privileg der *Adler-Apotheke* zu kaufen? Sie wissen, dass durch *die Samtlandesherrliche Erklärung […] nur 2 Apotheken in unserer Stadt seyn sollten.*«

Hülsemann nickt, dieses Mal deutlich. Niemand weiß besser als er, was diese Beschränkung auf zwei Offizinen bedeutet.

»Ich werde dem Magistrat empfehlen, *den Proceß den der entwichene Jordan und* [ich] *gegen* [Sie] *wegen der Tilemannschen Apotheke bißher geführt haben zu coupiren* [...].Natürlich liegt *dieses im weisen Ermessen des bemeldeten hochlöblichen Collegii*, doch ...«

»Sie meinen, Sie werden nicht mehr gegen mich und meine Übernahme der *Einhorn-Apotheke* vorgehen?«, vergewissert sich Hülsemann, der diese unerwartete Wendung der Dinge kaum fassen kann. Vorsichtshalber verbietet er sich das Gefühl der sich in seinem Inneren breitmachenden Erleichterung und der daraus erwachsenen Freude. Seit Jordans Verschwinden hat er sich immer wieder in schönsten Farben ausgemalt, welch gutes Ende der leidige Apothekenstreit nun nehmen könnte, und hatte nicht gewagt, sich irgendjemandem anzuvertrauen. Wie hätte es ausgesehen, wenn alle in Sorge nach Jordan suchen, und er in Gedanken schon das Apothekenwesen der Stadt neu ordnet? Was hätte man ihm nicht alles unterstellen können: Schadenfreude wäre noch einer der harmloseren Vorwürfe gewesen. In einer Nacht – etwa acht Tage mag es her sein – ist er aufgeschreckt und hoffte, dass niemand in Lippstadt auf den Gedanken käme, dass er, Hülsemann, für das Verschwinden des Jordan verantwortlich sei. Ja, er hätte allen Grund dazu, und er wird wohl auch der größte Nutznießer dieser neuen und unerwarteten Lage sein.

»Nein, natürlich werde ich nicht weiter gegen Sie vorgehen!«, sagt Fabro und unterbricht die Gedanken Hülsemanns. »Unter uns gesprochen, der Herr Jordan war stets die treibende Kraft in dieser sogar für mich durchaus unangenehmen Lage. Ich habe mich von Jordan und seiner Art leider sehr einnehmen lassen. Jetzt sehe ich klar und erkenne, dass Sie ein guter, aufrichtiger und ehrenwerter Apotheker sind. Entschuldigen Sie die Unannehmlichkeiten«, bittet Fabro mit dem Versuch, alles Unschöne auf Jordan zu schieben. Letztlich ist sich doch jeder selbst am nächsten, und schließlich ist er, Fabro, es, der hier im schönen Lippstadt noch seine Kinder aufwachsen sehen möchte. Sein Sohn, der kleine Franz, soll eines Tages seine *Engel-Apotheke* in der Langen Straße übernehmen, und dann ist es von Vorteil, wenn Frieden herrscht. Und Jordan? Dieser Hitzkopf ist nun fort, er kann sich nicht wehren und glaubt ja ohnehin, alles Ansehen verloren zu haben – was ja auch ganz und gar nicht falsch ist. Ob er den Lippstädtern erklären soll, dass Jordan fast von Anfang an in Conasmanns Schuld stand? Aber Jordan hatte selbst entschieden, es zu verheimlichen. Soll es so bleiben, denkt Fabro. Vielleicht wird Hülsemann es erzählen, vielleicht auch nicht.

»Wenn es Ihnen recht ist«, fährt Fabro fort, »werde ich den Magistrat noch darum bitten, zu *bemerken, daß die beyden hiesigen Apotheker* – Sie und ich«, fügt er mit einem freundlichen Lächeln hinzu, »Sie und ich – *das Zutrauen des Publikums und der Aerzte haben auch im Stande sind, die vacante Officin nach einer billigen Schätzung zu bezahlen.«**

»Selbstverständlich ist mir sehr daran gelegen, diese entsetzliche Angelegenheit aus der Welt zu schaffen. Und wenn Sie sagen, Jordan war die treibende Kraft, dann werde ich das wohl glauben müssen. Aber bitte haben Sie

* Alle voran stehenden kursiv gesetzten Zitate stammen aus: Stadtarchiv Lippstadt, St.R. B 2046.

Verständnis, dass ich mich sehr verhalten zeige. Das Leid, das Sie beide mir zugefügt haben, ist zu groß, als dass ich es nach zwei oder drei freundlichen und wohlwollenden Sätzen vergessen könnte. Ich kann Ihnen aber versichern, dass auch mir an einem friedlichen Miteinander sehr gelegen ist. – Werden Sie mit Bürgermeister Schmitz sprechen?«

Fabro nickt, verabschiedet sich und geht über den Marktplatz zum Rathaus.

Noch am selben Tag verfasst Bürgermeister Schmitz einen Bericht über diese neue Entwicklung an das Provinzial Collegium medicum zu Hamm.

LIPPSTADT,
28STER APRIL 1806

Die Glocken der Grossen Marienkirche läuten. Es ist zwölf Uhr Mittag, als die Auflösung der *Adler-Apotheke* beginnt. Auch Conasmann hat es geschafft, von irgendwoher pünktlich zu kommen. Wie und wo sich dieser durchschlägt, weiß niemand. Er wird mal hier und mal dort gesehen, sodass die Lippstädter lediglich wissen, dass er sich nach wie vor in der Stadt aufhält. Bekannt ist, dass der ehemalige Bürgermeister Zurhelle erreicht hat, dass Conasmann das Haus Jordan verlässt, und zwar nicht nur vorne raus und hinten wieder rein, nein, Conasmann hält sich fern. Zurhelle habe ihm gedroht, sagen die Leute … Worte geistern durch Lippstadt: Mordversuch besagen sie, Conasmann habe Zurhelle töten wollen. Es stimmt nicht, sagen die anderen, es war Jordan, der den Zurhelle umbringen wollte. Handelt es sich um Gerüchte der Waschweiber?, fragen sich die Lippstädter, oder gibt es einen wahren Kern? Und Zurhelle schweigt, wenn er darauf angesprochen wird. Nur heute hindert niemand Conasmann daran, noch ein letztes Mal in die *Adler-Apotheke* zu kommen. Jeder glaubt, der andere habe es gestattet. Sprächen sie ein offenes Wort miteinander, wüssten sie, dass dem nicht so ist.

»Entschuldigen Sie dieses Durcheinander«, bittet Frau Jordan, als sie die Herren vom Magistrat, allen voran Bürgermeister Schmitz und Dr. Rose, gefolgt von Fabro und Hülsemann, begrüßt. »Mir fehlt die Kraft, hier für Ordnung zu sorgen und …«

»Das war noch nie Ihre Stärke«, fällt Conasmann der gnädigen Frau ins Wort. »Auch Jordan legte nie viel Wert auf Ordnung und Sauberkeit in Offizin und Laboratorium. Es war einzig mein Verdienst, dass …«

»Ihr Verdienst?«, lacht Fabro. »So eine bodenlose Unverschämtheit. Jetzt denken Sie nicht, Sie könnten durch das Schlechtreden des Jordan irgendwelche bemerkenswerten Leistungen Ihrerseits herbeilügen.«

»Lassen Sie ihn«, beschwichtigt Bürgermeister Schmitz ganz leise. »Wenn Sie mit Conasmann etwas erörtern, wissen Sie am Ende nicht mal mehr Ihren eigenen Namen. Der verdreht Ihnen das Wort im Munde. Wahrhaft jedes!«

Conasmann kann sich ein freudig fieses Grinsen nicht verkneifen. Es ist erstaunlich, wie schnell sich die Ohren zu nicht für möglich gehaltenem Hörvermögen steigern, wenn die Augen nicht mehr gut sehen. Er muss sich bei allem auf sein Gehör verlassen; das schult.

»Ja, Sie haben recht. Ich werde nichts mehr sagen«, flüstert Fabro. »Wenn ich ehrlich sein darf, Bürgermeister Schmitz, ich bin sehr dankbar, dass Jordan die Stadt verlassen hat. Es löst viele Probleme. Wenn wir im Verlauf des Nachmittags die *Adler-Apotheke* aufgelöst haben, ist alles wieder gut. Auch für meinen geschätzten Kollegen Hülsemann wird eine neue Ära beginnen – ich gönne es ihm von ganzem Herzen.«

»Lügner!«, ruft Conasmann, doch die Herren beachten ihn nicht.

»Es ist gut, was Sie sagen«, beteuert Bürgermeister Dr. Rose. »Es ist für alle besser, wenn Ruhe und Frieden in Lippstadt herrschen. Sollen wir beginnen? Eigentlich müssten wir alles einzeln versteigern. Das würde furchtbar lange dauern. Herr Hülsemann, Herr Fabro, Sie beiden sind die Einzigen, die sich als Creditoren gemeldet haben. Das macht ja auch Sinn«, findet Bürgermeister Dr. Rose. »Was sollten auch andere Lippstädter mit Apothekenutensilien? Und manches dürfte ja auch nicht in unkundige Hände gelangen. Ihre Zahlungsfähigkeit – verehrter Herr Hülsemann und verehrter Herr Fabro – ist nicht infrage zu stellen, und so wäre es mir recht, wenn sie alle Mobilien, alle Utensilien etc. der *Adler-Apotheke* unter sich aufteilen, und wenn das geschehen ist, rechnen wir alles zusammen. Ist es Ihnen beiden recht?«

Apotheker Hülsemann und Apotheker Fabro nicken und blicken sich freundlich an. Sie sind sich wohlgesonnen, freuen sich beide Bürgermeister und nicken sich ebenfalls zu, als Zeichen, es wahrgenommen zu haben. Die beiden Apotheker bekommen dieses nicht mit. Auch Conasmann kann keinerlei Gesten sehen, er kann wohl nur noch hell von dunkel unterscheiden.

Bürgermeister Schmitz fällt ein, dass der aktenkundige Apothekerstreit Lippstadts noch nicht beigelegt werden konnte. »*Da indeßen in der Sache der Apotheker Fabro und Jordan wider den Tilemann noch an Kosten 63 Rtl. 48 Sol.* ausstehen, werden wir versuchen, *bey dem bevorstehenden Concurs die Hälfte* [also Jordans Anteil] *schleunigst aus dem Vermögen des* [...] *Jordan exekutive zu beytreiben und an uns postfrey übersenden zu laßen.** Ihre Hälfte, Herr Fabro, müssten Sie dann ebenfalls schleunigst begleichen, dann legen wir die Angelegenheit ad acta.«

»Morgen zu früher Stunde werde ich zu Ihnen kommen, um zu zahlen«, verspricht Fabro. »Sie sind doch auch am Samstag im Rathaus?«

---

* Stadtarchiv Lippstadt, St.R. B 2046.

»Selbstverständlich! Wo sollte ich denn sonst sein?«, empört sich Bürgermeister Schmitz über diese Frage. Als ob er auf der faulen Haut liegen würde! Nein, wahrlich nicht. Er ist ein fleißiger Mann!

Die beiden Apotheker schauen sich in der *Adler-Apotheke* um. Alles, was einst schön war und zu gebrauchen gewesen wäre, ist fort. Frau Jordan berichtet ihnen, dass Conasmann hier wie ein Berserker gewütet habe. Sie selbst habe sich oben in ihrer Kammer eingeschlossen und gebetet, Gott möge ihrer Seele gnädig sein.

»Sie lügt«, behauptet Conasmann. »Sie war es selbst, weil sie sich so über das Verschwinden ihres Mannes geärgert hat.«

»Wer soll denn so etwas glauben?« Der Bürgermeister ringt um Fassung. Welch eine Dreistigkeit!

»Die gnädige Frau ist so verbittert, dass …« Conasmann erweckt den Anschein, nun mit der Beleidigung Frau Jordans erst recht zu beginnen, und wird von Bürgermeister Dr. Rose unterbrochen: »Herr Conasmann, Sie verlassen jetzt bitte das Haus. Gehen Sie! Wohin auch immer!«

Zur allergrößten Verwunderung beginnt Conasmann zu weinen, hier in dieser Apotheke hätte er die schönsten Jahre seines Lebens verbringen wollen, hier hätte er Großes leisten können, wenn man ihn denn gelassen hätte. Aber von Anfang an habe alles unter schlechten Sternen gestanden, denn Königin Luise sei nicht nach Lippstadt gekommen, dabei begehre sein Herz nur sie! Er habe sich trotz allem redlich bemüht. Und jetzt schicke man ihn fort? Das sei, als dürfe er nicht zugegen sein, wenn ein guter Freund zu Grabe getragen wird. Wie der Bürgermeister denn so grausam sein könne?

»Bitte verschonen Sie uns mit Ihrem Schauspiel«, fordert Bürgermeister Dr. Rose, greift Conasmann am Arm und führt ihn fort. »Warten Sie nicht auf mich. Beginnen Sie lieber, sonst werden wir heute nicht mehr fertig«, meint Dr. Rose, als er schon durch die Tür nach draußen gegangen ist.

»Gut«, sagt Bürgermeister Schmitz.

»Alles, was noch hätte Geld bringen können, ist zerstört«, stellen die beiden Apotheker fest, ohne zu wissen, ob es für sie selbst nun vorteilhaft ist oder nicht. Sie benötigen nicht wirklich irgendwelche Utensilien, schließlich besitzen beide gut ausgestattete Offizinen. Für die gnädige Frau ist es allerdings ein unermesslicher Schaden. Sie kann jeden Groschen gebrauchen. »Madame, berichten Sie bitte. Was ist hier geschehen?«, fordert Fabro, der nicht fassen kann, welch entsetzlicher Anblick ihm hier geboten wird. Er hatte sich – wie wohl auch Hülsemann – nur aus Anstand als Creditor gemeldet, um es der gnädigen Frau ein klein wenig zu erleichtern, ihrer doch ausweglosen Lage zu entkommen.

Conasmann habe immerzu gebrüllt, erzählt Frau Jordan. Ihr Mann sei ein Feigling, ein elender Hundsfott, der nun auch seinen Teil der Verantwortung übernehmen müsse, wenn es den preußischen Soldaten nicht gelänge, gegen Napoleon standzuhalten. Ihr Mann sei ihm, Conasmann, das schuldig. Was das alles zu bedeuten habe, wisse sie nicht. Immer wieder sei bei Conasmanns Beschimpfungen sowohl der Name Napoleon als auch ein anderer, Sertünner oder so ähnlich, gefallen. Napoleon sei ihr ein Begriff, selbstverständlich, sie sei ja nicht dumm, ja, sie wisse, dass die Leute das von ihr dächten, doch nein, sie sei nicht dumm. Obwohl sie nicht wisse, wer Sertünner sei. Sie habe schon überlegt, ob es ein Kunde der Offizin gewesen sei, aber nein, der Name sage ihr nichts. Gar nichts. Aber all das habe nun keinerlei Bedeutung mehr. Sie ginge fort. Sie müsse fort. Einerseits sei sie froh, Lippstadt verlassen zu können – so der Lächerlichkeit preisgegeben zu sein, könne niemand aushalten. Andererseits gäbe es keine andere Möglichkeit, als nach Hamm zu ihrem Vater zu gehen. So habe sie sich ihr Leben nicht vorgestellt, nein wahrlich nicht. Bei der Heirat habe sie geglaubt, eine gute Partie zu machen. Ein wohlhabender und gebildeter Mann sei ihr ausgewählt worden, da sei sie ihrem Vater und ihrem ältesten Bruder sehr dankbar gewesen. Doch recht schnell habe ihr Gemahl sein wahres Gesicht gezeigt: nach außen zwar ein geschäftstüchtiger Mann, der alle glauben machte, sich durchsetzen zu können. Doch hinter verschlossener Türe sei er tatsächlich ein Feigling gewesen, der sich zu keiner Entscheidung habe durchringen können. Immerzu habe er abgewägt und überlegt, bis der Punkt gekommen sei, wo es nichts, aber auch gar nichts mehr zu entscheiden gegeben habe. Bis Conasmann kam. Da habe sich ihr Mann einmal für etwas – für die Einstellung des Conasmann – entschieden und siehe da, die Entscheidung war falsch. Er, also ihr Mann, wollte groß rauskommen in Lippstadt, wollte sich selbst etwas beweisen, eine große Apotheke für alle wollte er aufbauen …«

»Eine Apotheke?«, hakt Fabro erschrocken nach. Sofort zieht sich ihm der Magen zusammen und im selben Augenblick wird ihm bewusst, dass er es nicht nur immer schon geahnt hat, nein, Jordan hatte es ein oder zwei Mal sogar deutlich ausgesprochen. Aber er, Fabro, hatte es nicht hören, nicht wahrhaben wollen. Ja, er scheint es tatsächlich verdrängt zu haben. Jetzt kehrt die Erkenntnis mit voller Wucht zu ihm zurück – er war Jordan auf den Leim gegangen, hatte sich vor dessen Karren spannen lassen, wie man so schön sagt, und im Glauben, recht zu handeln, war er doch nur blind, ja dumm sogar hinter Jordan hergerannt. Schamesröte steigt Fabro ins Gesicht. Wie unangenehm doch dieses Gespräch ist – und das auch noch in Gegenwart Hülsemanns!

»Ja, Herr Fabro, Sie verstehen ganz recht. Der Plan meines Mannes war, erst dafür zu sorgen, dass die *Einhorn-Apotheke* geschlossen wird, und anschließend wäre Ihre *Engel-Apotheke* an der Reihe gewesen. Er hat Sie geblendet wie viele andere auch. Mich und meine Familie, die Fuhrmanns aus Hamm, eingeschlossen.«

Ein klagender Laut entfährt Fabro. Er nickt. Was blieb ihm nun alles erspart, wo Jordan gegangen ist. Nicht auszudenken, was noch alles hätte kommen können!

»Irgendwann hat mein Gemahl mehr und mehr gespürt, dass sein Plan nicht aufgehen werde. Die Menschen verlachten ihn, weil es für alle ersichtlich war, dass er Conasmann nicht unter Kontrolle hatte. Sie fürchteten, dass das auch für die Offizin und die Medikamente gelte, und mieden nach und nach die Apotheke; auch weil sie sich vor Conasmann fürchteten.«

»Fürwahr«, bestätigt Hülsemann die Worte der Frau Jordan. »Ich hatte in den Wochen vor seinem Fortgang vermehrt Kundschaft, die sagte, man könne keinen Fuß mehr in die Nähe der *Adler-Apotheke* setzen, geschweige denn hineingehen.«

»Ja, und viele Lippstädter blickten meinen Mann immer so mitleidig an. Ich muss gestehen, dass ich auch meinen Teil dazu beigetragen habe. Es war mir nicht mehr möglich, ihn zu ehren und zu achten, wie es jede gute Frau tun sollte. Er war so erbärmlich … Und Conasmann war so erbärmlich. Ich konnte es nicht mehr aushalten und wäre gerne gegangen. Doch wohin?«

»Zu Ihrem Vater«, entfährt es Hülsemann leise.

»Das ging nicht. Undenkbar. Das tut man nicht. Jetzt liegt die Sache anders. Aber nicht wirklich besser. Am ersten Wochenende im Mai werde ich Lippstadt verlassen. – Bitte entschuldigen Sie mich, ich muss mich hinlegen. Diese ganze Angelegenheit strengt mich sehr an. Mir ist nicht gut.«

Die beiden Apotheker nicken verständnisvoll, als Frau Jordan in die obere Etage geht. Jetzt heißt es, die *Adler-Apotheke* zu teilen.

»Werter Herr Hülsemann. Ich habe Einiges wieder gutzumachen und deshalb dürfen Sie sich alles aussuchen, was Sie haben möchten. Sie haben die erste Wahl!«, sagt Fabro großzügig und versucht, zu überspielen, wie unwohl er sich in Gegenwart Hülsemanns fühlt. Sein schlechtes Gewissen Hülsemann gegenüber nagt an ihm ebenso wie die Scham, sich so töricht verhalten zu haben. Erst recht, weil ihm soeben bewusst geworden ist, dass ihm über kurz oder lang ein ähnliches Schicksal wie das des Hülsemann geblüht hätte. Nicht auszudenken, was gewesen wäre, wenn …

»Das ist sehr freundlich von Ihnen«, dankt Hülsemann, »doch ich möchte nichts von all dem hier mitnehmen. Es würde mich doch nur an diese wahrlich unschöne Zeit erinnern …«

»Verstehe.« Fabro blickt sich um. Die Gefäße sind zerbrochen und zu einem Haufen in die Ecke gefegt worden. Mörser ohne Schale, einzelne Deckel, verbogene kleine Löffelchen, mit denen man einst das Pulver teilte, ein paar

Gewichte, aber keine Waage … Ganz oben auf dem Regal der Offizin, direkt hinter dem Verkaufstisch, steht ein aus Holz geschnitzter Adler. Er könnte ihn mitnehmen, denkt Fabro, um an die guten alten Zeiten zu erinnern und gleichzeitig zu mahnen, dass man doch allen nur vor den Kopf schaut. Vorsicht ist stets geboten! Doch er entschließt sich, den Adler zu lassen, wo er ist. Eine *Engel-Apotheke* braucht – und hat! – einen Engel. Ein Adler wäre falsch. Fabro nimmt stattdessen das einzige heile Gefäß an sich. *SOL-NITROGLYC. 1‰* steht auf dem braunen Fläschchen. Der junge Arnold fragt, ob er beim Tragen behilflich sein könne und ist sichtlich überrascht zu sehen, dass Fabro nur eine Kleinigkeit in Händen hält. Selbst dieser zarte Junge hat jetzt mehr Kräfte als Conasmann. Wenn Conasmann nicht so ein unangenehmer Mensch wäre, könnte er mir fast leidtun, denkt Fabro. Wenn ich bedenke, wie gesund und kräftig er war, als er hier in Lippstadt ankam. Gute sieben Jahre ist es her. Vornehm blass ist seine Haut gewesen, volles Haar hat er gehabt, und ja, Fabro glaubt zu wissen, dass einige junge Damen von Conasmanns äußerer Erscheinung angetan waren. Heute steht ihm der Verfall ins Gesicht geschrieben. Seine Haut ist fahl, dreckig-braun und schuppig, sein Haar ist verfilzt und wahrscheinlich sogar verlaust. Seine Kleidung ist verschlissen, löchrig und verschmutzt. Ein Gestank geht von ihm aus, so stark, dass man es kaum in einem Raum mit ihm aushält. Wahrscheinlich war Dr. Rose dankbar, eben Conasmanns ungehobeltes Verhalten als Grund vorschieben zu können, diesen vor die Türe zu schicken. Erstaunlich nur, dass Conasmann sich das hat gefallen lassen. Seit Stunden fehlt von ihm jede Spur. Er, Fabro, hatte sich darauf eingestellt, sich immer wieder mit Conasmann wegen irgendwelcher Kleinigkeiten auseinandersetzen zu müssen. Doch nein, es herrscht Ruhe. Verdächtige, beinahe gespenstische Ruhe. Da wird Fabro bewusst, dass auch Dr. Rose nicht zurückgekommen ist. Ein so zuverlässiger Mann, dem die Lippstädter viel – ach, was denkt er? – *nur* Gutes zu verdanken haben. Hoffentlich ist ihm nichts zugestoßen! Hoffentlich hat Conasmann nicht Hand angelegt an den ehrenwerten Bürgermeister Dr. Rose!

»Bürgermeister Schmitz, haben Sie Dr. Rose gesehen?«, erkundigt sich Fabro mit größer werdender Sorge. »Seit er Conasmann der Offizin verwiesen und höchstselbst dafür gesorgt hat, dass dieser auch geht, habe ich ihn nicht mehr gesehen. Ich dachte, er …«

»Er ist im Rathaus und bereitet die Dokumente vor, die belegen, dass es mit der Auflösung der *Adler-Apotheke* alles seine Richtigkeit hat.«

»Da bin ich erleichtert. Sie wissen ja, dem Conasmann ist alles zuzutrauen«, gesteht Fabro seine Befürchtung. »Ich werde Ihnen keine hohe Summe für Utensilien der *Adler-Apotheke* zahlen müssen«, fährt Fabro beinahe entschuldigend fort, denn ihm ist bewusst, dass es kaum zur Begleichung der Schulden im Falle Jordan/Fabro gegen Hülsemann reichen wird. Geschweige denn, der gnädigen Frau eine Summe mit auf den Weg zu geben, die sie leben lässt. Die Ärmste wird auf das Wohlwollen ihrer Familie in Hamm angewiesen sein. Kein einfaches Schicksal. »Ich werde lediglich dieses kleine Fläschchen mitnehmen. Nicht, weil ich etwas damit anzufangen wüsste, nein, nur aus Anteilnahme an dem Schicksal der Frau Jordan. Vielleicht erinnern Sie sich, Bürgermeister Schmitz, Apotheker Jordan hatte eine ganze Reihe kostbarer Gefäße in seiner Offizin stehen. Für jedermann sichtbar. Er hatte eigens für seine Apotheke Adler darauf malen lassen. Sie allein waren ein kleines Vermögen wert. Aber Conasmann hat alles zertrümmert. Ausgerechnet ein Gefäß ohne Adler hat nur die Verwüstung unbeschadet überstanden. Sehen Sie«, fordert Fabro, »es steht nur *SOL-NITROGLYC. 1‰* darauf. Eigentlich schade. Ich hätte es – trotz allem – zu schätzen gewusst, ein Gefäß mit einem Adler als Erinnerung und Mahnung mitzunehmen.«

LIPPSTADT, 5TER MAI 1806

Wie immer am ersten Montag im Mai ist Jahrmarkt in Lippstadt. Man kennt sich, man weiß, wer kommt, und man weiß, was geboten wird.

Mehrere Nächte schon hat sich Conasmann in einem der leer stehenden Häuser nahe der Lippe versteckt gehalten. Es hat im hinteren Bereich ein kleines Schlupfloch, das scheinbar schon von einigen Bettlern und Umherziehenden genutzt worden war. Und doch scheint niemand davon zu wissen. Dort bleibt man unbehelligt von allen Rechtschaffenen. Das Jordan'sche Haus war seit dem Fortgang der gnädigen Frau verschlossen. Beinahe wie eine Festung, denkt Conasmann und findet es übertrieben. Fenster und Türen sind vernagelt worden, sodass niemand ungesehen hineingehen kann. Frau Jordan ist gestern von ihrem Bruder abgeholt worden. Sie ist weg. Ist nicht schade drum, denkt Conasmann, denn sie wollte ohnehin nicht so wie ich. Wie erbärmlich er doch die Alte fand … aber doch besser, als kein Weib im Bett zu haben, hat er zuweilen gedacht. Jetzt hat er allerdings nicht einmal mehr ein Bett, geschweige denn eine Kammer; kein Zuhause. Nichts ist ihm geblieben, nicht einmal sein Augenlicht. Er ist beinahe blind.

In der Lippe wäscht sich Conasmann den Schlaf und den Dreck aus dem Gesicht. Das Wasser ist so kalt, als wären bereits die Eisheiligen am Werke. Doch die lassen bekanntlich noch ein paar Tage auf sich warten.

Auf dem Jahrmarkt lässt sich Conasmann von den Stimmen leiten und findet wie erhofft Herbarius Augustinus. Dieser preist wie immer lauthals seine Wundermittel an, die angeblich jedes Leid lindern können. Wenn der wüsste, denkt Conasmann. Wenn Herbarius Augustinus nur wüsste, wie weit er, Conasmann, mit seiner Entwicklung eines leistungssteigernden Mittels ist, dann ... dann ... Ja, was dann?

Im Vertrauen berichtet Conasmann Herbarius Augustinus von seinem Plan, ein auf Opium basierendes Mittel für die preußischen Soldaten zu entwickeln, damit diese ihre Leistung steigern können und sich nicht von den Franzosen besiegen lassen. Er bräuchte gar nicht mehr lange, dann habe er Gewissheit, dass seine Rezeptur auch halte, was er sich erhoffe. Es fehle im Augenblick nur an Opium, denn seit die *Adler-Apotheke* geschlossen worden sei, habe er keine Möglichkeit gefunden, an Opium heranzukommen. Conasmann berichtet von seinem Freund, der ihm mit seinen Forschungen zuarbeite und kurz davor sei, etwas vom Opium so abzuspalten, dass es gezielter dosiert werden könne. Ja, vielleicht sei seinem Freund auch in den letzten Tagen der Durchbruch gelungen; er, Conasmann, müsse dringend nach Paderborn, um dieses in Erfahrung zu bringen. Ja, vielleicht sei das Ziel bereits erreicht, er wisse es nur noch nicht. Ob nicht er, Herbarius Augustinus, auch von dieser großen Wendung in der Pharmaziegeschichte profitieren wolle und die beiden Forscher – ihn und Sertürner – in ihrem Vorhaben unterstützen wolle? Es geschehe einzig und allein Preußen zuliebe. Es sei schließlich auch Herbarius Augustinus' Pflicht, sein Vaterland zu lieben ... Im Augenblick des Sagens ist Conasmann so in seinem Element, dass er selbst glaubt, was er sagt. Dass Sertürner gar nicht mehr in Paderborn weilt, ihm weder Freund ist noch zuarbeitet, scheint Conasmann vergessen zu haben.

»Ich bin begeistert!«, ruft Herbarius Augustinus. »So etwas braucht die Welt. Nein, so etwas braucht Preußen! Nur Preußen, ausschließlich!« Dass es ihm in Wahrheit nur um sein eigenes Geschäft geht, braucht Conasmann nicht zu wissen. Vaterlandsliebe ist ihm, Herbarius Augustinus, fremd. Wem sollte damit geholfen sein? Ich bin ein freier Mann, denkt Herbarius Augustinus, ich komme und gehe, wie es mir gefällt, habe keine Verpflichtungen und lebe von der Hand in den Mund. Wozu sollte man sich so allerlei ans Bein binden? Aber selbstverständlich wird er sich der Sache annehmen; solcherlei Gelegenheiten gibt es nicht oft im Leben, da muss man zuschlagen. Schließlich muss ja jeder sehen, wo er bleibt. Wer würde sich schon ein gutes Geschäft entgehen lassen? So dumm ist wohl niemand. Oder doch? Wenn es ihm gelänge, dieses wahrlich vielversprechende Präparat an sich zu bringen; nein, besser noch: Wenn die Rezeptur zur Gänze erforscht, erprobt und vor allem notiert ist, dann wird er einen Weg finden, diese Manuale an sich zu bringen. Für Conasmann und dessen Freund wird sich eine Lösung finden. Schließlich hatte er, Herbarius Augustinus, auf den Jahrmärkten viele Männer kennengelernt, die nicht zögern würden, zwei Männer aus der Welt zu schaffen, und das so, dass niemand auch nur auf den Gedanken käme, Fragen zu stellen. Ja, er wird bei nächster Gelegenheit mit dem Schlächter aus dem Sauerland sprechen. Diese Lösung gefällt ihm so gut, dass er sich ein erwartungsfrohes Lächeln nicht verkneifen kann. Doch der Weg ins Sauerland ist beschwerlich, viel bergauf, auf immer schmaler werdenden Straßen und Wegen. Dort ist es meist kühler als hier in der Soester Börde. Für den Weg dahin könnte er gut selbst ein leistungssteigerndes Mittel vertragen. Dann wäre der Gang nicht so hart, oft hat er

Blasen an den Füßen, die auf langen Märschen zu bluten beginnen. Und immer wieder die Schmerzen im Knie – da hilft selbst sein Wundermittel nicht, welches er gerne auf den Märkten anpreist. Die Leute glauben aber auch alles, was man ihnen sagt. Wenn er an die langen Tage auf den Jahrmärkten denkt, Tage, an denen die Sonne nicht untergehen will; und die Leute sind dumm … so dumm. Alle Händler, die Jahrmärkte besuchen, sind so sehr vom Wetter abhängig. Heute ist es ja schön, ein wenig kühl, aber sonnig und trocken. So kann man es draußen gut aushalten. Wenn es aber kalt und nass ist, um jede Ecke ein Wind weht, und die Kälte in die Knochen kriecht, dann ist es draußen alles andere als angenehm. Wie oft wünscht er sich trotz seiner über alles gepriesenen Freiheitsliebe, bei einer Frau in der guten Stube am Feuer zu sitzen … Aber sein Leben verläuft anders. Ohne festen Wohnsitz zieht er von Ort zu Ort, von Jahrmarkt zu Jahrmarkt. Er sieht viel, er kennt viel, ja, er verdient sogar recht viel, und doch fehlt ihm das, was er sich am innigsten wünscht: eine eigene Familie. Allerdings würde er das niemals zugeben. Da helfen auch gelegentliche Stelldichein mit gewissen Damen nicht weiter. Er ist nicht nur allein, nein, er ist einsam, gesteht er sich ein. Vielleicht ist es ein guter Gedanke, wenn ich Conasmann vorschlage, mit mir zu ziehen. Dann kann ich ihn in Ruhe aushorchen … Obwohl: Conasmann ist blind, ich werde immerzu ein Auge auf ihn haben müssen … Aber eine solche Möglichkeit wird nicht noch einmal kommen, weiß Herbarius Augustinus.

»Heda, Conasmann. Komm mit mir. In Kürze ist auch in Paderborn wieder ein Jahrmarkt. Dann kannst du mit deinem Freund sprechen. Allein schaffst du es ohnehin nicht, dorthin zu gelangen. Ich kenne jemanden, der mit

Opium handelt. Er kommt auch immer nach Paderborn, und ich bin sicher, dass sich da etwas machen lässt. Du verstehst, was ich meine?«, fragt Herbarius Augustinus. Wie gut, dass er Conasmann damals von Paderborn nach Lippstadt gebracht hat, als dieser sich seine Augen mit Ammoniak verätzt hatte. Jetzt ist mir Conasmann etwas schuldig, denkt Herbarius Augustinus voller Genugtuung.

»Ja, verstehe. Ich werde einen Augenblick darüber nachdenken«, gibt Conasmann vor, obwohl er genau das gewollt, ja, gehofft hat. Er will – muss – aus der Not heraus, mit Herbarius Augustinus von Jahrmarkt zu Jahrmarkt ziehen. Was soll er auch sonst machen? Er ist so gut wie blind! Und wenn er so auch noch an Opium kommt, freut er sich und fühlt, wie sein Körper sofort danach verlangt. Seit fast vier Wochen muss er schon ohne auskommen. Das ist nicht einfach, eigentlich unmöglich, weiß er. Anfangs glaubte er, an den Entzugserscheinungen zu sterben, doch er ist zäh, er stirbt nicht. Auch jetzt leidet sein Körper unter dem Opium-Entzug. Einmal war er beinahe von Hülsemann erwischt worden, als er versuchte, in die *Einhorn-Apotheke* einzubrechen, da sein Körper derart verzweifelt nach Opium verlangte, dass ihm eigentlich gar keine andere Möglichkeit geblieben war. Aber ein Hund hatte gekläfft, und Hülsemann schien zu ahnen, dass etwas im Busche war. Auf jeden Fall hat er, Conasmann, auch in dieser Nacht kein Opium bekommen. Er erinnert sich nur zu gut, wie er am Lippeufer gelegen und sich gewünscht hat, endlich zu sterben, damit alles ein Ende hat. Wie ein Tier wäre er im Dreck an der Lippe liegend verreckt. Aber er ist zäh, stellt er selbst ein ums andere Mal fest. Segen und Fluch zugleich. Nun scheint er bald endlich wieder Opium zu bekommen und weiß genau, was er nicht damit machen wird: forschen. Nein, es erscheint ihm beinahe als Verschwendung. Er selbst kann nicht forschen, weil sein fehlendes Augenlicht es nicht zulässt und seine Hände immer steifer werden und ohne Unterlass zittern. Seit seinen Schnittverletzungen in Paderborn hängt sein rechter Daumen an der Hand, als sei es nicht seiner. Er kann ihn nicht bewegen, aber es ist Leben darin. Der Daumen ist sehr schmerzempfindlich. Wie dringend bräuchte ich dieses Schmerzmittel, denkt er. – Da fällt ihm plötzlich wieder ein, dass Sertürner ja gar nicht mehr in Paderborn ist; wie hatte er das vergessen können? Und mit Preußen, ja, das ist so eine Sache. In manch traurigem Augenblick verliert Conasmann jede Hoffnung auf einen Sieg Preußens. Napoleon ist ein mächtiger Mann, und das kann man vom preußischen König nun wahrlich nicht behaupten – wenn dieser nicht Luise an seiner Seite hätte, dann ... Eine wunderbare Frau, liebreizend, schön, die Vollkommenheit in Vollendung. Was gäbe er nicht alles dafür, sie einmal berühren zu dürfen, ja mehr noch, was gäbe er nicht alles dafür, die Gunst der Königin Luise zu erlangen? Alles! Auch sein Leben!

PADERBORN, 5. AUGUST 2012

»SCHADE, DASS HEUTE SCHON WIEDER der letzte Liboritag ist«, findet Annika. »Diese Woche ist immer die beste im Jahr. Wusstest du, dass Libori als eines der größten und schönsten Volksfeste Deutschlands gilt?«

»Ja. Wenn du mich fragst, ist es auf dem Kamp am besten. Die Atmosphäre ist super! Und *Petit Paris* – ein kleines Paris auf dem Schulhof, mit Chansons und französischen Köstlichkeiten. Lecker!«, freut sich Oliver.

»Dieser Schulhof gehört zum Theo, Theodorianum. Ein Gymnasium. Wenn du mich fragst, *das* Gymnasium. Ich habe hier Abi gemacht. 2009. Und dieses Jahr wird die Schule 400 Jahre alt. Stell dir das mal vor.«

»Hm …«

»Ende August beginnt hier eine Ausstellung zum Schuljubiläum: *Von Schulmützen, Stundentafeln und Abizeitungen – 400 Jahre Schulalltag zwischen Tradition und Zeitgeist*, oder so ähnlich«, erinnert sich Annika. »Ich werde sie mir anschauen.«

»Ich frage mich, wie das hier 400 Jahre alt sein kann, wenn doch Paderborn im Zweiten Weltkrieg komplett zerstört worden war«, überlegt Oliver.

»Ich bin nicht ganz sicher, ob die Schule selbst, das Gebäude oder nur der Standort hier am Kamp 400 Jahre alt wird. Aber es gibt Fotos, da sieht man, dass nach den Bombenangriffen nur noch ein paar Wände standen«, erinnert sich Annika.

»Dann sind diese vermeintlichen altehrwürdigen Mauern Nachkriegsschulgebäude?«

»Genau.«

»Stell dir mal vor, hier über diesen Schulhof ist schon Sertürner gegangen. Vielleicht hat er einem Lehrer ein Beruhigungsmittel bringen müssen oder etwas gegen Kopfschmerzen wegen des Schullärms«, spinnt Oliver eine Geschichte.

»Schullärm ist eine Erfindung der Neuzeit. Damals herrschten noch Zucht und Ordnung«, lacht Annika.

»Ja, zusammen mit Angst und Rohrstock«, fügt Oliver hinzu. »Mal gut, dass wir das nicht erleben mussten.«

»Da hast du recht. Es gibt so viel, was ich nicht erleben möchte. Lenas Schicksal möchte ich auch nicht haben. Überall Verätzungen, Spezial-Klinik ...«

»Das Schicksal von Dr. Lange ist nicht besser. Andy erzählte, er habe gehört, dass Dr. Langes Verletzungen schlimmer seien, als anfangs gedacht. Er habe immer wieder irgendwelche Lähmungserscheinungen, mal die Beine, mal die Arme. Scheint echt übel zu sein.«

»Hört sich ganz danach an. Und die Apotheke kann er dann wohl auch vergessen. Wenn er keine anderen Einnahmen hat, dann wird er ruiniert aus dem Krankenhaus kommen. Die Kosten laufen weiter, ob er nun Lähmungen hat oder nicht«, sagt Annika.

»Du weißt nicht, wie viel Kohle er mit den blauen Kapseln gemacht hat. Vielleicht ist er stinkreich? Mir reicht es, wenn ich immer meine Miete bekomme. Aber das macht mir echt Sorgen. Jede Überweisung könnte die letzte sein.«

»Ja, wer weiß. Auf jeden Fall passt sein Auftreten, also seine Kleidung und sein Auto, nicht zu einem seriösen Apotheker. Stilbruch. – Wir sollten jetzt so langsam Richtung Pader-Quellgebiet gehen. Gleich beginnt das Feuerwerk. Die Sparkasse finanziert das übrigens.«

»Na, dann wissen die Paderborner wenigstens, wo all ihr Geld bleibt, was nicht für die Rettung Griechenlands verwendet wurde«, meint Oliver.

LIPPSTADT, 3TER SEPTEMBER 1806

»Herr Hülsemann«, begrüsst Fabro den Apotheker der *Einhorn-Apotheke.* »Die Regierung hat nun unserem Wunsche entsprochen – ach nein, was sage ich: Die Regierung hat der Medicinal-Verordnung von 1778 zufolge anerkannt, dass der dort dargelegte Fall eingetreten ist. Jetzt ist es nur nicht die *Einhorn-Apotheke*, die geschlossen wird, sondern der *Adler-Apotheke* wird das Privileg entzogen. Wer hätte das gedacht?!«

»Wohl wahr. Wie sich auf einmal alles ändert. Wenn Sie es so sehen möchten, habe ich es diesem Conasmann zu verdanken. Wäre er nicht ein so furchtbarer Mensch, weilte Jordan bestimmt noch in Lippstadt und dann … dann hätten Sie noch jahrelang darauf bestanden, dass die *Einhorn-Apotheke* geschlossen wird. Ich bin wahrlich froh, dass es nun anders gekommen ist.«

»Die Königlich Preußische Kriegs- und Domainen-Kammer zu Hamm und die Fürstlich Lippische Vormundschaftliche Regierung zu Detmold erlauben, dass Sie …«

»Herr Fabro, das weiß ich doch! Ich habe doch die 1.300 Reichstaler geboten und seit gestern auch schriftlich die Zusage, dass ich das halbe Privileg des Jordan erwerben darf. Die andere Hälfte werden Sie erwerben, nicht wahr?«

Fabro nickt. Der Kauf des halben Privilegs ist schon recht teuer, und es kommt noch eine Art Wiedergutmachung für Hülsemann dazu. Zu dumm, dass er sich in diesen Streit vor Jahren überhaupt hat hineinziehen lassen.

Nun ist Jordan weg, und Fabro muss für alles aufkommen. Nein, das stimmt nicht ganz. Er muss *Johannes Hülsemann zur Hälfte entschädigen, entweder nach dem Plus licitatio oder einem anderen richterlich zu bestimmenden Princip* […].* Auf jeden Fall werden die Geschäfte besser laufen, denkt Fabro, denn wenn nur zwei Apotheken in der Stadt sind – wie ich es ja immer gewünscht habe – dann ist alles besser. Da versteht sich auch von selbst, dass Hülsemann und er, Fabro, nicht die beiden Privilegienhälften an einen fremden Apotheker verkaufen**, der dann wieder eine dritte Apotheke in Lippstadt eröffnet.

»Herr Fabro, ich hoffe, dass wir – Sie und ich – in Zukunft friedlich in Lippstadt unser Auskommen haben werden und unsere Offizinen immer gut laufen, selbstverständlich zum Wohle des Publikums«, wünscht sich Hülsemann.

»Ja, nun ist alles geregelt. So können die Jahrhunderte ins Land ziehen …«, sagt Fabro.

---

* C. Laumanns: *Alte Apotheken in Lippstadt und ihre Besitzer.* [ca. 1940–1945], S. 16.
** Vgl.: Stadtarchiv Lippstadt, St.R. B 2046.

LIPPSTADT, 9. SEPTEMBER 2012

»Rate, mit wem ich eben gechattet habe?«, fragt Oliver, noch bevor Annika die Wohnungstür hinter sich geschlossen hat.

»Mit Graf Bernhard, der die Stadt um 1185 gegründet hat?«

»Nein, aber du wirst lachen. Bernhard Zur Lippe ist auch bei Facebook angemeldet. Und Flöten-Ewald; was es mit dem auf sich hat, erzähle ich dir ein anderes Mal. Die Holzschweine waren auch mal bei Facebook vertreten, da bin ich ganz sicher. Als Person des öffentlichen Lebens; die Seite kann ich allerdings nicht wiederfinden. Es scheint sie nicht mehr zu geben.«

»Aha.« Mehr fällt Annika dazu nicht ein. »Wenn du meinst …«

»Ich hatte eine Freundschaftsanfrage auf Facebook von Lena Neff-Asseburg. Wir sind jetzt ›befreundet‹. Sie schrieb, sie habe zum Geburtstag ein Tablet bekommen, das sie nun nutze, um wieder Kontakt zur Außenwelt aufzunehmen. Sie sei immer noch in der Klinik, die Verätzungen der Haut wären echt übel, es dauere noch ewig, bis sie wieder nach Hause könne. Und das alles nur wegen Dr. Lange. Dann wollte sie wissen, was es Neues gibt«, berichtet Oliver und fährt fort. »Ich habe ihr von der Entsorgung der Gifte und Scherben und was sonst noch so im Labor lag erzählt. Von dieser Firma, die alles fachgerecht entsorgt hat. Dass seit diesem Einbruch die Apotheke geschlossen ist – nun schon zehn Wochen! – hat sie sich denken können. Ist ja klar, Apotheken dürfen nur öffnen, wenn ein Apotheker oder eine Apothekerin dort ist. Sie wird nicht wiederkommen, hat sie gesagt. Nie wieder werde sie einen Fuß in eine Apotheke setzen. So sehr sie ihren Beruf auch liebe, jetzt sei es vorbei, sagte Lena. Die Polizei hätte sie erst vor kurzem befragen können, weil die Ärzte sie in ein künstliches Koma gelegt hätten. Das sei wohl auch gut gewesen, selbst jetzt, nach so langer Zeit, hätte sie oft richtig starke Schmerzen. Immer wenn das Wetter umschlüge, meinte Lena, bekäme sie Morphium. Ich weiß gar nicht, ob sie das ernst gemeint hat. Auf jeden Fall habe sie der Polizei nicht weiterhelfen können. Sie erinnere sich an nichts, was mit dem Überfall zu tun hat. An gar nichts! Es gebe das alte Leben als Apothekerin und das neue als Lena. Dazwischen sei alles schwarz. – Pass auf: Jetzt kommt das Beste! Als ich ihr erzählte, dass ich der Polizei von unserem Verdacht der illegalen Kapselherstellung berichtet habe, die Polizei aber nichts hat finden können, hatte sie eine Idee. Komm mit!«, fordert Oliver Annika auf und geht ins Erdgeschoss. »Ich erinnere mich noch genau, wie doof mich die Polizei angesehen hat, als ich ihnen berichtet habe, dass ich die Kapselherstellung gesehen habe, und dass wir vermuten, dass der Lange sie illegal verkauft. Für einen richtigen Spinner hält mich die Polizei, seit ich sagte, Dr. Lange hätte ein uraltes Rezept, vermutlich von Sertürner, weil er über ihn promoviert habe. Das Rezept sei vermutlich über ein geheimes Medikament. Die Polizisten wussten nicht mal, wer Sertürner ist …«, ereifert sich Oliver.

»Ja, und du musstest sie belehren und hast eine Spontan-Laudatio auf Sertürner und sein Morphium gehalten.

Auf dem Polizeipräsidium! Als du dann noch behauptest hast, dass Dr. Lange höchstwahrscheinlich irgendetwas mit dem Toten vom Uniongeländes zu tun hat, denn du hättest in deinem Versteck hinter den Mülltonnen gehört, wie Dr. Lange von einem Toten am Handy erfahren habe, war deren Geduld am Ende. Du kannst froh sein, dass sie dich nicht weggesperrt haben. Solche Spinner sollten nicht frei herumlaufen, dachten sie. Das konnte man ihnen ansehen. – Und ganz unrecht haben sie ja nicht, unsere Freunde und Helfer«, lacht Annika.

»Jaja, hab du nur deinen Spaß. Ich versuche, Gutes für die Menschheit zu tun, und was habe ich davon: Spott und Häme!«, kontert Oliver im Spaß.

»Also, was hat Lena dir gesagt?«, will Annika nun endlich wissen.

»Im Labor sei in der Ecke hinter der Tür eine Fliese lose. Die könne man hochnehmen und darunter sei der alte Holzfußboden von ... früher. Davon sei auch ein Stück locker, das solle ich auch herausnehmen. Das sei eine Art Geheimfach, wo ...«

»Das denkst du dir jetzt aus, oder?«, lacht Annika.

»Nein, das ist mein Ernst. Wir gehen da jetzt rein. Ich habe einen Schlüssel, schließlich ist es mein Haus«, betont Oliver unnötigerweise.

»Aber die Apotheke ist immer noch vermietet. Du darfst da nicht einfach reingehen. Das ist Hausfriedensbruch oder so«, warnt Annika.

»Kann schon sein, aber es ist Gefahr in Verzug«, behauptet Oliver. »So etwas lernt man schließlich in jedem Krimi.«

»Welche Gefahr denn?«

»Annika! Jetzt mach mit«, fordert Oliver und wird etwas ärgerlich. »Irgendwann kommt Dr. Lange aus dem

Krankenhaus oder von der Reha zurück und räumt hier die Bude leer. Dann ist alles weg. – Also, machst du mit?«

»Ja. Weißt du, warum?«, fragt Annika strahlend.

»Nein?« Oliver wird immer genervter.

»Ich kann es gar nicht abwarten, was geschieht, wenn du die Polizei anrufst und erklärst, dass du hier eingebrochen bist und ein Geheimfach gefunden hast. Dann schicken sie gleich jemanden aus Eickelborn, um dich abzuholen.«

»Du Doofe. In Eickelborn ist doch nur eine forensische Psychiatrie. Was soll ich denn da?«

»Ach, da wird mir schon etwas einfallen, um unsere Staatsgewalt zu unterstützen. Was ich alles erzählen könnte …«

»So, komm rein«, fordert Oliver Annika auf, nachdem er die Tür aufgeschlossen hat. »Wie muffig das hier riecht. Annika, du kannst dann bei der Polizei zu Protokoll geben, dass ich hier rein musste, um zu lüften. Wer weiß, ob das hier nicht die Bausubstanz schädigt«, spinnt Oliver den Faden weiter. »Wenn der Schimmel erst mal im Gebälk ist …«

»Ist klar.«

»So, hier muss es sein. Man sieht es eigentlich auch, wenn man richtig hinschaut. Diese Fliese hat keine gespachtelten Fugen, siehst du? – Bitte einen Trommelwirbel«, wünscht sich Oliver, um das Herausnehmen von Fliese und Holzboden zu zelebrieren.

»Und?« Annika ist jetzt auch neugierig. »Mach schon!«

»Mach die Augen zu!«, fordert Oliver.

»Nein.«

»Doch!«

»Warum? Willst du keine Zeugen? Damit ich nicht zu Protokoll geben kann, dass du eine tote Ratte aus einem ominösen Geheimfach gerettet hast?«, lacht Annika.

»Für tote Ratten kommt jede Hilfe zu spät. – Dir fehlt der gehörige Respekt vor der Situation«, findet Oliver.

»Bitte? Das ist doch nicht dein Ernst!«, empört sich Annika. »Zeig her! Hast du was?«

»Das ist ein historischer Augenblick!«, mahnt Oliver und zieht tatsächlich etwas aus dem Geheimfach. »Schau dir dieses alte Papier an. Ich glaube, es ist das Rezept, was ich hier sah«, reimt sich Oliver zusammen und zeigt Annika seinen Fund.

»Lies mal vor!«, fordert Annika ihn auf.

»Borussia Victoria … – Ich kann es nicht entziffern. Borussia heißt Preußen«, übersetzt Oliver.

»Und Victoria heißt Sieg«, ergänzt Annika.

»Diese Handschrift ist echt verwegen. Wir sollten ins Stadtarchiv gehen. Frau Dr. Becker kann das lesen. Die hat es echt drauf. – Aber schau mal!«, ruft Oliver. »Ein paar dieser kleinen weißen Döschen mit den roten Deckeln, eine größere Dose mit Pulver drin«, sieht Oliver, als er sie aufgeschraubt hat. »Und die sagenumwobenen blauen Kapseln.«

»Sagenumwoben? Hallo? Geht's noch? Ich rufe lieber direkt in Eickelborn an, damit sie dich abholen. Sagenumwoben! Deine Fantasie möchte ich haben. Dort in Eickelborn kleiden sie dich neu ein: eine figurbetonende Zwangsjacke; das trägt man dort, ist ganz hipp«, lacht Annika wieder. »Aber jetzt im Ernst: Hör auf, dort in diesem Geheimfach zu wühlen. Ich rufe die Polizei. Du verwischst alle Spuren!«

»Nein! Warte noch. Ich muss das Rezept kopieren. Ich muss wissen, was da draufsteht. Wenn die Polizei es mitnimmt, liegt es womöglich Jahrhunderte in der Asservatenkammer rum!«

»Ja sicher. Und in hundert Jahren verlegen wir das Stadtarchiv ins Polizeipräsidium, weil die dort ohnehin schon alles gelagert haben …«

»Genauso sieht die Zukunft aus! Bitte lass mich oben in meinem Arbeitszimmer eine Kopie machen, und wenn ich wieder zurück bin, rufst du deine neuen Freunde und Helfer an, okay?«, bettelt Oliver .

»Gut. Beeil dich!«

»Danke!«, sagt Oliver und drückt Annika schnell einen Kuss auf die Wange.

Es dauert fast eine halbe Stunde, bis die Polizei in der Kirchgasse 2 eintrifft. Während Oliver in beinahe epischer Breite von der Entdeckung und seinen daraus gezogenen Schlüssen berichtet, verkrampfen sich die Gesichter der Polizisten merklich.

Gleich lachen sie los, denkt Annika und kann gut nachvollziehen, wie irre sich diese Geschichte anhört. Nur in Filmen werden Geheimfächer gefunden. Aber in echt? Bei alten Häusern kann das schon sein; es gibt ja angeblich sogar ganze Räume, von denen Jahrzehnte oder Jahrhunderte niemand etwas wusste, bis …

»Okay«, sagt einer der beiden Polizisten. »Das gibt der ganzen Sache eine neue Wendung. Was glauben Sie? Wie ist Herr Dr. Lange in den Besitz dieses Dokuments gelangt?«

»Dr. Lange hat über Sertürner, den Entdecker des Morphiums, promoviert. ›Opioide irgendwas in der Palliativmedizin – von der Isolierung des Morphiums bis … ich weiß nicht mehr wohin‹, so ungefähr lautet der Titel. Ich könnte mir vorstellen, dass Dr. Lange bei seinen Recherche-Arbeiten auf dieses Dokument gestoßen ist und es zu nutzen wusste«, vermutet Oliver.

»Wir werden es einem Fachmann vorlegen«, entscheidet der Polizist.

Oder einer Fachfrau, denkt Annika.

»Dann sehen wir weiter. Und Dr. Lange werden wir auch noch mal befragen müssen. Er hat doch einiges zu erklären!«, findet der andere Polizist. »Vielleicht hat es auch Frau Neff-Asseburg dort versteckt?«

»Das kann nicht sein. Sie hat doch den entscheidenden Tipp gegeben«, verteidigt Oliver sie.

»Das könnte auch Taktik sein! Wir werden so oder so noch mit ihr sprechen müssen.«

»Es könnte aber auch jemand anders vom Apothekenpersonal gewesen sein«, versucht Oliver, Lena aus der Schusslinie zu ziehen.

»Wir werden sehen. Auf Wiedersehen«, verabschieden sich die beiden Polizisten.

»Ob jetzt gleich noch die Spurensicherung kommt?«, überlegt Oliver laut.

»Sie sind uns nicht angekündigt worden. Deswegen lass uns lieber an die frische Luft gehen, statt auf die SpuSi zu warten, die dann doch nicht kommt. Auf dem Rathausplatz ist *Lippstadt Culinaire*. Ich finde es immer so nett und gemütlich, wenn einige Lippstädter Gastronomen dort leckerste Gerichte anbieten. Da ist für jeden etwas dabei, und es ist nur einmal im Jahr.«

»Ich habe es verstanden. Du möchtest etwas essen«, sagt Oliver und lacht.

»Ja. Und ein Glas Wein haben wir uns auch verdient nach dieser Aufregung!«, entscheidet Annika. »Ist nicht auch verkaufsoffener Sonntag?«

»War. Schau mal auf die Uhr. Es ist halb sieben.«

»Dann wird mir auch klar, warum ich so einen Hunger habe!«

Während des Essens berichtet Oliver, dass heute der *Tag des offenen Denkmals* ist – war. Thema *Holz*.

»Dort oben war ich heute Mittag und habe eine Dachstuhlbesichtigung gemacht und anschließend bin ich den Turm hochgestiegen. Bürgermeister Sommer war auch da«, berichtet Oliver und zeigt Richtung Dach der Großen Marienkirche.

Dr. Schneider habe die Führung gemacht und erklärt, was an der Holzkonstruktion des Dachstuhls so besonders sei, woher das Holz stamme, wann man es wie verstärkt habe und und und, berichtet Oliver so begeistert, dass er es nicht schafft, sich für ein Gericht zu entscheiden.

»Als wir dann alle bei den Glocken standen, sagte Dr. Schneider, man habe ihn extra darum gebeten, auf die sogenannte Armesünderglocke aufmerksam zu machen. Es gebe nämlich eine Sage oder Legende, der zufolge der Küster hier oben aus einem kleinen Guckloch gesehen habe, wenn jemand an den Galgen gehängt wurde. Im richtigen Augenblick habe er dann die Glocke geläutet«, erklärt Oliver. »Aber man wisse nicht, ob das so stimme, hat Dr. Schneider betont.«

»Dass dir das gefällt, glaube ich sofort«, sagt Annika.

»Die Glocke ist von – warte, ich habe das Schild fotografiert, das man bei den Glocken angebracht hat«, beginnt Oliver und sucht in seinem iPhone das Bild. »Gegossen 1496 von Yohartwich de Lippia. 88 Kilo schwer, aus Bronze. – Möchtest du auch die Maße hören?«, fragt Oliver vorsichtig, denn er ahnt, dass Annika es so genau gar nicht wissen möchte.

»Nein, geht schon. Yohartwich. Cooler Name«, findet sie.

»*Sie hing früher an der Nordseite des Turmes und wurde bei Hinrichtungen geläutet, um die Bürger der Stadt zu einem kurzen Stoßgebet für den Delinquenten aufzufordern*«, liest Oliver vom Foto ab.

»Jetzt hör aber auf. Du verdirbst mir den Appetit. Reibeplätzchen mit Lachs und einer Creme mag ich gerne. Und ein Glas Hugo. Also bitte hör auf mit solchen Themen!«, fordert Annika.

»Okay, okay. Ich hole mir einen Flammkuchen und ein Glas Weißwein«, beschließt Oliver. Er möchte schließlich auch *Lippstadt Culinaire* genießen können, und heute ist der letzte Tag.

LIPPSTADT, 11. SEPTEMBER 2012

05251 74258

»Hi, Oliver«, meldet sich Annika am Telefon.

»Hi! Annika, ich muss dir etwas Schlimmes sagen«, beginnt Oliver ernst.

»Was ist passiert?«, fragt Annika erschrocken.

»Jemand wollte die Schweine umbringen!«

»Hä? – Welche Schweine?«

»Erinnerst du dich an die drei Holzschweine, die mit einer Kette verbunden sind und so schwere Steinräder haben? Die Holzschweine, auf denen die Eltern ihre Kinder durch die Fußgängerzone ziehen können?«, hilft Oliver ihr auf die Sprünge.

»Ja, ich erinnere mich. Du hast mich auch schon mal darauf gezogen. Sind sie nicht vom Verein *Für unsere Kinder*?« überlegt Annika.

»Genau die. Am Tivoli wurden sie in die Lippe gerollt. Jemand wollte sie ertränken!«, empört sich Oliver halb ernst, halb zum Spaß.

»Die armen Tiere. So eine Schweinerei!«, findet auch Annika.

»Aber sie wurden gerettet. Heute Morgen hat sie der Baubetriebshof aus dem Wasser gezogen. Ich werde gleich einen Artikel für die LZT schreiben, und ich gehe davon aus, dass auch im *Patriot** etwas über diese Sauerei erscheinen wird.«

* Vgl.: Lippstädter Holzschweine gehen auf Tauchstation. In: *Der Patriot*, 12. September 2012.

»Schön …«

»Nachdem ich die Schweine im Wasser fotografiert habe, bin ich dann ins Stadtarchiv zu Frau Dr. Becker gegangen. Sie hatte zum Glück Zeit genug, um mir das uralte Rezept zu transkribieren. Das war richtig schwierig, weil die Handschrift selbst so wild und ziemlich unleserlich ist. Wenn dann Begriffe auftauchen, die man nicht kennt, ist man beinahe verloren. Eine Mischung zwischen lesen, raten, kombinieren …«

»Und? Was hast du nun erfahren?«

»Jede Menge lateinische Begriffe – ich habe das zum Teil schon gegoogelt: Salbei, Johanniskraut und so ein Zeug. Hört sich nach Kräutertee an. Homöopathie oder anthroposophische Menschen- und Naturlehre. Richtig spannend wird es erst am Ende der Zutaten-Liste: Axungia hominis – Men-schen-fett«, betont Oliver jede Silbe. »Lies das mal bei Wikipedia oder so nach. Da wird dir ganz anders. Einen Satz lese ich dir direkt vor: *Mit heilmagischer Bedeutung wurde es als sogenanntes »Armesünderfett« oder »Armesünderschmalz« in der Volksmedizin bis in das 19. Jahrhundert von Scharfrichtern aus den Körpern von Hingerichteten hergestellt und verkauft. Wie vielen anderen Teilen von Hingerichteten wurde auch ihrem Fett eine besondere Wirkkraft zugesprochen* […].«*

»Das passt ja gut zu deiner Armesünderglocke in der Großen Marienkirche«, stellt Annika trocken fest. »Zum Glück liegt das 19. Jahrhundert weit hinter uns. Heute bekommt man doch nirgends Menschenfett, geschweige denn Armesünderfett.«

»Ja, das stimmt schon. Es ist übrigens nicht *meine* Arme-

* Seite »Menschenfett«. In: Wikipedia. Die freie Enzyklopädie. Bearbeitungsstand: 13.09.2012.

sünderglocke, Annika. Wenn ich hier den Wikipedia-Eintrag weiter lese, steht da, dass bis in die 1960er Jahre Menschenfett aus Plazenten gewonnen wurde.«

»Uuuaaa. Das ist ja übel!«, findet Annika.

»Man stellte damit Antifaltencremes her«, erklärt Oliver.

»Hoffentlich irrt sich Wikipedia. Wäre ja nicht das erste Mal«, hofft Annika.

»Ja, da hast du recht. Ich werde das mit Lena besprechen. Vielleicht weiß sie etwas darüber. Immerhin hat sie Pharmazie studiert.«

»Ja mach das. Mal abgesehen davon, dass ich es echt ekelig finde, kann ich nicht erkennen, was Dr. Lange mit Menschenfett und Antifaltencremes zu tun haben soll? Und das Ganze dann in blauen Kapseln?«

»Ich kläre das auf!«, verspricht Oliver, als sei es Annikas größter Wunsch. »Sonst werde ich Vorleser in einer kubanischen Zigarrenfabrik, erinnerst du dich?«

»Hmmm«, mehr weiß Annika dazu nicht zu sagen.

»Das Rezept ist übrigens unterzeichnet mit C. J. Conasmann. Frau Dr. Becker sagte, sie glaubt, den Namen schon mal im Bürgerbuch gelesen zu haben. Stell dir das mal vor, Annika! Sie hat das dann sofort nachgeschlagen: Im Personenverzeichnis steht*: Conasmann, Cd Jn und dann eine laufende Nummer: Ich habe es aufgeschrieben. Hör zu:

»1805

Continuieret unter dem nämlichen fürs folgende Jahr bestätigten Magistrat. Das sind u.a. die Bürgermeister Schmitz und Zurhelle«, ergänzt Oliver.

»*Mai 22*: Conrad Johann Conasmann, Apotheker, evan-

* Fiktiv!

gelischer Religion. Er ist von Erfurt *gebürtig und erhält die einem Ausländer zuständigen Freiheiten.**

Annika, stell dir das mal vor!« Oliver ist so begeistert, dass er wieder ein kleines Puzzlestückchen gefunden hat. »Es handelt sich um das alte Rezept eines Apothekers aus Erfurt«, fährt er am Telefon fort, als Annika nichts sagt. »Das hat gar nichts mit Sertürner zu tun. Es ist nur ein Zufall!«

»Lippstadt! Es ist das Rezept eines Lippstädter Apothekers«, korrigiert Annika.

---

* Bürgerbuch der Stadt Lippe/Lippstadt, S. 170.

LIPPSTADT, 9TER OCTOBER 1806

Der jährliche Jahrmarkt an Dionysius ist vorüber. Wie immer sind die Straßen Lippstadts überfüllt gewesen mit Menschen. Jetzt sind alle schon wieder zu Hause oder auf dem Weg dorthin. Auch Herbarius Augustinus will weiterziehen. Er packt seine Kräuter, Salben, Tinkturen und Mixturen wie üblich in Holzkisten und wirft immer wieder einen Blick auf Conasmann. Dieser ist den Sommer über mit ihm von Jahrmarkt zu Jahrmarkt gezogen und hat mehr im Weg gestanden, als zu helfen. Er, Herbarius Augustinus, hat ja gewusst, dass ein Blinder keine große Hilfe sein wird – sein kann, aber mit so einer Tortur hat er nicht gerechnet. Conasmann war ihm ein Klotz am Bein und nichts anderes. In den ersten Wochen erschien es Herbarius Augustinus zwar noch so, als käme Conasmann langsam wieder etwas zu Kräften, doch dann wendete sich das Blatt erneut, und Conasmann wurde kränker und schwächer, als er gewesen war, als sein Körper noch unter dem Ausbleiben des Opiums litt. Herbarius Augustinus hegt den Verdacht, dass Conasmann des Nachts in Apotheken der Städte einbricht, in denen sie den Jahrmarkt beschicken, und Opium stiehlt. Irgendwoher muss es schließlich kommen. Wie macht er das nur, wo er doch blind ist, überlegt Herbarius Augustinus und kommt zu dem Schluss, dass es eigentlich gar nicht sein kann. Und doch – irgendwo kommt es her. Zuweilen beschleicht Herbarius Augustinus der Verdacht, dass Conasmann nicht so blind ist, wie er vorgibt. Wer weiß?

Seit Sonnenaufgang, dem Beginn des Jahrmarktes, sitzt Conasmann nun an diesem ungewöhnlich warmen Herbsttag mit dem Rücken an die Große Marienkirche gelehnt. In Gedanken schweift sein Blick immerzu über den Marktplatz. Er erinnert sich an das recht neue Rathaus, das eindrucksvolle Gebäude des Gilles Delhaes, und ja, daneben ist die *Adler-Apotheke* gewesen. Seit fast einem halben Jahr ist die Offizin geschlossenen. »Das waren noch Zeiten«, nuschelt Conasmann ungeachtet, ob ihn jemand hört. »Ich war voller Zuversicht, ein Universalmittel zu finden, und schonte auch meinen eigenen Körper nicht. Ruiniert habe ich ihn. Er verfällt, wie auch Preußen zu verfallen droht. Ich mag gar nicht daran denken, es schmerzt mich so. Und meine liebe Luise …«

»Halts Maul!« Herbarius Augustinus kann es nicht mehr hören. »Kümmere dich um meine Waren und nicht um dieses Weib! Pack die kleinen Beutel in den Sack, das wirst du doch wohl noch schaffen.«

»Sprich nicht so von ihr, von Luise«, sagt Conasmann entsetzt ob der Worte des Herbarius Augustinus. Er zieht ihren Namen sachte in die Länge – als hätte dieser mehrere us – Luuuiiise. Es gibt ihm das Gefühl, dann länger etwas von ihr zu haben oder ihr näher zu sein. »Sie ist die schönste aller …«

»Hör auf zu jammern! Selbst wenn du mit ihr in einem Raum wärst, würde sie dich keines Blickes würdigen. Du bist ein heruntergekommener Bettler. Dein Haar ist verlaust, deine Kleidung löchrig. Du hast alles verloren, was du je hattest – *wenn* du je etwas hattest«, spricht Herbarius Augustinus aus, was schon längst hätte gesagt werden müssen. Den ganzen Sommer über hat er sich mit diesem Schwachsinnigen herumplagen müssen. Wenn er geahnt hätte, worauf er sich einlässt, als er Conasmann vorgeschlagen hat, ihn zu begleiten, dann …

»Ich habe meine Luuuiiiseee verloren«, beginnt Conasmann zu weinen und schnäuzt sich ins Hemd. »Die Gunst *meiner* Königin habe ich verloren!«

»Du klingst wie ein Weib! Ich kann dich Jammerlappen nicht mehr ertragen. Geh! Verschwinde! Ich will dich nicht mehr sehen! Ich ekle mich vor dir! Du stinkst entsetzlich.«

»Wo soll ich denn hin?«, fragt Conasmann hilflos wie ein verstoßenes Kind.

»Das ist mir gleich. Hier gibt es doch bestimmt ein Armenhaus.«

»Ich habe die altehrwürdige Apothekerkunst erlernt. Ich bin kein Bettler!«, verteidigt sich Conasmann mit letzter sich aufbäumender Kraft. Tränen rinnen ihm über sein Gesicht und hinterlassen helle saubere Streifen auf der dreckigen Haut. Dann, völlig unerwartet, schläft er erschöpft ein – immer noch an die Große Marienkirche gelehnt.

Conasmann muss es gelingen, irgendwie an Opium zu kommen, denkt Herbarius Augustinus. Nur der missbräuchliche Genuss der Mohnpflanze würde Conasmanns Verhalten erklären. Weinerlichkeit und immer mal wieder plötzlicher tiefer Schlaf. Der Verfall des Körpers, ausgemergelt, kraftlos. Das alles lässt nur diesen einen Schluss zu: Opiumsucht.

»Conasmann?« Bürgermeister Schmitz stößt ihn mit dem Fuß an. »Conasmann! Warum liegen Sie hier und schlafen? Haben Sie kein Zuhause? Einen Ort, an den Sie gehen können?«

»Hmmm«, brummt Conasmann.

»Los, aufstehen! Sie wissen doch, dass Betteln in unserer Stadt untersagt ist. Der Magistrat hat vor Jahren eine ernstliche Verordnung beschlossen, nach der sowohl das Straßenbetteln als auch das Bitten um Almosen an den Türen der Häuser verboten ist. Sie müssen das doch kennen. Wir – also der Magistrat – haben dafür gesorgt, dass in jedem Haus ein Exemplar vorliegt. Das wird auch Apotheker Jordan gehabt haben. Es war seine Pflicht, eines zu besitzen und zu befolgen!«

»Ich bettle nicht«, verteidigt sich Conasmann. Da erst fällt ihm auf, dass es bereits dunkel geworden ist. Von dem bunten Treiben des Jahrmarkts ist nichts mehr übrig. Der Marktplatz ist wie leer gefegt. Herbarius Augustinus hat mich im Stich gelassen; er hat unsere Freundschaft verraten, erkennt Conasmann erschrocken. Wut steigt in ihm auf. Herbarius Augustinus hat mich allein hier zurückgelassen, geht ihm mit Entsetzen auf. »Ich bin ja ganz alleine hier«, beginnt er jammernd eine Verteidigung.

»Sie lungern hier rum, dann kommt irgendwann der Hunger, und was folgt? Betteln. Das ist doch so sicher wie das Amen in der Kirche!«

»Lassen Sie mich in Ruhe! Ich bin müde«, schreit Conasmann plötzlich und springt auf.

»Aber es ist so!«, bestätigt Bürgermeister Schmitz seine eigenen Worte. »Gehen Sie in das Gasthaus des Armenvogtes.* Das wurde doch eigens für Leute wie Sie eingerichtet:

---

* Lange Zeit wurde ein Gebäude an der Soeststraße als ein solches Gasthaus genutzt. Ob diese Nutzung 1806 noch dort stattfand, konnte bislang nicht ermittelt werden (Auskunft Stadtarchiv Lippstadt). Vgl.: Klockow, Helmut: *Wenn die Brotglocke läutete. Ein Armenvogt in Lippstadt. Sozialgefüge im Umbruch. Briefwechsel zwischen der Stiftsoberin und der Kirchengemeinde.* In: Heimatblätter Lippstadt 1979.

*um sowohl einheimische als fremde Bettler von den Gassen abzuhalten. Nach Befinden der Umstände werden auch in diesem Hause Kinder, oder alte Kranke die auf keine Art sich helfen, und in den übrigen Häusern nicht aufgenommen werden können, unterhalten, und in die Kost verdungen, welches die Armencasse bezahlt.** Los! Gehen Sie!«, befiehlt Bürgermeister Schmitz.

Ohne ein weiteres Wort erhebt sich Conasmann wie ein alter Mann und schlurft Richtung Gasthaus. Er stolpert. Wie gerne hätte er seiner Wut freien Lauf gelassen und dem Bürgermeister eines aufs Maul gegeben. Verdient hätte er es, findet Conasmann. Doch es fehlt ihm an Kraft. Wieder stolpert er. Er ist müde und könnte immerzu weinen. Und jetzt ist er auch noch auf dem Weg ins Armenhaus! Dabei wollte er mit seiner Königin Luise schöne Stunden, ach, was denkt er denn, einen schönen Lebensabend im Schloss Charlottenburg verbringen. An nichts sollte es fehlen. Essen und Trinken reichlich und ihre Liebe, mehr braucht er nicht. Und jetzt? Trocken Brot, von der Armenkasse bezahlt. Wie tief er, das verkannte Genie, doch gesunken ist. Unfassbar! Und an allem sind Sertürner und Jordan schuld! So viel ist sicher.

Als er um die Straßenecke biegt, kommt ihm Königin Luise entgegen. Dass er sie erkennt, weiß ja niemand. Es hat sich den ganzen Sommer meist als vorteilhaft erwiesen, sich blinder zu geben, als er ist, und er muss sich auch eingestehen, dass er wirklich nicht mehr gut sieht. Nein, wahrlich nicht. Aber irgendwie reicht es doch immer. Als Königin Luise ihm nun näherkommt, lodert sofort eine Flamme des Begehrens auf.

»Luise, meine verehrte und geliebte Königin Luuuiiise«,

---

* Möller: *Alte Nachrichten von Lippstadt*, S. 317.

haucht Conasmann und glaubt sich am Ziel seiner Träume. Sie ist nun doch nach Lippstadt gekommen. Endlich. Wie lange hat er auf diesen Augenblick gewartet? Über sieben Jahre! Er fühlt sich der Ohnmacht nahe. Eine solche Begegnung muss ein Mann erst einmal aushalten! Seine Gedanken rasen wild durcheinander, doch sein Blut sammelt sich an anderer Stelle.

»Conasmann«, hört er sie sagen. Dass sie seinen Namen kennt, wundert ihn nicht. Nein, ganz im Gegenteil. Es erfüllt ihn mit Stolz, denn es scheint sich trotz allem in Preußen herumgesprochen zu haben, was er geleistet hat. – Doch dann begreift er, dass er nicht Königin Luise vor sich hat, sondern Hanna Dorothea Finck. An der Stimme erkennt er sie, doch es klingt jetzt gar nicht mehr so schön, wie sie seinen Namen sagt. Einst klang es so, als ob sie seinen Namen nur hauchen würde, als ob sein Name fließen könnte. Wie verzückt war er damals von ihr. Er erinnert sich an den Anblick ihrer tränengefüllten rehbraunen Augen und fühlt heute wie damals ein wohliges Kribbeln in seiner Leibesmitte. Er begehrt sie nach wie vor und wünscht, sie zu berühren. Ihr zartes Gesichtchen … Doch sie schlägt seine Hand weg und spuckt ihm vor die Füße.

»Du hast meinen Sohn auf dem Gewissen«, presst sie hervor, und bevor er antworten kann, kommt ein junger Mann, nimmt Hanna bei der Hand und führt sie weg.

»Liebes, hat Sie etwa der Bettler um Almosen gebeten?«, fragt ihr Begleiter. »Und das in Ihrem Zustand. Dieser Abschaum schreckt auch vor nichts zurück!«

Mit tränengefüllten Augen sackt Conasmann am Straßenrand zusammen. Seine über alles geliebte Luise – Hanna – verabscheut ihn und hat einen Mann an ihrer Seite, der ihr auch noch ein Kind gemacht hat. Wie entsetzlich. Was ist nur aus Luise geworden?, fragt sich Conasmann und wiegt sich dabei hin und her, als gebe es ihm Trost, wie das Wiegen einer Mutter ihr Kind tröstet. »Luise, meine geliebte Luuuiiise«, lallt er leise vor sich hin.

LIPPSTADT, 21. SEPTEMBER 2012

»Hi, schön, dass du da bist«, begrüßt Oliver Annika. »Ich habe eben mit Lena geskypt. Sie sieht total blass und fertig aus, die Ärmste. Sie ist immer noch in der Spezial-Klinik. Ich hatte ihr das Rezept von Dr. Lange bzw. von diesem Conasmann eingescannt und gemailt, du erinnerst dich?«

»Natürlich. Was für eine Frage!«

»Lena hat sich schlaugemacht. Die Zutaten sind nicht nur einfache Kräuter oder so, sondern es sind jeweils Composita, also etwas Zusammengesetztes, wofür Dr. Lange eigene Rezepte hätte besitzen müssen. Und wenn man diese verschiedenen Zusammensetzungen wiederum miteinander vermischt, hat man alles in einem. Lena meint, es sei totaler Quatsch, so etwas zu mischen. Selbst wenn da stünde, soundsoviel Gran hiervon und soundsoviel davon, dann nütze das nichts, weil ja niemand weiß, wie die Zusammensetzung gemischt worden ist. Im Ganzen passe so ein Rezept nicht zu Sertürner, weil der einer war, der die Wissenschaft nach vorne bringen wollte, er war modern, ein Forscher, der zu neuen Erkenntnissen gelangen wollte. Das sei ihm ja auch gelungen, hat Lena gesagt, die Morphium-Entdeckung wurde nach langem Hin und Her ihm allein zugesprochen. Der hat es richtig zu was gebracht. Leider hatte er in seinem Leben viel Ärger … Aber nichtsdestotrotz, Sertürner war ein guter Forscher, seiner Zeit eher voraus als hinterher. Diese Composita des Rezeptes waren schon zu Sertürners Zeiten überholt, sagt Lena. Vielleicht ist es viel älter, aus dem 16. Jahrhundert oder so, hat Lena überlegt. Wie ich eigentlich darauf komme, dass das Rezept irgendetwas mit Sertürner zu tun hat, fragte Lena. Sie hat recht, das Rezept passt nicht zum Beginn des 19. Jahrhunderts. Manches wurde damals – zu Sertürners Zeiten – schon gar nicht mehr hergestellt, anderes ebbte ab. Dieser Conasmann kommt entweder aus einer anderen Zeit, als angenommen, oder scheint nicht auf dem Stand der Dinge gewesen zu sein. Da wir aber wissen, dass er 1805 seinen Bürgereid abgelegt hat, bleibt nur letzteres: Conasmann war nicht up-to-date. Oder völlig verpeilt, meinte Lena. Heute, im Nachhinein, kann man sagen, dass sich diese Composita nicht halten konnten. Aber es war den meisten Apothekern Ende des 18. zu Beginn des 19. Jahrhunderts schon klar. Lena meinte aber auch«, fährt Oliver fort, »dass man nun nicht einfach sagen könnte, diese Composita helfen nicht. Theriak – im Rezept steht Theriaca Andromachi – zum Beispiel habe noch im Ergänzungsbuch zum Deutschen Arzneibuch aus dem Jahre 1941 gestanden. Es habe nur noch zwölf Zutaten gehabt und wurde – offiziell zumindest – ohne Opium zubereitet* , sagt Lena.«

»Woher weiß sie das denn?«

»Keine Ahnung. Aber es kommt noch besser. Lena meint, es sei bestimmt möglich, im Internet Theriak mit Opium zu bestellen. Alles in allem seien so viele einzelne leistungssteigernde Zutaten dabei, dass man nicht ausschließen könne, dass es in gewissem Rahmen auch funktioniere. Sie kann sich vorstellen, dass Dr. Lange versucht hat, so eine Art Lifestyle-Droge zu kreieren«, berichtet Oliver.

* Vgl.: Elisabeth Huwer: *Das Deutsche Apotheken-Museum*, ^{2}2008, S. 115.

»Das würde zu ihm passen«, findet Annika. »Viel mehr als Antifaltencremes.«

»Lena hat mir ein paar Seiten aus so einem Pharmazie-Buch gemailt, das ihr Mann ihr extra geschickt hat. Hör zu: *Die Suche nach Mitteln, die vornehmlich die Lebensqualität verbessern, besitzt* [...] *in der Pharmazie eine weit zurückreichende Geschichte. Als frühe Lifestyle-Arzneimittel erwähnt* [...] [dingsbums] *neben Einhorn, Mumia, Alraune und Canthariden vor allem den Theriak, der als ›Panacee‹ galt**«, liest Oliver vor.

»Als was galt?«

»Panacee. Griechisch. Die Allheilende. Personifikation der Heilkunst. Eine Tochter des Äskulap. Später dann Heilmittel für jede Krankheit. Im übertragenen Sinn: Universalmittel«, erklärt Oliver. »Habe ich im Internet nachgelesen.**«

»Das ist genau das, was die Welt braucht. Ein einziges, zu 100 % wirksames Mittel gegen Aids, Krebs, Allergien und Burn-out«, freut sich Annika. »Das ist zu schön, um wahr zu sein. Wir wären dem Weltfrieden nahe!«

»Ich habe das Kapitel Lifestyle-Arzneimittel aus diesem Pharmaziebuch zu Ende gelesen. Es geht dort auch um die Anti-Baby-Pille, um Viagra, um Mittel zum Abnehmen und gegen Haarausfall und und und. Die Menschen möchten jung, schön, aktiv und dynamisch sein. Dann kommt in dem Buch das Kapitel Dopingmittel. Ein zeitlicher Abriss von der griechischen Antike bis hin zu DDR und UdSSR.*** Da fiel mir der Radsport ein, Epo oder wie das Zeug heißt. Es ist ja nicht so, als ob Doping mit dem Fall

---

* *Geschichte der Pharmazie II*, 2005, S. 528.
** Vgl.: Seite »Panazee«. In: Wikipedia. Die freie Enzyklopädie. Bearbeitungsstand: 13.09.2012.
*** Vgl.: *Geschichte der Pharmazie II*, 2005, S. 531–534.

der Mauer und dem Untergang der UdSSR verschwunden wäre. Ganz im Gegenteil. Mir kommt es so vor, als ginge es nicht mehr um Doping oder Nicht-Doping, sondern nur darum, so raffiniert zu sein, dass es nicht festgestellt wird«, referiert Oliver.

»Ich erinnere mich nur zu gut an diese Kugelstoßerin aus Weißrussland – das war auch UdSSR! – die nun ihre Olympische Goldmedaille aus London zurückgeben muss. Wie heißt sie noch?«

»Ähhh …?«

»Oh, dass ich das noch erleben darf! Du weißt es nicht«, freut sich Annika und lacht. »Genauso verhält es sich doch auch mit Lance Armstrong. Hat er schon seine Tour de France Titel abgegeben, oder kommt das noch?«

»Keine Ahnung. Auf jeden Fall steht fest, dass Doping angesagt ist. Im gewissen Rahmen ist es ja ein Volkssport geworden, ähnlich wie: ›Kreativer Umgang mit Steuererklärungen etc.‹«, sagt Oliver. »Wenn ich das jetzt weiterspinne, fällt mir ein, dass auch dieser Typ im New-Ku von Doping in der Muckibude gesprochen hat. Und er meinte, dass Patrick Kempensmeier, der Tote beim Altstadtlauf, erinnerst du dich …?«

»Natürlich! Das werde ich nie vergessen!«

»Also, der Typ aus dem New-Ku meinte, dass Patrick Kempensmeier Keuchhusten gehabt hat, und in der LTZ stand, dass ein Kollege über Patrick gesagt habe, dass er kurz davor war, seine persönliche Bestzeit zu laufen. Da reime ich mir zusammen, dass Patrick Kempensmeier diese – das sage ich jetzt nur für dich! – sa-gen-um-wo-be-nen blauen Kapseln genommen hat. Vielleicht helfen die ein bisschen. Lena meinte, Dr. Lange wäre nicht der erste Apotheker, der mit selbst kreierten Mitteln Leute umbringt.

Es habe da mal einen Fall gegeben, dass ein Apotheker ein Mittel zum Abnehmen extra hoch dosiert hat, damit sich der Erfolg schneller und besser einstellt. Das habe erst super gewirkt, und dann sind die Leute – meist Frauen – einfach umgefallen. Zack. Tot. Lena meinte, es könnte sich ja auch bei Patrick Kempensmeier so verhalten haben.«

»Ja vielleicht. Hast du das schon der Polizei erzählt? Wie Sherlock Holmes hast du kraft deiner Gedanken einen schier unlösbaren Fall der Lippstädter Kriminalgeschichte gelöst. Du bist brillant! Ein Held!«, lobt Annika überschwänglich, aber nicht ohne ironischen Unterton. »Du wirst doch noch als Bronzefigur zu den anderen bedeuteten Persönlichkeiten der Lippstädter Stadtgeschichte an den Bürgerbrunnen geschraubt«, lacht Annika. »Nur wer dort dabei sein darf, hat es zu etwas gebracht. Bernhard II., Friedrich der Große und Oliver der Geheimnislüfter.«

»Ich fühle mich hier gar nicht ernst genommen«, beschwert sich Oliver, verrät aber durch sein Lachen, dass er diesen Spaß durchaus versteht. »Schau mal, ich habe dir hier noch etwas aus der Zeitung ausgeschnitten«, wechselt Oliver das Thema. »Vor 20 Jahren schloss die Lippstädter Diskothek *KU* nach einem Brand für immer ihre Pforten.«*

»Vor 20 Jahren war ich noch nicht mal im Kindergarten«, lacht Annika.

»... aber ich!«, beendet Oliver stolz ihren Satz. »Die Disco scheint damals echt cool gewesen zu sein. Wenn sogar 20 Jahre später die Leute noch davon sprechen und sich auf *Ku*-Revivial-Partys freuen. Das New-Ku ist ja eigentlich nicht der Rede wert. Ich wäre da auch nie hinge-

* Als noch Geld aus dem UFO regnete ... Vor 20 Jahren schloss die Lippstädter Diskothek »KU« nach einem Brand für immer ihre Pforten. In: *Wochentip*, 12. September 2012.

gangen, wenn Andy nicht gesagt hätte, ich solle das machen zwecks Recherche. Aber …«

»Ja, ich weiß. Worauf willst du hinaus?«

»Ich glaube, das ist nicht nur ein Laden, der schlecht läuft, sondern in den man eigentlich nur geht, um von Dr. Lange sagenumwobene blaue Kapseln zu kaufen«, überlegt Oliver. »Vielleicht bieten auch andere Händler ihre ›Waren‹ an; du verstehst, was ich meine. Wenn ich der Polizei mit selbst Zusammengereimtem komme, ist das schon schwierig genug. Wenn ich aber dann noch sage, ich hätte da so ein Bauchgefühl, dass auch andere …«

»Ticket nach Eickelborn!«, lacht Annika. »Die sperren dich noch weg. Letztens sagte doch jemand: Intellekt braucht man nur, um eine intuitive Entscheidung im Nachhinein zu rechtfertigen. Cool, oder? Das bringt es doch auf den Punkt.«

»Sei lieber froh, dass ich so ein gefühlvoller Mensch bin statt ein grober Klotz«, verteidigt sich Oliver.

»Bin ich auch!«, sagt Annika.

LIPPSTADT, 12. SEPTEMBER 2012

Oliver erschrickt. Der Rokoko-Türklopfer ist zu laut eingestellt. Klopf-klopf, ertönt es erneut.

»Ja?«, fragt Oliver durch die Sprechanlage.

»Polizei. Wir hätten noch ein paar Fragen zum Fall Dr. Lange. Haben Sie einen Augenblick Zeit?«

»Ja. Kommen Sie bitte hoch.« Oliver ärgert sich, dass er zu faul war, sich richtig anzuziehen. In einer Jogginghose und einem weiten Sweatshirt mit der Aufschrift ›London‹ hatte er auf dem Sofa gelegen und gelesen. Nun muss er so unpassend gekleidet die Polizei empfangen.

Die Polizisten berichten, dass sie nach dem Fund der Kapselhülsen, des Pulvers und des alten Rezeptes einen Durchsuchungsbeschluss sowohl für Dr. Langes Privaträume als auch für dessen Geschäftsräume – sprich: die Apotheke – bekommen haben. Doch leider habe man nirgends etwas gefunden, was zur Lösung des Falles beitragen könne. Man habe Dr. Lange in der Klinik befragt, er weise alle Schuld von sich, er habe nichts getan, er sei ein rechtschaffener Apotheker, der nur einen Augenblick unachtsam gewesen sei. So sei es zu dem Unfall mit dem alten Golf gekommen, das tue ihm, Dr. Lange, auch sehr leid, er würde es wieder gut machen, wenn er denn nur könnte. Doch leider ginge das ja nicht, der Fahrer sei und bliebe tot.

»Wir haben ihn dann damit konfrontiert, dass Frau Neff-Asseburg glaubt, sich erinnern zu können, dass der,

der sie überfallen hat, gesagt habe, er sei mit Dr. Lange im Labor gewesen, als dieser Kapseln hergestellt habe.«

»Ach, das wusste ich gar nicht, dass Lena sich wieder erinnern kann«, sagt Oliver erstaunt.

»Nein, das kann sie auch nicht wirklich. Sie meinte, es sei alles sehr dunkel, und sie sei sich auch nicht sicher, ob sie das wirklich gehört habe oder ob sie sich das so zusammengereimt habe, um eine Erklärung zu haben, warum alles so gekommen sei, wie es gekommen ist.«

»Und? Was hat Dr. Lange gesagt?«

»Der war diesbezüglich recht gesprächig. Es könne dann nur Kai Dahlheim gewesen sein, sagte Dr. Lange. Der Dahlheim habe ihn mal besucht, als er im Labor gearbeitet habe. Er habe tatsächlich Kapseln hergestellt, aber doch keine illegalen, nein, das seien welche mit ärztlicher Verordnung nach speziellen Vorgaben gewesen. Was genau das war, wisse er nicht mehr. Es sei lange her, und er habe dem auch keinerlei besondere Bedeutung beigemessen. Schließlich sei er Apotheker, da sei es normal, so etwas zu tun, hat Dr. Lange sogar schriftlich zu Protokoll gegeben«, berichtet der Polizist.

»Aber Frau Neff-Asseburg hat mal gesagt, es kommt ganz, ganz selten bis gar nicht vor, dass heutzutage eine Apotheke noch selbst Kapseln herstellt.«

»Aha. Dr. Lange stellt es anders dar. Es sei üblich, meint er. Wir wollen jetzt aber nicht definieren, dass ab einer Häufung von soundso viel etwas üblich ist, und wenn es darunter liegt, ist es unüblich!?«

»Auf jeden Fall haben wir Herrn Dahlheim festgenommen. Er versicherte uns, er habe gesehen, dass Dr. Lange blaue Kapseln befüllt habe, dass er dabei ein uraltes Rezept neben sich liegen gehabt habe, und dass Dr.

Lange diese blauen Kapseln noch am selben Abend im New-Ku verkauft habe. Das sei auch der Abend – naja, es wäre schon fast Morgen – gewesen, als jemand erst mit Kreislaufschwierigkeiten ins Krankenhaus gekommen sei, und soweit er wisse, sei der Typ dann auch gestorben. Er selbst, hat Dahlheim gesagt, hätte ja auch immer diese Kapseln genommen, die helfen ihm gut, er habe sich damit immer so wohl und fit gefühlt. Der Lange habe gesagt, er könne das ruhig nehmen, dann schaffe er den Abschluss auch besser. Der Dahlheim macht seinen Schulabschluss am Hansekolleg nach, müssen Sie wissen, Herr Thielsen.«

»Aha.«

»Herr Dahlheim sagte, er habe erst bewusst bemerkt, dass er süchtig ist, als Dr. Lange nicht mehr auftauchte – wir wissen, warum – und keinen Nachschub mehr brachte. Eine Zeit lang habe Dahlheim mit seinem Vorrat überbrücken können. Dann habe er sich vorgenommen, den Entzug auszuhalten, was aber nur sehr kurz geklappt habe, denn es sei eine Deutschklausur angekündigt worden.« Dank seiner Notizen kann der Polizist sogar den Titel der Klausur vortragen: »‹Verbale und non-verbale Kommunikationsmodelle in Kurzgeschichten Wolfgang Borcherts›. Als Dahlheim das gehört habe, sei er durchgedreht – wer denkt sich so einen Scheiß aus?, fluchte Dahlheim – und habe diesen einen großen Fehler begangen. Er meint damit den Einbruch und auch das, was mit Frau Neff-Asseburg passiert ist. Auf jeden Fall hat sich Dahlheim sehr kooperativ gezeigt und geredet und geredet und geredet. Ich glaube, der hat richtig Angst. Das wird ihm bei der Verhandlung von Vorteil sein, denn so viel ist sicher«, sagt der Polizist, »Herr Dahlheim wird einen Prozess bekommen. Einbruch, schwere Körperverletzung, Diebstahl und dann noch der Sachschaden … Da kommt was zusammen.«

»Ja.«

»Nicht so klar liegt die Sache bei Dr. Lange«, fährt der Polizist fort.

»Wieso nicht?«

»Er bestreitet alles. Er habe keine illegalen Kapseln herstellt, geschweige denn verkauft. Da steht jetzt Aussage gegen Aussage. Dahlheim sagt, Dr. Lange hat – Dr. Lange sagt, er hat nicht. In Langes Haus und in der Apotheke haben wir nichts Verdächtiges oder Illegales gefunden. Ich hatte erwartet, dass wir irgendwo den oder die Wirkstoffe finden, die er in die blauen Kapseln gefüllt hat. Aber nichts. Auch auf seinem Notebook und auf seinem iPhone haben wir nichts gefunden. Internetbestellungen oder so. Absolut nichts diesbezüglich zu finden.«

»Aber ich habe die Kapseln doch gefunden! Und das Pulver und das alte Rezept. Das ist doch eine klare Sache!«, empört sich Oliver.

»Ja, ich sehe das auch so. Aber es sind eben nur Indizien. Darüber hinaus ist es nicht verboten, leere Kapselrohlinge zu verstecken. Das gefundene Pulver ist analysiert worden, es ist ganz normales Füllmaterial, also ohne jede Wirkung. Auch das darf man verstecken; das macht zwar keinen Sinn, aber das ist eine andere Sache. Bei dem alten Rezept verhält es sich genauso. Wir haben übrigens Sachverständige gefragt, was sie davon halten. Alle haben gesagt, es sei derart überholt, dass davon auszugehen ist, dass heute niemand mehr versuchen wird, daraus Wirkung oder gar Kapital zu schlagen. Hinter vorgehaltener Hand haben die Experten noch gesagt, so bekloppt sei nicht einmal Dr. Lange. Aber das steht natürlich nicht im Gutachten.«

»Ja, Frau Neff-Asseburg hat Ähnliches gesagt«, erinnert sich Oliver. »Dieses alte Rezept sei heute völlig bedeutungslos.«

»Ja, Dr. Lange selbst sagt das auch: Natürlich habe er nicht mit diesem Rezept gearbeitet, das sei doch Quatsch, das mache doch niemand. Jeder kleine Pharmaziestudent wisse, dass damit nichts zu holen sei …«

»Aber warum hat er dann alles versteckt? Das passt doch nicht zusammen!«

»Ja, stimmt. Aber wir können Dr. Lange nichts beweisen. Es sind nur Indizien, die gegen ihn sprechen. Wenn wir den Kempensmeier noch befragen könnten, dann sähe die Welt anders aus. Was die forensische Toxikologie bei ihm, also bei Kempensmeier, alles gefunden hat! Sie glauben es nicht! GW 1516, sagte man mir, sei gegen Fettleibigkeit entwickelt worden, es erhöhe die Muskelmasse und den Trainingseffekt gleich mit. Um bis zu 70 %, das müssen Sie sich mal vorstellen! Ganz praktisch, wenn Sie mir den Galgenhumor gestatten, aber hochgefährlich. Das sei die erste Gendopingsubstanz, sagte der Toxikologe zu mir, und niemand wisse, wie sich das kurz- und auch langfristig auf Herz, Lunge und alles andere auswirke. Dann hat der Toxikologe S 107 nachgewiesen. Das hört sich an wie eine Straßenbahnlinie, deshalb kann ich mir das merken. S 107 sei ein nicht oder zumindest noch nicht zugelassenes Medikament gegen Herzrhythmusstörungen und sorge dafür, dass die Muskeln nicht so schnell schlappmachen.* Dann hat mir der Toxikologe von einem testoste-

* Vgl.: Petra Apfel: *Doping der Zukunft. Nur Dummköpfe lassen sich erwischen*. www.focus.de vom 18.2.2010. (gesehen am:17.06.2013)

ronhaltigen Gel erzählt, das sich die Sportler – meist Läufer – aus Holland mitbringen. Androgel* oder so ähnlich. Der Kempensmeier hatte noch diverse andere Stimulanzien im Blut. Unglaublich. Er war ein wandelndes Chemielabor. Was er alles intus hatte und wie das genau heißt, müsste ich nachlesen. Im Befund steht alles genau aufgedröselt. Ach ja, hoch dosiertes Asthmaspray wurde auch noch nachgewiesen. Das Schlimmste ist, dass man alles, sogar GW 1516, einfach so im Internet bestellen kann. Illegal zwar, aber mir wurde versichert, dass man rankommt. Von Vorteil sei allerdings, sagte der Toxikologe mit ironischem Ton, wenn man einen Freund beim Zoll habe. Wir können also nicht mit Bestimmtheit sagen, dass Kempensmeier seine Dopingpräparate von Dr. Lange bekommen hat. Wir haben mittlerweile auch Kempensmeiers Notebook, sein Smartphone und seinen Rechner bei Car & Vision World durchsucht und keinen Hinweis darauf gefunden, dass er irgendwo irgendetwas in dieser Richtung bestellt hat. Und bei Dr. Lange ist es ja genauso. Keine Spuren! Das Einzige, was wir sicher wissen ist, dass Kempensmeier ein Chemielabor in persona war. Woher er das ganz Zeug hat, ist uns nicht bekannt, und wir wissen auch nicht, ob es in diesen blauen Kapseln war – was ja jetzt auch zweitranig ist.«

»Ich verstehe das nicht!«

»Tja. Im Moment sieht es so aus, als ob nicht mal Anklage gegen Dr. Lange erhoben wird, weil dieser für alles irgendeine – wenn auch hanebüchene! – Erklärung hat. Die Kapseln habe er versteckt, weil er sie so schön findet, dass seine

---

* Vgl.: Ulrike Krieger: *Doping. Marathon: Der Extra-Kick kostet 96 Euro.* In: B.Z. Berlin, 25. September 2010. www.bz-berlin.de. (gesehen am 17.06.2013)

Mitarbeiterin Frau Neff-Asseburg nicht damit arbeiten solle. Und Füllmaterial brauche man schließlich immer, und es sei oft keines in der Apotheke vorrätig gewesen, was nicht sein dürfe, aber trotzdem so gewesen sei. Er wolle bei nächster Gelegenheit ein ernstes Wörtchen mit der Neff-Asseburg sprechen.«

»Ja, das Problem mit fehlendem Füllmaterial hat die Neff-Asseburg auch mal angesprochen«, wundert sich Oliver. Bald weiß er nicht mehr, was er glauben soll.

»Das alte Rezept habe er nur versteckt, weil es so kostbar ist, und er noch keine Zeit gehabt habe, einen Safe in seinem Loft – er hat wirklich Loft gesagt! – einbauen zu lassen. In den neuen Gebäuden gäbe es schließlich keine Geheimfächer, das wisse ja wohl jeder.«

»Aber ich habe ihn doch auch im Labor gesehen. Einmal hat er etwas gesucht und ein anderes Mal hat er Kapseln – blaue Kapseln! – hergestellt und dabei dieses alte Rezept auf dem Tisch liegen gehabt.«

»Ja, ich habe ihn danach gefragt: Aber ist es verboten, in der eigenen Apotheke etwas zu suchen? Nein. Und diese Kapseln habe er zur Übung hergestellt, weil er kurz drauf eine Fortbildung gehabt habe. Er sagte, selbstverständlich habe er eine Teilnahmebescheinigung, denn er werde die Fahrtkosten absetzen. Er habe einen fantastischen Steuerberater, der aus allem etwas machen könne.«

»Das schreit doch zum Himmel! Ich finde, es ist ganz klar, dass Dr. Lange nach diesem Rezept, oder zumindest in Anlehnung daran, die blauen Kapseln mit etwas Leistungssteigerndem befüllt hat, was dann den Kempensmeier erst zu besten Leistungen und dann zum Tode geführt hat«, regt sich Oliver auf.

»Ja, ich persönlich gehe auch davon aus, dass es so oder

zumindest so ähnlich war. Aber wir können ihm nichts beweisen. Ach, ich habe Dr. Lange dann noch gefragt, was er beim Altstadtfest in einer weißen Kunststoffdose mit rotem Deckel an jemanden gegeben habe, der auf der Mauer der Großen Marienkirche saß, erinnern Sie sich? Frau Austerschmidt hat das zu Protokoll gegeben.«

»Ja natürlich erinnere ich mich. Und was hat Lange gesagt?«

»Halten Sie sich fest! Er hat gesagt, der junge Mann leide an einem wunden Po – Dr. Lange hat Arsch gesagt! – und dieser Mann brauche eine Salbe mit extra hohem Zinkoxid und noch irgendwas, ich weiß nicht mehr so genau. Steht im Protokoll.«

»Das gibt's doch nicht. Ist das nicht was für Säuglinge? Das müssen Sie überprüfen.«

»Das würde ich gerne, aber Dr. Lange beruft sich auf seine Schweigepflicht als Apotheker. Genau genommen habe er nicht mal bestätigen dürfen, dass er etwas weitergegeben habe, erst recht nicht was und warum. Aber er wolle natürlich der Polizei helfen, diesen furchtbaren Fall schnellstmöglich zu lösen, hat Dr. Lange so freundlich gesagt, dass mir schlecht wurde«, berichtet der Polizist.

»Ja, es ist zum Kotzen! Entschuldigen Sie, aber das musste ich jetzt mal so deutlich sagen. Es könnte also passieren, dass Dr. Lange völlig unbeschadet aus der Nummer herauskommt, obwohl es den toten Patrick Kempensmeier mit seinem Chemiecocktail gibt und den geständigen Kai Dahlheim? Dieses arme Würstchen wird verknackt und diesen … diesen Kotzbrocken lässt man laufen? Ich fasse es nicht. So darf das nicht sein!«, regt sich Oliver auf und schiebt die Ärmel seines Sweatshirts hoch. Vor lauter Wut wird ihm ganz heiß. Sein Gesicht glüht.

»Sie haben völlig recht, so darf es nicht sein, aber es ist oft im Leben so: Die Kleinen fängt man, die Großen lässt man laufen.«

Nachdem sich Oliver und der Polizist noch eine Weile über die Unzulänglichkeiten und Ungerechtigkeiten des deutschen Strafrechtes und höchstflexible Moralvorstellungen einzelner Mitbürger aufgeregt haben, verabschiedet sich der Polizist, er habe noch zu tun, auch in diesem Fall. Er, Oliver, könne sich darauf verlassen, dass alles getan werde, Dr. Lange hinter Schloss und Riegel zu bringen. Dieser habe bereits mehrere Anwälte hinzugezogen, die sich auf solche Sachen – Doping – spezialisiert haben. »Verbissen wie Terrier sind die«, berichte der Polizist und geht.

Oliver sieht aus dem Fenster der guten Stube, wie der Polizist in seinen Wagen steigt und davonfährt. Das kann doch alles nicht wahr sein!, denkt Oliver. Das darf nicht wahr sein! In Gedanken geht er immer wieder alles durch. Was hat er beobachtet und recherchiert, was hat Lena gesagt und erlebt, was hat Annika gesehen, was hat dieser Dahlheim gesehen, gesagt und getan. Und dann Dr. Lange. Der lügt, wenn er den Mund aufmacht, da ist sich Oliver sicher. In seinem, Olivers, Kopf fügt sich alles zu einem Bild zusammen, die Geschichte ist rund, alles passt: Dr. Lange findet während seiner Promotion ein Rezept eines leistungssteigernden Mittels vielleicht bei Sertürner, verfasst von einem Conasmann. Dr. Lange modifiziert es nach heutigen Möglichkeiten. Dann verkauft er es quasi unterm Ladentisch. Anfangs hält das Mittel, was Dr. Lange verspricht: Kai Dahlheim und Patrick Kempensmeier erfahren beide, wie gut es wirkt. Doch dann stirbt Patrick Kempensmeier, kurz bevor er seine persönliche Bestzeit läuft – nach einem Keuchhusten! Ja, da hört man doch die Flöhe husten, denkt Oliver. Das kann kein Zufall sein. Dann gibt es noch den Toten vom Uniongelände, der auch durch Dr. Langes Mittelchen umgekommen sein könnte und den jungen Mann mit Kreislaufschwierigkeiten aus dem New-Ku, der dann vermutlich gestorben ist. Man sollte sie exhumieren und toxikologisch untersuchen, denkt Oliver. Der Unfall vor dem New-Ku war vermutlich tatsächlich nur ein Unfall. Wenn sich jetzt Dr. Lange mit Fachanwälten umgibt, ist es doch beinahe ein Schuldeingeständnis, findet Oliver. Diese Ausreden, er habe im Labor nur Kapseln nach ärztlicher Verordnung hergestellt, kann Oliver nicht glauben, weil Lena ja sagte, dass es so gut wie nie vorkomme. Die Zinksalbe setzt diesem Märchen die Krone auf. Wunder Po? Also bitte! Oliver fühlt, wie immer mehr Wut in ihm aufsteigt. Er zieht das Sweatshirt aus. Darunter trägt er ein T-Shirt, auf dem steht: *Satzzeichen retten Leben: Wir essen jetzt Opa!* Das darf doch alles nicht wahr sein! Fantasie muss man haben, dann kann man sich aus allem herauslügen! Wenn jetzt noch der Dahlheim verurteilt wird und Dr. Lange ungeschoren davon kommt, dann …

LIPPSTADT, 27TER OKTOBER 1806

Es spricht sich herum, schnell wie ein Lauffeuer: Napoleon wird heute in Berlin eintreffen und als Sieger durch das Brandenburger Tor ziehen! Vor zwei Tagen sei seine Armee bereits in der preußischen Hauptstadt eingetroffen. Napoleon selbst habe in Potsdam am Grabe Friedrich des Großen Halt gemacht und voller Respekt gesagt: »Wenn er noch gelebt hätte, wäre ich nicht hier. Sic transit gloria mundi – So vergeht die Herrlichkeit der Welt.*« Anschließend habe Napoleon die Garnisonskirche nebst Gruft unter seinen Schutz gestellt. Der Nachfolger des Alten Fritz, König Friedrich Wilhelm III., sei geflohen. Nein, seine Gemahlin, die vom Volke geliebte Königin Luise, habe man nicht an seiner Seite gesehen. Diese habe sich ja auch erdreistet, sich in die Politik der Männer einzumischen. Die preußischen Soldaten habe sie auf dem Felde besucht, um sie im Kampfe gegen Napoleon zu bestärken, und habe sich so zum Gespött vieler gemacht! Als ob eine Frau – wenn auch eine Königin – das wieder wettmachen könnte, was der König nicht habe leisten können, sagen die einen. Die anderen, die Ortskundigen, erinnern daran, dass es doch vor ein paar Jahren eine Frau – Fürstin Pauline zur Lippe** – gewesen sei, die das Stift Cappel vor den

---

* Clemens Niedenthal: *Ein Franzose in Berlin*. In: Berliner Zeitung. 25. Oktober 2006.

** Vgl.: Rita Maria Fust: *in memoriam.* Über das Leben der Frauen im Kloster und Stift Cappel. Ein Rückblick. In: Heimatblätter Lippstadt 2015.

Toren Lippstadts gerettet habe. Heute ginge es aber doch um Preußen, um seine Zukunft oder besser um seine verlorene Zukunft: Bereits am 14. des Monats habe Napoleon mit seinen Truppen in der Schlacht bei Jena und Auerstedt Preußen besiegt. Ja, es sei ganz schnell gegangen, die Franzosen seien haushoch überlegen gewesen. Man habe es kommen sehen, behaupteten die einen, denn einem Kaiser wie Napoleon ein Ultimatum zu stellen, sei der Anfang vom Ende. Sie hätten es gleich gewusst und alles anders – besser! – gemacht. Die anderen glaubten, dass Friedrich Wilhelm III. nicht anders hätte handeln können. Was wäre ihm, dem preußischen König, anderes übrig geblieben, als zu fordern, dass die Franzosen sich aus den rechtsrheinischen Gebieten zurückziehen sollten? Schließlich verlangt das Volk nach Schutz vor den Franzosen. Und überhaupt: Was ist nur aus Preußen geworden?, fragen sich die Lippstädter und sind sich einzig in der Frage einig. Antworten gibt es viele – und jede ist zutreffend, man muss nur die Richtigen fragen. Wie es nun weitergehe, weiß allerdings niemand, nur dass es irgendwie weitergehen werde, da sind sich dann wieder alle einig. Was hat Lippstadt nicht alles schon erlebt? – Auch mit den Franzosen, man denke nur an den Siebenjährigen Krieg.

Für Conrad Johann Conasmann geht die Welt nicht weiter. Die letzten Monate waren ohnehin für ihn die Hölle. Sein Augenlicht hatte seinen Namen nicht mehr verdient. Ein Auge ist völlig erblindet, mit dem anderen sieht er schlecht. Immer wieder stürzt und stolpert er, stößt sich an Ecken und Kanten, tastet mehr, als dass er sieht. Es ist sehr schwer für ihn. Auch das stete Reisen von Stadt zu Stadt strengte ihn über die Maßen an. Wie es ihm trotz allem gelang, in die Apotheken einzubrechen und Opium zu stehlen, kann er selbst kaum beantworten. Manchmal bemerkte er zu spät, dass es sich bei der gestohlenen Ware gar nicht um das Gewünschte handelte, sondern um etwas ähnlich Aussehendes oder ganz etwas anderes. Wie oft fand er den Ausgang nicht, irrte beinahe hilflos umher. Wenn er nicht so gottlos wäre, glaubte er, Gott würde ihn aus diesen – im wahrsten Sinne – aussichtslosen Lagen hinausführen. Immer wieder denkt Conasmann an die Flüche der Frau Jordan, damals, als er Jordan vor dem Erstickungstod bewahrte. Sollte sie recht bekommen? Ist seine Erblindung eine Strafe Gottes? Weil er nicht an ihn glaubt? Weil er denkt, dass gute Forschung und Wissenschaft der Menschheit mehr helfen, als Gott es kann? Sitzt er zur Strafe in seiner eigenen Dunkelheit statt im göttlichen Licht?

In Augenblicken, in denen neues Opium ausbleibt, kennt sein Körper kein Pardon. Die Entzugserscheinungen sind entsetzlich. So ist es ihm auch ergangen, kurz bevor Jordan fortgegangen ist. Ja, er erinnert sich dunkel an den letzten Streit, als er, Conasmann, wutschnaubend Apotheker Jordan angeschrien hatte. Was genau er alles gesagt hat, weiß er nicht mehr, glaubt aber zu guter Letzt lauthals lachend gegangen zu sein. Wohin? Er weiß es nicht. Oder doch? Ist er nicht mit einem Selbstverständnis in die privaten Räumlichkeiten der Eheleute gegangen? Hat er nicht noch behauptet, ab sofort sei er, Conasmann, der Besitzer der *Adler-Apotheke* mit allem was dazugehöre, einschließlich der gnädigen Frau? Und hat er nicht auch den Jordan aus seinem Dienste entlassen? Ja vielleicht. Vielleicht hat er das alles auch nur geträumt. Ein Lächeln huscht ihm über sein Gesicht. Eine kuriose Vorstellung: Da hofft Jordan all die Jahre, dass er, Conasmann, endlich geht – ja, das ist ihm nicht entgangen, nein, natürlich nicht, er ist ja nicht dumm. Und er, der fort sollte, schickt seinen Herrn, Apotheker Jordan, aus dessen eigener Offizin, und dieser geht! Einfach so? Nach Amsterdam. Merkwürdig. Da kann man nur drüber lachen, so wie alle Lippstädter über Jordan und über dessen Gemahlin, diese Gehörnte, lachen. Heute ist ihm, Conasmann, allerdings ganz und gar nicht zum Lachen zumute. Schlimmes ist geschehen. Das Schlimmste überhaupt. Er hat nicht nur versagt und die preußischen Soldaten im Stich gelassen, weil es ihm nicht gelungen ist, rechtzeitig sein wirkungsvolles Mittel herzustellen. Selbstredend trägt Sertürner die Hauptschuld, keine Frage, schließlich ist er wie vom Erdboden verschwunden. Aber er, Conasmann, hatte es sich – und in Gedanken auch seiner geschätzten, verehrten, geliebten Königin Luise – versprochen: Er wird Preußen zum Sieg verhelfen, *Borussia Victoria* hatte er auch die Rezeptur überschrieben, die er zwar immer wieder überarbeitet, ja verbessert hat, doch die noch nicht weit genug gereift war, um zu halten, was er versprochen hat. Seine Königin Luise, was gäbe er dafür, sie berühren zu dürfen. Einst wünschte er sich auch, nochmals einen Blick auf ihre Schönheit, ihr goldenes Haar werfen zu dürfen, doch das bleibt ihm nun versagt. Auch das hatte Sertürner zu verantworten. Wäre dieser nicht einfach verschwunden, hätte er, Conasmann, nicht so wüten müssen. Und dann wäre dieses Unglück nicht geschehen. Ammoniak in seinen Augen – ein Schmerz, den er nie mehr vergessen wird! Königin Luise von Preußen. Wie mag es ihr ergehen, wo Napoleon schon in Berlin ist? Warum flieht sie nicht mit dem König zusammen? Ist sie womöglich von den französischen Truppen gefangen genommen und schon als Siegestrophäe an Napoleon übergeben worden? Was mag er nur mit ihr anstellen?, überlegt Conasmann. Napoleon wird sie berühren – so wie jeder Mann es tun würde – er wird mit seinen kleinen kurzen Fingern ihre feinen Züge entlang streichen. Nase, Mund, Kinn, den Hals entlang in Gefilde, die ihm nicht zustehen. Den weichen Bauch entlang – Conasmann versucht die selbst heraufbeschworenen Bilder aus seinem Kopf zu vertreiben. Es gelingt ihm nicht. Immer wieder stellt er sich vor, was Napoleon alles mit Königin Luise machen könnte, und lässt sich von dem leiten, was er selbst gerne alles täte. Alles. Wahrlich alles. Und es würde Luise verzücken, wenn er nur … wenn er doch nur … Er ist ein Mann, den jede Frau zu schätzen wüsste … Er könnte den Damen zeigen, was sie wollen … Luise, wenn ich doch nur … Nur einmal … Ein einziges Mal … Aber Luise befindet sich in den Händen Napoleons!, ruft Conasmann sich selbst zur Räson. Es gibt ihm einen Stich ins Herz, schmerzhafter als Ammoniak in den Augen. Luuuiiiseee … Meine Luise … Verzweifelte Klagelaute brechen aus ihm hervor. »Luise, bitte verzeihen Sie mir. Ich habe versagt«, flüstert Conasmann unter Tränen und nimmt alles Opium, was er wenige Stunden zuvor in der *Einhorn-Apotheke* gestohlen hat. Es dauert gar nicht lange, bis Conasmann zuerst sein Bewusstsein und anschließend sein Leben verliert, denn die Gunst der Königin bleibt ihm versagt. Er hat versagt.

LIPPSTADT, 12. OKTOBER 2012

Olivers Rokoko-Türklopfer klopft mehrmals laut.

»Ja?«, fragt Oliver in die Sprechanlage. – »Ah, ja. Kommen Sie hoch.« Wenn die Polizei gleich wieder weg ist, werde ich mir einen Martinshorn-mp3-Klingelton im Internet runterladen, dann kann künftig die Polizei adäquat anklingen, denkt Oliver im Spaß. Vielleicht sollte ich auch ein Blaulicht installieren ... Gehört nicht die Firma *Hella* zu den weltweit führenden Unternehmen für Fahrzeugbeleuchtung? Lampenbude, sagen die Lippstädter, hat Andy mal erzählt. Das echte Klopfen an der Wohnungstür lässt Oliver zusammenzucken.

»Entschuldigung. Bitte kommen Sie rein«, sagt Oliver, nachdem er die Tür geöffnet hat. Mit einer Geste weist er den Weg in die gute Stube, den die beiden Beamten längst kennen. Dieses Mal ist er ordentlich gekleidet. Hellblaues Hemd, dunkelblauer Pullover mit V-Ausschnitt, Bluejeans und Schuhe.

»Ist Frau Austerschmidt auch hier?«

»Nein. Sie ist in Paderborn. Sie studiert doch Geschichte«, erklärt Oliver.

»Schade – also nicht ihr Studium, sondern dass sie nicht hier ist. Wir wollten es nicht versäumen, Ihnen persönlich etwas mitzuteilen, und wir gehen davon aus, dass es auch Frau Austerschmidt interessieren wird. Aber Sie werden es ihr bestimmt erzählen. – Es ist nämlich so: Fahndern des Bundeskriminalamtes ist es gelungen, einen Dopingring zu zerschlagen, der europaweit agiert hat. Ein ganz ausgeklügeltes Netz, das sehr lange beobachtet worden ist, und als sich die Fahnder sicher waren und genügend Beweise hatten, haben sie zugeschlagen. Das ist gute zwei Wochen her, und nun liegen erste Auswertungen der beschlagnahmten Unterlagen vor. Unser Dr. Lange hängt auch mit drin. Wissen Sie, wie er an die Mittelchen gekommen ist?«

»Nein …«

»Die sind in manchen Nächten vermeintlich offiziell und legal geliefert worden. Die Apotheke arbeitet mit drei Großhändlern zusammen, die …«

»*Noweda hilft*«, wirft Oliver deren Werbeslogan ein, ohne sich dessen bewusst zu sein.

»Ja, aber *Noweda* hat damit überhaupt nichts zu tun. Es ist so: Bei dem Großhändler FARMA-CAR – kennen Sie den? Mal hier gesehen? Hauptsitz in Spanien, aber in Deutschland zugelassen.«

»Ja, manchmal. Diese quietschgrünen Kastenwagen?!«

»Ganz genau. Dort haben viele Leute gearbeitet, von denen das BKA nun weiß, dass sie zu diesem Dopingring gehören. Ob der Großhändler selbst Teil dieser großen Organisation ist – war –, ist noch nicht bekannt. Wie genau das alles abgelaufen ist, wissen die Fahnder auch noch nicht. Sicher ist auf jeden Fall, dass unser Dr. Lange auf diversen Lieferlisten steht. Auch Geldtransfers, richtig hohe Summen, lassen sich belegen. Und er hat all das – vermutlich nachts, wenn Frau Neff-Asseburg nicht hier war – in die Apotheke geliefert bekommen, was wir bei Patrick Kempensmeier nachgewiesen haben, und noch viel mehr. Opiate, Amphetamine, Barbiturate, Tranquilizer, all das Zeug, dessen Namen man so kennt. Jetzt ist er dran. Die Details werden sich aufklären, vielleicht ist er unter diesen Umständen sogar geständig. Das würde dem Strafmaß durchaus zuträglich sein. Seine klugen Anwälte werden ihm wohl dazu raten.«

»Ich kann es gar nicht glauben. Ein europaweiter Dopingring agiert auch in Lippstadt! In diesem kleinen westfälischen Nest, wo doch die Welt so in Ordnung scheint.«

»Jetzt ist hier ja auch alles wieder gut. Dr. Lange wird der Prozess gemacht, er wird hinter Gitter kommen, und selbst wenn er irgendwann mal wieder freikommt, wird er nicht mehr als Apotheker tätig sein dürfen. Die Apothekerkammer wird das regeln. – Stellen Sie sich darauf ein, einen neuen Mieter suchen zu müssen.«

»Das mache ich in diesem Fall doch gerne. Endlich hat der Spuk ein Ende!«, freut sich Oliver und kann es kaum abwarten, Annika alles zu erzählen.

Nach dem Telefonat mit ihr kocht sich Oliver eine Tasse Kaffee und nimmt sich vor, sofort einen Bericht für die LTZ zu schreiben: *Europaweiter Dopingring auch in Lippstadt tätig*, könnte die Überschrift lauten. Was für eine große Nummer für diese beschauliche Stadt!, denkt Oliver und schaltet das Radio ein. Die Hip-Hop-Gruppe ›Fettes Brot‹ singt *Amsterdam*: *Oh, sie ist abgehauen / nach Amsterdam. / Diese eine Frau / mit einem anderen Mann*. Wie gut das doch passt, lächelt Oliver. Heute ist in der LTZ ein großer Artikel von ihm über das 300-jährige Bestehen der *Einhorn-Apotheke* erschienen. Damals, 1806, war ein Lippstädter Apotheker nach Amsterdam gegangen, vielleicht wegen einer anderen Frau? Das weiß niemand, lang, lang ist's her. – Und 300 Jahre *Einhorn-Apotheke*: Was für eine lange Zeit, wenn man bedenkt, dass es Jahre gab, in der zwei Lippstädter Apotheker alles daran setzten, diese

Einhorn-Apotheke zu schließen, erinnert sich Oliver an das Gespräch mit Merten Thurmann, dem jetzigen Besitzer der Apotheke. Dieser hatte eine Broschüre anlässlich des Jubiläums herausgegeben, in der es heißt:

Zur Zeit der Gründung der Einhorn-Apotheke hatte Lippstadt bereits zwei Apotheken, die Engel-[...]*Apotheke und die Adler-*[...]*Apotheke. Die Engel-Apotheke wurde ca. 1625 gegründet und am 31.12.1993 geschlossen. Die Adler-Apotheke bestand von 1681 bis 1806, nachdem der letzte Besitzer Jordan »seine Frau vor einigen Wochen heimlich verlassen und seitdem von Amsterdam geschrieben hat, daß er nie zurückkehren werde.«** [...] *Im Jahr 1806, als Lippstadt sich unter französischer Militärverwaltung befand, erwarb er* [Johann Hülsemann] *für 1.300 Reichstaler die Hälfte des Privilegs der inzwischen aufgelösten Adler-Apotheke, die andere Hälfte kaufte der Besitzer der Engel-Apotheke Fabro.* [...] Hülsemann *verkaufte im Jahr 1829 die Apotheke für 12.000 Reichtstaler. Zur damaligen Zeit hätte man für 1 Reichstaler 160 Eier kaufen können, d.h. 12.000 Reichstaler entsprachen 1.920.000 Eiern. Bei einem angenommenen Eierpreis von 0,25 Euro hatte Hülsemann nach heutiger Kaufkraft 480.000 Euro für die Apotheke erhalten.***

Was für ein kostbares Stück Stadtgeschichte Lippstadt doch hat!

---

* *300 Jahre Einhorn-Apotheke Lippstadt. Privilegiert 1712.* Hg. Merten Thurmann, Lange Straße 11, 59555 Lippstadt.

** *300 Jahre Einhorn-Apotheke Lippstadt.* S. 12.

EPILOG

Lippstadt, 2. April 2013

»Musst du wirklich weg?«, fragt Oliver betrübt.

»Ja, es ist doch so cool, ein Praxissemester beim LWL-Landschaftsverband Westfalen Lippe machen zu können. Ich freue mich riesig und bin gespannt, welche Aufgaben ich beim Archivamt Westfalen bekomme. Dann sitze ich an der Quelle«, freut sich Annika und weiß, dass Oliver sie insgeheim beneidet. Wie viele Rätsel er dort finden könnte …

Oliver wird allein in Lippstadt bleiben und hat sich für den Sommer vorgenommen, mehr zu unternehmen, Leute kennenzulernen und Freunde zu finden. Bei einer Radtour entlang der Römer-Lippe-Route ist er bereits angemeldet. ›Geschichte im Fluss‹, heißt es dort. »Das ist doch genau das Richtige für dich!«, hatte Annika gemeint. Doch ohne sie ist seine neue Heimat, wie Oliver betont, nur halb so schön. »Ohne dich ist alles doof«, sagt Oliver immer mal wieder und überspielt jedes Mal mit einem Lachen, wie ernst es ihm ist. Irgendwie fühlt er sich von Annika verlassen, ja beinahe im Stich gelassen, obwohl er weiß, dass das Quatsch ist. Sie werden sich gegenseitig besuchen.

»Es ist doch nur bis Oktober«, sagt Annika.

»Nur?« In dieser – ihm unendlich erscheinenden – Zeit wird er auch noch einen neuen Mieter suchen müssen. Am Karsamstag war die Kündigung des Mietverhältnisses von Dr. Lange per Einschreiben eingetroffen. Die Apotheke – oder besser das, was davon übrig ist – zieht aus. Zum Glück!

»Hoffentlich entscheidest du dich dieses Mal für einen seriösen Mieter«, sagt Annika, als hätte sie Olivers Gedanken lesen können. »Dem Lange stand es doch irgendwie vor den Kopf geschrieben.«

»Ist ja gut. Du kannst mich beraten, wenn es soweit ist«, bittet Oliver nicht im Spaß und muss einen kleinen Bogen um den orangefarbenen Kastenwagen des Baubetriebshofs machen. Dabei stößt er mit einem kräftigen Kerl im Blaumann zusammen. »Oh, bitte entschuldigen Sie. Wir waren so in ein Gespräch vertieft, dass ich Sie nicht … Was ist das denn?«, unterbricht sich Oliver selbst. »Das sieht ja toll aus! Was ist das?« Oliver ist begeistert.

»Ein Engel«, antwortet der Mann.

»Was machen Sie damit?«

»Ins Museum bringen«, antwortet der Mann und fährt mit einem Kopfschütteln fort: »Was die mit diesem Kitsch wollen, weiß ich nicht. Vieles vom Dachjuchhe sollen wir mitnehmen.«

»Museum!«, sagt Oliver mehr zu sich als zu sonst wem.

»Kann ich ma'?«, stößt ein anderer Mann im Blaumann angestrengt hervor. Es ist nicht zu übersehen, dass er einen sehr schweren Karton trägt.

»Was ist da drin?«, fragt Oliver neugierig.

»Gammelige Bücher und so. Stinkt. Wenn Sie mich fragen: alles Müll!«

»Komm, Oliver. Bitte. Ich darf meinen Zug nach Münster nicht verpassen«, drängt Annika.

Als sie zehn Minuten später auf dem Bahnsteig stehen, fällt Oliver plötzlich ein, was sie gesehen haben. »Annika. Der Engel! Das muss der von der *Engel-Apotheke* sein!

Die war doch dort, wo jetzt die *Targo-Bank* ist. Das waren alte Sachen der *Engel-Apotheke*! – Wie cool ist das denn? Auf dem Weg nach Hause werde ich die Arbeiter vom Baubetriebshof fragen, was genau dort los ist. Das ist zumindest eine kleine Meldung für die LTZ, vielleicht sogar eine Story«, freut sich Oliver. Seine Stimmung hellt sich etwas auf.

»Hm, wenn du meinst«, antwortet Annika, als der Zug bereits fast alles übertönt. Sie umarmt ihn herzlich und steigt ein. In Gedanken ist Annika schon in Münster angekommen: bei ihrem neuen Job, bei den vielen neuen Leuten, die sie kennenlernen wird. Rad fahren, Party machen, Münster ist eine angesagte Stadt … Auch Oliver ist mit seinen Gedanken schon nicht mehr bei Annika, sondern kann nur noch an den Engel denken: eine menschliche Gestalt mit goldenen Flügeln, nackt, nur ein langes Tuch locker um die Lenden gelegt; irgendetwas hält der Engel in der Hand. Was es ist, hat Oliver auf die Schnelle nicht erkennen können.

Als Oliver auf dem Weg nach Hause in die Poststraße biegt, ist der Wagen des Baubetriebshofes bereits weg. »Mist!«, schimpft Oliver. Er läuft weiter durch die Kirchgasse, biegt links rum in die Rathausstraße und rennt – als gäbe es etwas zu verpassen – bis zum Stadtmuseum. Auch dort steht der Kastenwagen nicht. Genau genommen hat ja auch niemand vom Stadtmuseum gesprochen. Er muss unbedingt Frau Dr. Becker fragen, was da los war.

Lippstadt, 4. April 2013

»Frau Dr. Becker, wie gut, dass ich Sie endlich erreiche!«, freut sich Oliver, als er die Leiterin des Archivs am Telefon hat. Nachdem Oliver ihr erzählt was er gesehen hat, und welche Schlüsse er daraus gezogen hat, berichtet ihm Frau Dr. Becker eine beinahe skurrile Geschichte: »Vorgestern Morgen bekam das Museum – Frau Scheunemann, um genau zu sein – einen Anruf von einem Nachfahren bzw. Erben der Familie Fabro. Der Name sagt Ihnen doch etwas?«, vergewissert sich Frau Dr. Becker.

»Ja klar.«

»Der Mann sagte, sie räumten gerade das Haus aus, in dem bis 1993 die *Engel-Apotheke* gewesen sei, und hätten nun den Original-Engel auf dem Dachboden gefunden. Es sei der Engel, der außen an der Fassade angebracht gewesen sei. Die älteren Lippstädter würden diesen Engel noch kennen, der wäre schließlich ein Stück Stadtgeschichte und auf jeden Fall zu schade zum Wegwerfen. Wenn das Museum Interesse hätte, könnte jemand vorbeikommen und den Engel abholen.

Frau Scheunemann hat das mit zwei Kolleginnen übernommen. So eine Gelegenheit darf man sich nicht entgehen lassen. Sie dachten, es geht ganz schnell: Engel unter den Arm klemmen, fertig. Aber dann riefen sie mich an und baten mich, vorbeizukommen. Es gebe dort auf dem Dachjuchhe noch so viel »Altes«, was das Museum und das Archiv haben könnten, wenn es von Interesse wäre. Der Erbe habe gesagt, dass am nächsten Morgen die *INI* käme und alles, was noch brauchbar wäre, für deren Secondhand-Laden an der Cappelstraße abholen würde. Was dann noch übrig bliebe, werde entsorgt. Es eilte also. Ich bin dann natürlich sofort hingegangen und habe mit den Kolleginnen alles durchgesehen: alte Apothekenbücher, Fotoalben, ein großes Herbarium, ein Drogenschränkchen, allerlei Unterlagen, Dokumente und Papiere ohne Ende und auch die typischen Apothekenfläschchen. Die passen gut in die Apothekensammlung des Museum. Was es mit den restlichen Sachen auf sich hat, konnte ich auf dem Dachboden nicht entscheiden. Erst recht nicht in der Kürze der Zeit und unter den Bedingungen dort oben. Der Dienstag war ein schöner Tag, recht sonnig, und die Wärme staute sich unter dem nicht isolierten Dach. Stickig und staubig ist es gewesen. Frau Scheunemann hat dann beim Baubetriebshof angerufen und darum gebeten, dass die Sachen unbedingt noch am selben Tag abgeholt werden. Sie ist auch dort geblieben, hat auf die Männer gewartet und ihnen gesagt, was mitmuss.«

»Zwei davon habe ich gesehen: einen mit Engel unterm Arm«, unterbricht Oliver.

»Ja, der Engel. Das ist eine ganz einmalige Sache. Der Engel ist Stadtgeschichte. Super. Das Museum wird ein schönes Plätzchen für ihn finden.«

Annika wird den Engel für den Bürgerbrunnen nominieren wollen, denkt Oliver. Sie bräuchte dann noch einen Adler und ein Einhorn, dann wäre die ganze Apothekengeschichte der Stadt angemessen vertreten.

»Passen Sie auf«, fährt Frau Dr. Becker fort. »Die wirklich skurrile Geschichte geht jetzt erst los!«

»Ich bin gespannt!«

»Wir haben dann noch am selben Tag begonnen, die Kisten auszupacken. Jede Menge Papiere, die ich noch sichten muss, die Bücher, die vielen Fotoalben und eben auch diese schönen Arzneifläschchen. Frau Scheunemann hat plötzlich eines davon hochgehalten und mit Schrecken in der Stimme gesagt: ›Da ist noch was drin!‹ – Wir sind alle einen Schritt näher gekommen und haben gelesen, was auf dem Etikett steht: *SOL-NITROGLYC. 1‰*. Nitroglyzerin! Und jetzt? Was macht man dann? Panik ist aufgestiegen. Nitroglyzerin – das ist gefährlich, oder nicht? Durch den Transport ins Museum ist das Fläschchen ordentlich durchgeschüttelt worden, und wer weiß, welche chemischen Prozesse da in Gang gekommen sind! Frau Scheunemann hat bei der Feuerwehr angerufen. Vielleicht dürfen wir keine Zeit verlieren?, hat sie überlegt. Vielleicht fliegt hier gleich alles in die Luft? Die Feuerwehr hat sich dann mit dem Ordnungsamt beraten. So etwas kommt schließlich nicht jeden Tag vor. Und stellen Sie sich vor: Die wollten sofort die Umgebung hier evakuieren lassen. Rathausstraße, Marktstraße … Wie soll das gehen, so mitten am Tag? Die Geschäfte waren geöffnet, überall waren Menschen. Es war nicht einmal ganz normaler Dienstag, sondern noch Osterferien! Überall waren auch Schüler unterwegs. Was das für ein Drama geworden wäre. Als Feuerwehr und Ordnungsamt das kleine Fläschchen hier gesehen haben, änderte sich deren Plan: Sie schlugen vor, das Museum zu räumen. Aber wohin? Selbst wenn man alles rausschaffen könnte, bliebe das Gebäude selbst. Das ist doch auch ein Stück Stadtgeschichte. Nicht irgendein Haus. Nein, Justizrat Rose hat ein älteres Gebäude zu diesem stattlichen Patrizierhaus umbauen lassen. Mit diesen wunderschönen Stuckdecken – Rokoko … Nicht auszudenken, was alles hätte geschehen können.«

Oliver erinnert sich an den großen CSA-Einsatz im letzten Sommer. Auch da galt: Was alles hätte geschehen können … Es war so schon schlimm genug, und für Lena ist es immer noch schlimm.

»Die Feuerwehr oder das Ordnungsamt hat dann beim Kampfmittelräumdienst – in Hagen, glaube ich – angerufen. Und wissen Sie, was die dort sagten?«

Oliver schüttelt am Telefon den Kopf.

»Wir sollten das Fläschchen in die Küche stellen und diese mit Flatterband absperren. Niemand sollte in die Küche gehen. Erschütterungen, zum Beispiel durch Türenschlagen, sollten wir vermeiden. Sie kämen morgen im Laufe des Tages vorbei.«

»Was? Wie bitte? Das kann doch nicht sein!«

»Doch, genauso war es: Erst die Stadt rund um das Museum evakuieren wollen, dann *nur* das Museum räumen wollen, und plötzlich hat es Zeit bis zum nächsten Tag? Unfassbar, nicht wahr? Ich habe die ganze Nacht schlecht geschlafen – ich wohne ja nicht so weit entfernt – und bei jedem lauteren Geräusch bin ich aufgeschreckt, weil ich fürchtete, das Museum sei in die Luft geflogen. Auch Frau Scheunemann hatte eine unruhige Nacht, erzählte sie. Am nächsten Morgen, also gestern, kamen dann vier Männer vom KMRD, das ist der …«

»Kampfmittelräumdienst«, beendet Oliver ihren Satz. »Ich erinnere mich gut daran, als der KMRD 2010 die Munition an der Lippe entschärft hat. Da war auch alles weiträumig abgesperrt. Niemals werde ich das vergessen.«

»Ich auch nicht. – Es kamen also vier Männer vom KMRD, zwei von der Feuerwehr und zwei vom Ordnungsamt. Sie schauen sich das Fläschchen von Weitem an. Dann geht einer mit ganz normalen Gummihandschuhen näher heran, guckt, liest und fragt mich: ›Haben Sie Küchenkrepp oder alte Zeitungen?‹ – Äh ja. Er nimmt das Fläschchen, wickelt es ein und wollte es einfach mitnehmen. Frau Scheunemann hat zum Glück sofort darauf bestanden, dass das leere Fläschchen zurück zum Museum gebracht wird. Es ist schließlich ein besonderes Fläschchen – jetzt natürlich erst recht! Der KMRD versprach, es zurückzubringen, und ist mit dem ›Corpus delicti‹ weggefahren. Stille. Leere. Es war ganz merkwürdig, so als wäre nichts gewesen. Es entsteht plötzlich so eine gefühlte Lücke, wissen Sie? Die Emotionen schwankten seit 24 Stunden zwischen Freude oder beinahe Euphorie über die kostbare Schenkung hin zu Panik und Sorge. Wer trägt die Verantwortung? Was wäre, wenn alles in die Luft geflogen wäre?

Kurz vor Feierabend kam dann der KMRD mit dem leeren und unversehrten ›Corpus delicti‹ zurück. Sie haben berichtet, dass sie mit dem Fläschchen aufs freie Feld hinausgefahren seien, wohin genau, weiß ich nicht. Dort hätten sie aus Baumwollstoff eine Art Nest gebaut, das Nitroglyzerin hineingeschüttet, eine lange Lunte gelegt und angezündet.«

»Wo kommt denn die Lunte her? Hat der KMRD immer eine dabei?«, fragt Oliver überrascht.

»Ich glaube, die haben immer Zündschnüre dabei, um kontrolliertes Abbrennen bzw. Verbrennen zu ermöglichen. Auf jeden Fall berichteten die Männer, sie hätten das Glühen der Zündschnur mit Spannung beobachtet, und dann habe es nur ein ›Püffchen‹ gegeben. Nicht einmal ein ›Puff‹ oder gar einen Knall. Nichts. Wie in einem Comic. Sie kennen solche Bilder bestimmt? Ein Riesen-Tamtam, und am Ende steigt ein kleines beinahe niedliches Rauchwölkchen auf und verfliegt nach wenigen Zentimetern wieder, als wäre nichts gewesen. – Teile der Kernstadt wollten sie evakuieren – stundenlang hätte das gedauert – und dann? Puff!«, lacht Frau Dr. Becker herzlich. »Puff – ein kleines Wölkchen. Das war's.«

»Das ist ja der Hammer!«

»Ja, und wie ich Sie kenne, Herr Thielsen, werden Sie es ganz genau wissen wollen«, sagt Frau Dr. Becker. »Dann wenden Sie sich an Frau Scheunemann. Sie war immer dabei – außer bei der ›Verpuffung‹ – und hat dieses aufregende Stück Stadtgeschichte live erlebt.«

»Das mache ich«, ist sich Oliver sicher, denn die historischen Apotheken Lippstadts scheinen eine ›Never ending story‹ zu sein …

NACHWORT ZU FRIEDRICH WILHELM ADAM SERTÜRNER

Friedrich Wilhelm Adam Sertürner erlernte die Apothekerkunst – wie beschrieben – in der *Cramerschen Hofapotheke* zu Paderborn. Zu dieser Zeit fanden auch die ersten Forschungen an Opium statt. Die Sertürner-Forschung geht heute davon aus, dass Sertürner in den Jahren 1803/1804 das sogenannte schlafmachende Prinzip entdeckte. Den Namen Morphium, nach dem Gott des Traumes Morpheus, erhielt dieses Prinzip erst später. In Sertürners *Darstellung der reinen Mohnsäure*, veröffentlicht im *Journal der Pharmacie* im Jahre 1806 taucht die Bezeichnung noch nicht auf. 1817 veröffentlichte Sertürner in *Annalen der Physik* einen *Aufsatz über Morphium*; das schlafmachende Prinzip hatte seinen Namen erhalten.

Die heutige Sertürner-Forschung geht übrigens davon aus, dass bei Sertürner keine (Opium-) Abhängigkeit bestand.

1805 verließ Sertürner Paderborn und ging nach Einbeck, um eine Stelle in der städtischen Ratsapotheke bei dem Apotheker Daniel Wilhelm Hinck anzunehmen. Warum Sertürner Paderborn verlassen hat, *lässt sich heute nicht mehr nachvollziehen*, schreibt Manfred Rudolf Kesselmeier in seiner Biografie: Friedrich Wilhelm Adam Sertürner. Apotheker und Forscher (2008).

MAGDALENA NEFF – DEUTSCHLANDS ERSTE APOTHEKERIN

Die Zulassung von Frauen zum Apothekerberuf in Deutschland erfolgte erst 1899 nach einem mühseligen und mit vielen Emotionen ausgetragenen Kampf. In diesem Jahr begann Magdalena Meub als erste Frau in Deutschland ihre pharmazeutische Ausbildung in einer Apotheke. Nach dem pharmazeutischen Staatsexamen, das sie 1906 mit ›sehr gut‹ bestand, übernahm Magdalena Meub, die im gleichen Jahr den Apotheker Adolf Neff geheiratet hatte, gemeinsam mit ihrem Mann die Löwen-Apotheke in Ehingen/Württemberg.

(aus: *Pharmazie-Geschichte II*, 2005, S. 639)

1964 wurde ihr auf dem Deutschen Apothekertag in Hamburg als der ersten approbierten Apothekerin in Deutschland und Wegbereiterin für Frauen in diesem Beruf die Lesmüller-Medaille verliehen.

(aus: Seite »Magdalena Neff«. In: Wikipedia, Die freie Enzyklopädie. Bearbeitungsstand: 6. März 2013.)

Als Hommage an Magdalena Neff (1881-1966) erhielt die fiktive Apothekerin dieses Romans ihren Namen: Lena Neff-Asseburg.

Die Kirchgasse und das Overkamp'sche Haus finden im Roman *Der Kaufmann von Lippstadt* (2014) erstmals Erwähnung. Sie sind fiktiv!

Lippstadtkennern sei gesagt: Das Overkamp'sche Haus ist nicht das Mattenklott-Haus an der Rathausstraße in Lippstadt!

DANKE

Mein Dank gilt meiner Lektorin Claudia Senghaas! Sie hat zuerst Ferdinand Overkamp aus *Der Kaufmann von Lippstadt* und anschließend Conrad Johann Conasmann aus *Die Gunst der Königin* den Weg geebnet. Im selben Atemzug sei auch allen Mitarbeitern des Gmeiner-Verlags gedankt, die meine beiden Romane begleiten.

Die Idee zu einem historischen Apotheken-Roman entstand, als ich hörte, dass die Lippstädter *Einhorn-Apotheke* im Jahr 2012 ihr 300-jähriges Bestehen feiern werde.

Die Leiterin des Stadtarchivs, Dr. Claudia Becker, erzählte mir von einem Streit dreier Apotheker, bei dem es darum gegangen sei, eben diese Apotheke zu schließen, die nun, allem zum Trotz, Jubiläum feiern könne. Die beiden anderen Apotheken gäbe es längst nicht mehr. Dr. Becker stellte mir Quellen und Dokumente als Abschrift zur Verfügung und gab mir einen Einblick in das Lippstadt des beginnenden 19. Jahrhunderts.

Liebe Dr. Claudia Becker, DANKE!!!

Mein Dank gilt auch Angelika Scheunemann vom Stadtmuseum Lippstadt, die mir ihr Erlebnis mit dem Engel und dem Fläschchen Nitroglyzerin erzählte. – »Ja, es ist wirklich so gewesen, wie im Epilog beschrieben!«, sagt Angelika Scheunemann.

In einer Lippstädter Apotheke, die auf eigenen Wunsch ungenannt bleiben möchte, erhielt ich Einblicke in interne Abläufe (z. B. das Bestell-System) und in Warenkunde

(z. B. Codein in Hustenstillern). Es wurde mir das Labor gezeigt und erklärt, dass Apotheken auch heute noch eine komplette Ausstattung zur Herstellung von Kapseln, Salben etc. haben müssen, obwohl fast ausschließlich Fertigarznei von Ärzten (und Kunden) verlangt werde.

DANKE für die vielen Erklärungen und Tipps!!!

Der KWL – Kultur und Werbung Lippstadt – danke ich für das Nutzungsrecht der Gegenwartskarte.

Viele Fragen wurden mir von Kennern der Materie(n) während meines Schreibens beantwortet. DANKE!

»Meine drei«, DANKE für alles!!!

QUELLENVERZEICHNIS

Stadtarchiv Lippstadt. St.R. B 2046.

Stadtarchiv Lippstadt, St.R. B 2202.

Die Karte auf Seite 8/9 stammt aus:

Gunter Hagemann: Die Festung Lippstadt. Ihre Baugeschichte und ihr Einfluß auf die Stadtentwicklung. Bonn: Habelt, 1985. (Denkmalpflege und Forschung in Westfalen, Bd. 8) [Cover]

Die Karte wurde mit Erlaubnis Dr. Hagemanns romanspezifisch beschriftet, und eine fiktive Straße wurde eingefügt.

LITERATURVERZEICHNIS

275 Jahre Privilegierte Einhorn-Apotheke. Hg. v. Einhorn-Apotheke/Merten Thurmann, Lange Straße 11, 4780 Lippstadt. [1987]

300 Jahre Einhorn-Apotheke Lippstadt. Privilegiert 1712. Hg. v. Merten Thurmann, Lange Straße 11, 59555 Lippstadt. [2012]

Briefwechsel von Johann Bartholomäus Trommsdorff (1770-1837). In: Acta Historica Leopoldina. Hg. v. Benno Parthier u.a. Nummer 18. Lieferung 9: Romershausen – Sertürner. 2006.

Bürgerbuch der Stadt Lippe/Lippstadt von 1576 bis 1810. Bearbeitet von Erich Thurmann. Lippstadt 1983.

Friedrich, Christoph u. Müller-Jahncke, Wolf-Dieter: *Geschichte der Pharmazie II. Von der Frühen Neuzeit bis zur Gegenwart.* Eschborn: Govi 2005. (Geschichte der Pharmazie / R. Schmitz 2)

Fust, Rita Maria: *Der Kaufmann von Lippstadt.* Gemeiner 2014.

Fust, Rita Maria: *Die Legende von Luise in Lippstadt. Und wo die Königin von Preußen wirklich war …* In: Heimatblätter Lippstadt 2014.

Fust, Rita Maria: *in memoriam. Über das Leben der Frauen im Kloster und Stift Cappel. Ein Rückblick.* In: Heimatblätter Lippstadt 2015.

Hagemann, Gunter: *Die Festung Lippstadt. Ihre Baugeschichte und ihr Einfluß auf die Stadtentwicklung*. Bonn: Habelt 1985.

Huwer, Elisabeth: *Das Deutsche Apotheken-Museum. Schätze aus zwei Jahrtausenden Kultur- und Pharmaziegeschichte*. Hg. von der Deutschen Apotheken Museum-Stiftung. Schnell und Steiner 22008.

Kesselmeier, Manfred Rudolf: *Friedrich Wilhelm Adam* Sertürner (1783 -1841). Apotheker und Forscher. Quellen und Studien der Geschichte der Pharmazie. Bd. 89. Wissenschaftliche Verlagsgesellschaft mbH Stuttgart, 2008.

Klockow, Helmut: *Wenn die Brotglocke läutet. Ein Armenvogt in Lippstadt. Sozialgefüge im Umbruch. Briefwechsel zwischen der Stiftsoberin und Kirchengemeinde*. In: Heimatblätter Lippstadt 1979.

Königin Luise Büchlein. Leipzig: Verlag der Dürr'schen Buchhandlung 1910.

Laumanns, C.: *Alte Apotheken in Lippstadt und ihre Besitzer*. [ca. 1940-1945]

Lippstadt im Spiegel der Zeit, Hg. v. Dirk Ruholl und Johanna Scheler. Rasch & Röhring Verlag, Paderborn, 2012.

Masow: In: Heimatblätter Lippstadt 1947.

Möller, Johann Anton Arnold: *Special Geschichte von Lippstadt eine nunmehro geschlossene periodische Schrift unter der Rubrik alte Nachrichten von Lippstadt und deren Gegenden*. Lippstadt, 1788 [1978].

Niedenthal, Clemens: *Ein Franzose in Berlin*. In: Berliner Zeitung. 25. Oktober 2006.

Paderborn im Spiegel der Zeit, Hg. v. Rasch & Röhring Verlag, Paderborn, o. J.

Paderborn. Geschichte der Stadt in ihrer Region. Das 19. und 20. Jahrhundert. Traditionsbindung und Modernisierung (Bd. 3), Hg. v. Karl Hüser. Paderborn, Schöningh, 1999.

Sertürner, Friedrich Wilhelm Adam: *Aufsatz über Morphium*. In: Annalen der Physik. 1817.

Sertürner, Friedrich Wilhelm Adam: *Darstellung der reinen Mohnsäure (Opiumsäure) nebst einer Untersuchung des Opiums mit vorzüglicher Hinsicht auf einen darin neu entdeckten Stoff und die dahin gehörigen Bemerkungen*. In: Journal der Pharmacie, Leipzig 1806, [14: 33-37]. Aus: Franz Krömeke (Hg.): Friedrich Wilhelm Sertürner der Entdecker des Morphiums. Lebensbild und Neudruck der Original-Morphiumarbeiten, Springer Verlag, Heidelberg 1984.

Stambolis, Barbara: *Libori. Geschichte des Kirchen- und Volksfestes*. In: Paderborn. Geschichte in Bildern – Dokumenten – Zeugnissen. 1998.

Tidden-Peckolt, Margret: *Engel-Apotheke*. 100 Jahre im Besitz der Familie Tidden. [1950]

LOKALE PRESSE

Bunte Lesereise durch die Stadtgeschichte. ›Lippstadt im Spiegel der Zeit‹: Neue 231-Seite-Chronik vorgestellt. In: Der Patriot, 30. März 2012.

Chemieunfall legt Betrieb im real-Markt lahm. Chemikalien in Apotheke ausgelaufen. Feuerwehr musste gestern Morgen gesamtes Warenhaus evakuieren. Entwarnung erst nach drei Stunden. In: Der Patriot, 23. August 2005.

Lippstädter Holzschweine gehen auf Tauchstation. In: Der Patriot, 12. September 2012.

Als noch Geld aus dem UFO regnete … Vor 20 Jahren schloss die Lippstädter Diskothek »KU« nach einem Brand für immer ihre Pforten. In: Wochentip, 12. September 2012.

WWW.

Apfel, Petra: *Doping der Zukunft. Nur Dummköpfe lassen sich erwischen.* www.focus.de vom 18.2.2010. Gesehen am:17.06.2013.

Friedrich, Christoph: *250. Geburtstag Hermstaedts. Verteidiger der modernen Chemie.* In: Pharmazeutische Zeitung online. www.pharamzeutische-zeitung.de, gesehen am: 24.04.2012.

Krieger Ulrike: *Doping. Marathon: Der Extra-Kick kostet 96 Euro.* In: B.Z. Berlin, 25 September 2010. www.bz-berlin.de. Gesehen am 17.06.2013.

Wikipedia-Eintrag: *Menschenfett.* Gesehen am: 13.09.2012.

Wikipedia-Eintrag: *Panazee.* Gesehen am: 13.09.2012.

www.kindergesundheit-info.de [Historisches], gesehen am: 29.08.2012.

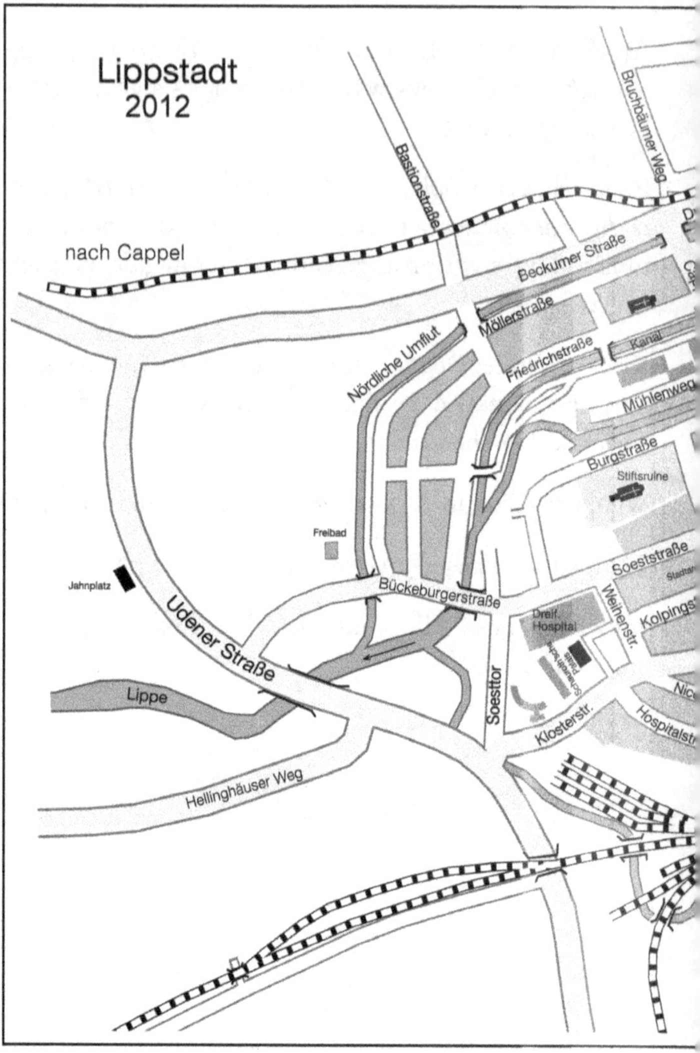
Lippstadt
2012
nach Cappel
Bastionstraße
Bruchbäumer Weg
Beckumer Straße
Möllerstraße
Friedrichstraße
Kanal
Mühlenweg
Nördliche Umflut
Burgstraße
Stiftsruine
Freibad
Jahnplatz
Soeststraße
Bückeburgerstraße
Weihenstr.
Kolpingst
Dreif. Hospital
Udener Straße
Soesttor
Lippe
Klosterstr.
Hospitalstr
Hellinghäuser Weg

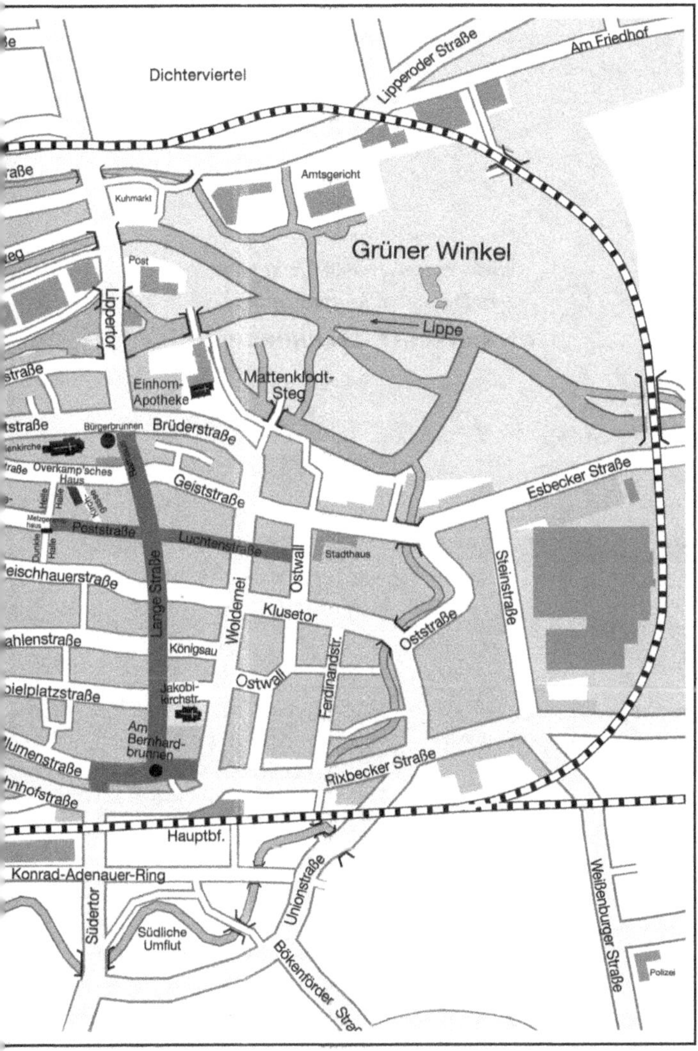
Dichterviertel
Lipperoder Straße
Am Friedhof
Amtsgericht
Kuhmarkt
Grüner Winkel
Post
Lippertor
Lippe
Einhorn-Apotheke
Mattenklodt-Steg
Bürgerbrunnen
Brüderstraße
Overkamp'sches Haus
Geiststraße
Esbecker Straße
Poststraße
Luchtenstraße
Stadthaus
Ostwall
Steinstraße
Woldemei
Klusetor
Lange Straße
Oststraße
Königsau
Ostwall
Ferdinandstr.
Jakobi-kirchstr.
Am Bernhard-brunnen
Rixbecker Straße
Hauptbf.
Konrad-Adenauer-Ring
Unionstraße
Südertor
Südliche Umflut
Bökenförder Straße
Weißenburger Straße
Polizei

Weitere Krimis finden Sie auf den folgenden Seiten und im Internet:

WWW.GMEINER-SPANNUNG.DE

Das Neueste aus der Gmeiner-Bibliothek

Unser Lesermagazin

Bestellen Sie das kostenlose Krimi-Journal in Ihrer Buchhandlung oder unter www.gmeiner-verlag.de

Informieren Sie sich …

www … auf unserer Homepage:
www.gmeiner-verlag.de

@ … über unseren Newsletter:
Melden Sie sich für unseren Newsletter an unter www.gmeiner-verlag.de/newsletter

f … werden Sie Fan auf Facebook:
www.facebook.com/gmeiner.verlag

Mitmachen und gewinnen!

Schicken Sie uns Ihre Meinung zu unseren Büchern per Mail an gewinnspiel@gmeiner-verlag.de und nehmen Sie automatisch an unserem Jahresgewinnspiel mit »mörderisch guten« Preisen teil!